쓰다 참, 사랑

BITTERSWEET LOVE

쓰다 참, 사랑

구병모 김민주 박상우 박혜상 이시은 이지영
임수현 정재민 진보경 테마 소설집

ㄴㄴ>ᄃ

차례

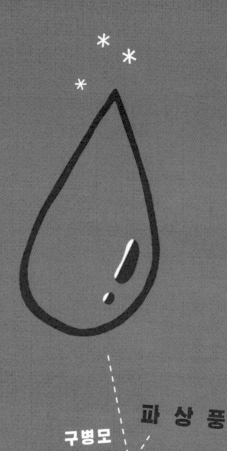

구병모   파상풍

구병모

2009년 장편소설 『위저드 베이커리』로 제2회 창비청소년문학상 당선.
소설집 『고의는 아니지만』, 장편소설 『위저드 베이커리』 『아가미』 등이 있다.

2열 종대로 사막을 횡단하는 이들의 움직임을 위에서 내려다보면 경화증에 걸린 동맥을 따라 기신거리며 이동하는 적혈구들 같다.

그 가운데 하나인 남자는 총구가 견갑골을 찌르는 대로 밀려나가 예닐곱 걸음 놓친 만큼을 따라 옮기지만, 뒤틀린 신체와 균형이 맞지 않은 자세는 얼마 못 가서 그가 다시 대열의 흐름을 깨뜨리고 행진을 지연시킬 것임을 충분히 짐작게 한다. 남자의 한쪽 다리는 터진 바지 옆선 솔기를 비집고 나올 만큼 부풀어 있고, 거기에 피와 고름이 엉겨 옷과 살이 단단히 들러붙어서 그가 발걸음을 떼어놓을 때마다 악취를 풍기나 그 냄새에 얼굴을 찌푸릴 만큼의 후각이 남아 있는 자는 그들 가운데 아무도 없다.

그들은 지난 36시간 사이에 일어난 일의 의미를 분석하지 않으며 앞으로의 전망도 짐작하지 않을 것인데, 이를테면 폭음과 함께 지붕마다 내리꽂힌 붉은 빗발의 정체와 그것이 애당초 겨냥했던 게 무엇 또는 누구였는지, 살아남아 집 밖으로 대량의 수하물처럼 끌어내어진 자신들이 지금 가는 곳은 어디인지, 종착지에 다다르면 그곳에서 자신들은 무엇을 하게 될지 혹은 무엇을 하기도 전에 떼죽음을 당할지 알려들지 않을 것이다.

그들이 현 상황에 대해 유일하게 인지하는 거라곤 자신들이 포로가 되었다는 사실뿐으로, 포로라 함은 적국의 존재가 분명하며 그것과 자국 사이에 누적되어온 긴장과 알력을 상정함이 마땅할 텐데, 그들은 평소 그런 거창한 일에 대해 알지 못하고 작은 마을에서 자급자족에 가까운 형태로 다만 마주한 서로를 향해서 부대껴왔을 따름이다. 가끔 마을에서 지식인층에 해당하는 의사나 도시에 종종 다녀오는 상인 들이 그곳에서 풍기는 심상치 않은 분위기를 전해주기는 했지만, 앞뒤로 사막을 면해 있고 마을 전체를 통틀어 다섯 대뿐인 트럭이 유일한 운송수단인, 간신히 불모지를 면한 땅에서 사는 이들이 단지 전해지는 말로 무엇이 얼마나 심각한지 짐작하기는 어려울 만큼 추상적인 이야기들이었다.

―지금 도시에서는 사람들이 주로 굶주림이나 추위나 가뭄 때문이 아니라 말 때문에 죽어간다는군요.

―누군가 입을 열어 말을 하면 나머지 사람들이 개떼같이 달려들어 환호하거나 욕지거리를 퍼붓는데, 나중에 보면 목청 높여 드잡이하듯이 말하던 사람은 맞아 죽거나 이마에 바람구멍이 나서 죽고, 그 반대로 돌려서 말하던 사람들은 아무도 모르게 끌려가서는 며칠 뒤 버려진 시체로 발견된다는군요.

―그래서 심지어 지금 살아 있는 사람은 헛소리만 싸대는 미치광이들 아니면 벙어리들이라고까지 합니다.

—네? 물론 직접 시체를 본 건 아니에요, 듣기만 했지요. 하지만 우리 작물을 계속 내다 팔려면 도시 꼴이 어떻게 돌아가는지에 촉각을 곤두세워야 할 거 아닙니까.

—말을 하지 못하게 하거나 글을 쓰지 못하게 한다니, 그걸 하던 사람들은 다른 도시로 망명을 하고, 따라서 말은 계속 형태와 내용을 바꿔가며 다른 도시로 퍼져나간다는군요.

—망명자들이 가는 곳마다 군대가 따라다닌다고 하니, 그러다보면 우리같이 적적하게 동떨어진 데까지 해코지를 당하지 않으리란 법이 없어요. 그나저나 새로운 장삿길을 뚫어야 숨통이 트일 텐데.

이곳 사람들은 살아오는 동안 자기 눈으로 직접 도시를 본 적 없는 이들이 대부분이고, 전파가 거의 잡히지 않는 라디오를 즐겨 듣는 사람도 없으며, 신문도 상인들이 일주일 치를 한꺼번에 사와서 관심 있는 사람들이나 돌려 읽을 만큼 바깥세상에 무감한 이들이다. 각 도시의 낌새가 좋지 않다는 이야기는 몇몇 칼럼에서 포착되지만 그것을 피부로 느끼지 못하며, 그저 하던 대로 일상을 충실히 지내다보면 뭐가 어떻게든 돼도 되겠지 싶은 폴리애너적(的) 사고방식의 소유자들이 대부분이다.

지금도 자신들 눈앞에 떨어진 재난을 촉감하는 데에만 기력을 다 쓴 상태로, 걸어서 사흘 낮밤이 바뀌는 동안 육체 기능도 현저히 떨어져 최초의 인지 상태에서 현실 인식의 단계로 넘어가지 못한다. 등을 떠밀리는 대로 걸어야 한다는 사실 외에 도대체가 무언가를 더 생각할 여력이 없다. 그리하여 최초의 폭격 이후 망자를 애도할 틈도 가방을 꾸릴 새도 주지 않고 살아남은 주민들을 마을 한복판에 끌어내어 열을 맞춘 다음 총을 들이대가며 행진을 시킨 이들의 피부와 눈동자 색, 하물며 쓰는 말까지 조금의 억양과 토씨를 제외하곤 모두 자신들과 동일하다는 사실에 대해서도 외면한다. 일껏 일구어놓은 농장을 잿더미로 만들어놓곤 누구더러 보라는 건지 알 수 없으나 하여간 무언가의 본보기가 되었다든지, 이게 보기보다 제법 요충지라면서 여기다 뭔가 더 중요한 걸 세울 거라든지, 아니면 현장 보존 차원에서 파손된 그대로 길이 보전해야 한다든지 그들 사이에서 설왕설래하지만 마을 사람들은 알아들을 수 없다.

눈앞에 놓인 상황 전후로 있었을 그 어떤 역학이나 인과관계도 그들에겐 무의미하며 그렇다 한들 상대적으로 결과가 더 중요해지는 것도 아닌데, 이를테면 물통 같은 간단한 소지품 하나 없이 끌려나온 걸로 보아서는 이 길 끝에 기다리고 있는 운명이 오랜 옛날 신화로나 알았던 애급의 노예들과 같은 처지는 아니리라는 것으로, 이들은 사막을 다 건너기 전에 자기가 묻힐 구덩이를 파게 될 확률이 좀더 높은 것이다.

모래바람이 맞은편에서 불어와 사람들이 고개를 숙인다.

남자는 얼굴 근육이 마비되어 입을 제대로 다물지 못하고, 코와 입술 사이로 퍼부어진 모래를 한 움큼 머금고 있다. 힘주어 그것을 뱉어보려 하지만 굳은 혀는 움직이지 않는다.

남자의 다리가 부풀어오르고 마비가 시작된 건 폭격과는 무관하다. 그는 불과 48시간 전에 7년 된 여자친구와 이별했다.

사랑이나 결별 타령을 하기에는 시절이 수상하다고 눈총을 준들 누군가에게 연인이 있었고 헤어지기도 했다는 건 결코 앞뒤 못 가리는 일이 아닌데, 비록 도시에서 그것도 남의 입을 통해 그 어떤 출처 불명의 불안한 소문이 들려온대도, 심지어는 당장 내일모레 세상이 멸망하고야 말 거라는 소문이 비교적 신빙성 있게 형태를 갖춘대도, 사람들은 그 순간에도 사랑을 하고 누군가는 그 순간에도 출산중일 것이다. 개는 변함없이 낯선 그림자를 발견하면 짖어댄다. 달리던 차는 특별한 사고를 맞닥뜨리지 않는 한 급정거하지 않는다. 관성의 법칙과 조건반사작용이 지배하는 삶의 구동 원리에는 냉철한 이성과 현실 비판 의지 같은 것이 끼어들지 않는다. 남자는 누군가가 언제 어디서든 하고 있을 그것을 했다가 종지부를 찍은 데에 불과하다.

어느 쪽이 잘못해서보다는 일상의 자잘한 피로가 중첩되어, 수많은 물건을 담고 뱉어내기를 반복하다 구멍이 난 포대처럼 남루해진 관계의 끝이 누구에게나처럼 다가온 것인데, 이 과정은 세상에서 일어나는 크고 작은 이변들과는 조금도 관계를 맺지 않으며 오로지 두 사람의 세계에서만 발생하고 소멸하는 독자적인 자연현상이다.

사랑의 감정은 파종되는 순간, 터전과 기질을 가리지 않고 뿌리를 내렸다가 길든 짧든 언젠가는 수명을 다하고 도적처럼 은밀히 스며들어 다정하게 감싸는 곰팡이에 묻히고 오해나 소진(消盡)을 유기물로 삼아 분해되어서는 그 자신이 어느새 곰팡이가 된다.

함께한 기간이 길수록 심장에 균사가 촘촘히 자라나는 것이다.

그러니 그녀의 마음 또한 유효기간이 다했을 것이며 다만 누가 먼저 말을 꺼낼지를 두고 서로에게 책임을 미루며 주저하고 있을 뿐이라 생각했던 건 남자의 패착이었다.

예민하며 신경질적인 성향의 그녀는 남자의 부당하고도 일방적인 선언에 실망하여 폭언을 퍼부은 끝에, 실망의 감정이 마지막에는 그런 극단적인 형태로 나타난다는 걸 남자로선 도무지 이해할 수 없었지만 급기야는 자해를 시도, 마을 꼬마 한 무리의 구경거리가 되었더랬다. 그녀가 스스로를 향해 끌을 휘둘렀을 때 뛰어들어 막은 행위가 마지막 남은 반 조각의 정 때문이었는지, 사람이면 응당 그래야 한다는 보편의 도리 때문인지, 이도 저도 아니면 그저 본능이나 반사작용의 일환인지 남자는 알지 못했지만, 어쨌거나 그 결과로 큰 부상을 입었다. 팔과 얼굴에는 길고 자잘하게 그어진 정도 상처만 생겼으나, 마지막 순간 끌이 그의 장딴지 깊이 꽂힌 건 그녀를 안고 주저앉은 바람에 미처 피하지 못한 까닭이었다.

그녀는 손에 쥔 금속을 통해 생생히 전해져오는 몇 가지 감각들―혈관이 끊어지고 근육이 파열되며 비수 끝이 뼈를 긁는 촉감과 마찰음―에 넋이 나가 그대로 인사불성이 되어버렸고, 그녀 가족들이 그녀를 업어 데리고 간 뒤 그의 앞에 남은 건 다리에 꽂힌 기다란 끌이 그 자리에서 공기의 움직임에 따라 여진을 일으키는 모습을 자못 신기하다는 듯 내려다보는 마을 아이들뿐이었다.

그는 아이들 가운데 한 소녀가 가져다준 맨드레이크 잎을 씹으며 끌을 뽑아냈다.

그것은 오랜 세월 거기 굳게 달라붙어 관성이나 인습이 되어버린 연인같이 깊이 박혀 빠질 줄을 모르다가 그가 심호흡을 깊게 하고 나서 세번째 시도로 이를 악물고 그것을 붙들어 위아래로 흔들기를 여남은 차례나 한 다음에야 뽑혀 나왔고, 그것이 뽑히는 순간 허공에 튀는 피와 선명한 살점에 즐거워하는지 기겁하는지 모를 소리들을 지르며 아이들은 뒷걸음질했다. 끌이 박혀 있던 자리에는 깊이도 바닥도 모를 어두운 구멍이 동그랗게 입을 벌리고 있었다.

맨드레이크 잎을 가져다준 소녀가 울먹이기 시작하자 남자는 피가 묻지 않은 쪽 손으로 그 아이의 머리를 쓸어주며 말하기를,

스치거나 완전히 꿰뚫고 지나간 것보다 애매하게 박힌 것을 빼내는 일이 원래 더 힘들고 아프단다. 그건 안전장치가 걸려 있지 않아 오발된 총알 같은 것뿐만이 아니지.

거기 모여선 아이들은 인생 최초로 소박한 진리를 확인한 듯한 눈빛으로 그와 끌을 번갈아 바라보았고, 그는 남은 잎사귀를 환부에 댄 다음 옷을 찢어 다리를 묶었다.

피와 살로 질척거리는 끌은 가볍게 바닥을 뒹굴며 모래와 몸을 섞었다.

그녀가 평소 조용하며 평정심을 유지하는 것처럼 보였던 건 어쩌면 분노와 조소의 에너지를 비축해두었다가 적절한 순간에 터뜨리기 위한 연막의 일종인지도 몰랐는데, 하여간 비아냥거림을 시작하기 전까지는 그저 매사를 앞질러 걱정하는 성격 정도로 보였다.

단단히 붙들고 끌어안지 않으면 누구 하나는 떨어질 것이 틀림없는 비좁은 싱글침대에서 처음 함께 잠든 날, 이튿날의 갓밝이부터 그녀는 언젠가 두 사람 사이에 찾아올 변심을 걱정했는데, 그 변심의 주체에 그녀 자신의 경우는 노상 빠져 있었고, 그것이 경미한 수준의 집착을 넘어선 망상 내지는 더 나아가 언젠가 꼭 그렇게 되고야 말리라

는 저주로 들려서, 연애 첫 무렵의 남자는 그것마저도 귀여운 푸념이 겠거니 싶은 마음으로 대수롭지 않게 여기고 그녀를 안심시키기 위한 방법이 없을까를 고민하기도 했으나, 그것은 동일한 패턴이 누적되어 체적이 부풀어오르는 나선의 중심에 뒤늦게 가 닿으려는 노력에 지나지 않았으므로 실효가 없었으며, 수분과 윤기와 신선함이 증발된 자리에 푸석한 관계가 남았을 때 연민은 탈진으로 바뀌었다.

더께가 앉은 수프는 갓 끓였을 적의 따뜻한 냄새를 잊는다.

밀밭에 대고 수천 번 허리를 굽힌들 끝까지 눈에 띄지 않아 주워지지 않는 이삭이 있다.

평야에 흘린 밀 이삭처럼, 딸기 표면의 씨처럼 분포한 고통은 작고 얄팍한 대신 하나하나 거두기는 쉽지 않다.

최초의 떨림이 있었던 자리에 공명(共鳴)을 바탕으로 세워진 세계는 그 진동이 사라지면서 자취를 감춘다.

남자로서는 그녀가 느끼는 불안의 기원을 모색하고 헤아리려는 노력을 해보지 않은 게 아니다.

그녀는 어머니와 남동생과 조카를 합해 네 명으로 이루어진 가족. 아버지는 남동생이 태어나기도 전에 마을의 다른 여자와 훔친 트럭을 타고 떠난 뒤로 소식을 모르며, 남동생의 아내는 조카를 낳고 일주일 뒤에 사망했다.

남동생과의 관계는 비교적 원만하고 건강하며, 그녀는 조카에게 손색없는 엄마 노릇을 해주었다. 그러나 그녀 마음속에 낀 안개는 아버지로부터 비롯된 거였는데, 가정이 있는 남자들이 아내 아닌 다른 여자와 야반도주한다는 게 그렇게 남다른 화제는 아니었으나, 어린 소녀에게 각인된 기억은 육체적 폭력과는 또다른 층위와 차원에 놓여 있었다.

어린 소녀가 마지막으로 본 그날 밤 아버지의 모습은, 예정과 다른 자궁 수축으로 신음하는 어머니를 침실에 놔둔 채 돼지우리 문을 잠 그는 걸 잊었다며 문을 열고 나서던 등이었다. 아버지는 키가 컸고, 그때 그가 중얼거리는 한마디가 소녀에게 선명하게 꽂힌 것은 아니었 다. 문을 닫기 전 딸을 한번 힐끔 돌아보다가 이내 고개를 돌리더니,

찌그러진 얼굴 하고는.

그것이, 잘 자라는 말 대신 아버지로부터 소녀가 들은 마지막 인사.

물론 지나고 생각해보면 아버지는 단지 딸이 무언가를—가령 그와 마을 처녀 사이에 지속되어온 심상치 않은 관계를—감지하고 못마땅 해하며 얼굴을 찡그리는 게 보기 싫었다는 뜻으로 내뱉었을 수도 있 겠으나, 딸은 그 무렵 수두를 제때 다스리지 못해 얽은 얼굴을 하고 있었고, 비록 어리지만 자신이 지금까지도 그렇고 앞으로도 예뻐질 가능성이 없다는 사실과, 신의 축복까지는 아니더라도 동정마저 비켜 간 자신의 앞날에 절망하고 있던 상태였다. 날이 밝고 이웃집 트럭 한 대와 사람 둘이 없어졌다는 이야기가 들어오자 어머니는 충격으로 하 혈을 시작했으며, 어린 소녀는 자신이 못났기 때문에 아버지를 잃고 어머니마저 잃을 뻔했다는 생각에서 벗어날 수 없었다. 그러더니 나 중에 어른이 되어서는 동생의 부인마저 자신의 비운과 재난을 나눠 받고 목숨을 잃은 걸지도 모른다는 유의 과도한 착각에 일상적으로 시달렸다.

따라서 그녀는 무언가 곁에 있어야 할 것이 없는 상황에 대해 기형

적인 초조를 느끼곤 했고, 있었던 것이 사라지거나 잃어야만 할 것이 생긴다면 그 이유는 자신이 외모부터 시작해서 가진 게 아무것도 없기 때문이라는 강박에 시달렸다.

그녀가 그 강박만큼 그에게 공을 들이느냐 하면 그것도 아니라 단순한 집착에 지나지 않아서, 실로 그녀가 걱정하는 내용이란 대부분의 경우 "우리가 결혼하여 아이를 낳은 다음 그 아이가 자라서 이 지하실에 포도주를 가지러 내려왔을 때 저 벽에 걸린 장식 도끼가 떨어져 아이의 머리를 둘로 쪼개버리면 어쩌죠?"*와 같은 수준이었으며, 아직 오지 않은 미래와, 사람 기질에 따라서는 어쩌면 영원히 오지 않는다고 간주할 수도 있는 미래를 통틀어 앞길에 모래 속 먼지처럼 널려 있을 우연하고 사소한 불운을 미리 주워 모아 거대한 불행을 필연처럼 구축하려는 그녀의 한결같음에 남자는 몸서리쳤다.

매사에 최악의 경우를 상정하는 독특한 기질은 어쩌면 그녀가 삶을 견디는 방식의 하나일 수도 있었지만, 그녀의 우려는 내면의 지탱과 개인적 섭생의 방식을 넘어선 일종의 확고한 신앙에 이르렀으며 그걸 유지하기 위한 태도는 대부분 빈정거림으로 나타났다.

그는 마을 상회에서 일하는 상인이었으므로 주인만큼 자주는 아니지만 간혹 주인 대신 트럭을 몰고 도시로 다녀올 때가 있어서 그럴 때면 아무리 액셀을 밟아도 최소 하루는 머물다 와야 했는데, 그러고 나면 언제나 마지막 순서는 그녀가 어느 신문이나 잡지 화보에서 본 내용을 바탕으로 상상을 하는지는 알 수 없으나 아무튼 일련의 줄거리

---

* 그림형제, 「똑똑한 엘제」에서.

를 나름대로 구상하여 트집을 잡는 일이었고, 그것에 일일이 성의를 다해 그때마다 다른 반응을 보이는 지난한 고행이 끝나야 그는 비로소 그날의 업무를 마감하는 느낌이 들었다.

그곳 여자들은 매끄러운 파스텔 톤 천으로 온몸을 휘감지. 드레스 꽃무늬는 수작업으로 수놓인 것, 어깨 소매는 물결 같은 주름을 잡아 둥글게 부풀리고 가슴에는 브로치를 달고 커다란 목걸이를 걸어서 햇빛을 받을 때마다 여러 각도에서 반짝일 거야. 태양 아래에서 씨를 뿌리고 땅을 일구는 일이 없을 테니 나처럼 얼굴이 까만 여자도 없을 테고, 어깨에 받친 양산의 레이스가 시시때때로 나부낄 테고, 모두가 고운 크림을 손에 바르고 그마저도 보호하기 위해 얇고 부드러운 장갑을 꼈을 테며, 귀 뒤에 향수를 뿌렸겠지. 단 한 번도 직접 본 적은 없지만 입을 열 때마다 내는 숨소리마저 달콤하고 귀에 착착 감겨 녹아내리는 노래 같겠지. 그런 여자들을 보고 나니 다시 이 더럽고 땀나고 냄새나는 곳으로 돌아오기 싫었을 거야, 이해해. 내가 당신이라도 그랬을걸.

이런 말에 그가 경솔하게 '감상하기엔 좋으나 내 것이 아니'라는 식의 농담을 할라치면 곧바로 말꼬리가 잡히고, 반대로 차라리 대응하지 않기를 선택하면 그건 그것대로 태도를 트집 잡히기 마련이었다. 당신은 매사가 침착하고 평화로우며 이성적이어서 좋겠다. 접점을 만들고 당신이라는 톱니바퀴와 맞물리기 위해 노력하는 쪽도, 그럼에도 캠과 크랭크와 축이 어긋나 언제나 고통받는 쪽도, 욕망을 주체하지 못하고 안달하는 것처럼 보여 추해지는 쪽도 나다. 그녀는 자신이 한 말에 스스로 경도되어 종내는 어조가 격앙되다 전율하기에 이르렀고,

그는 그녀를 안심시키는 방법으로 다른 것을 알지 못했기에 아무런 기교 없이 안았으며, 그 행위는 일시적 안정제 역할을 하나 세상의 모든 약이 내성과 부작용의 가능성을 품었듯 결국 앙금의 두께만 쌓인다는 걸, 세속적인 사랑과 관련된 모든 몸짓이 어쩌면 어둠에 보탠 그늘 한 조각에 불과하다는 걸 모르지는 않았다.

한 번도 그가 직접 입을 열어 말한 적이 없음에도, 백주에 공개적인 자리에서 몇 번 사소하게 티격태격하는 일이라도 생기면 남의 말 하기 좋아하는 사람들의 눈과 귀와 호기심을 자극하게 마련이어서, 이런 사정을 캐낸 다른 여자들이 그 아이의 신경쇠약을 어떻게 견디느냐고 지나가다 위로의 말이라도 건넬 것 같으면 그는 거기에 함축된, 오래된 상대를 한번 바꿔서 관계를 쇄신해보거나 최소한 자기 복 모르고 나대는 아이를 정신 차리게 해주는 게 어떠냐는 은밀한 제안을 알아차리며 웃었다. 마을 상회의 주인을 비롯하여 나이 지긋한 남자들은 차라리 결혼을 해야 그 성격 좀 무디어지지 않을까, 하는 의견도 냈는데 그때마다 그는 몇 가지 망설임과 함께 고개를 저었다.

열정과 갈망이 바스러진 곳에 남는 선택지가 신 앞에 바치는 영원에의 약속뿐이라면.

결혼이 농축된 시간을 의미 있게 발효시키는 행위가 아니라 단지 사랑했던 과거의 지층에 남은 층리를 가끔 더듬어 요철을 확인하기 위한 묵계에 지나지 않는다면.

언젠가는 그렇게 해야만 한다는 당위는 의무, 그것이 반드시 지금이어야만 하는 건 아니라는 판단은 현실.

나중 일이 어떻게 되든 순간을 만끽하고 보자는 성격이 아니었음에도 불구하고 그는 실존의 증거를 찾듯 언어와 몸짓으로 매순간 감정을 확인하는 그녀의 불안과 의심에 길들여지지 않았고, 그녀는 그의 뒷걸음질을 무책임과 회피 또는 파국의 예감으로 받아들였다.

그는 기꺼이 상대의 소장품이 되려는 생각도 없었으나 부장품만은 더욱이 되고 싶지 않았다.

그러니 그가 마침내 참지 못하고 너를 있는 그대로 받아들여줄 사람을 찾아, 라고 소리쳤을 때 그녀는 그것이 홧김에 나온 구태의연한 제스처이며 따라서 깃털만큼의 무게도 나가지 않는 말임을 알면서도 줄곧 견지해온 상대방에 대한 의혹과 불안을 확인받은 느낌이 들었을 터였다.

팽창한 끝에 타버린 필라멘트는 더이상 아무것도 밝히지 못한다.

선명히 도드라진 엽맥을 타고 흐르던 감정은 잎이 찢어지는 즉시 수로를 잃는다.

끓는 물속에서 요동치던 사랑의 분자들은 냉각과 함께 숨죽이며 웅크린다.

구실이나 지연에 불과한 말들을 그럴듯하게 여러 가지로 변형해가며 부지해온 날들, 입으로 부는 순간 날아가 흩어질 한 줌 먼지를 닮은 관계에 필요한 것은 도화선뿐이었다.

절룩거리기도 여의치 않아 한쪽 다리를 바닥에 끌면서 집으로 돌아온 남자는 불 피운 벽난로 앞에 주저앉았다. 천 조각으로 여러 차례 감아서 부피가 두툼하기도 했지만 다리는 외관으로 보기에도 점점 부풀어오르는 듯했고, 움직일 때마다 충만함이 아닌 잉여와 부담으로 묵직했다. 바지를 벗을 수 없을 만큼 다리는 천과 팽팽하게 달라붙어 있었다. 그는 상처를 묶었던 천을 풀고 맨드레이크 잎을 걷어냈다. 살 조각이 바지에 엉겨 붙은 처참한 상처가 드러났다. 그대로 칼을 집어 발목 부근부터 무릎까지 바지를 찢어 올렸다. 얼굴은 남의 살을 갖다 붙여놓은 듯 이물감이 느껴지더니 점점 감각이 사라졌고, 고열에 손 가락 하나 까닥할 기운이 없었지만 이대로 두었다간 죽는다는 직감만 은 선명했다.

벽난로 안에 물 담은 솥을 걸어놓은 다음엔 더이상 몸을 일으킬 수 없어서 수건을 간신히 솥에 던지듯 떨어뜨렸다. 끓는 물에서 올라온 기포가 수건을 간질이는 소리를 들으며 맘속으로 백까지 센 다음 긴 집게로 솥 안을 휘저어 수건을 찾아 건졌다. 소독한 수건을 다리에 얹 어놓는 순간 잇새로 신음이 새어 나왔지만 입술에 감각이 없어서 소 리가 몸으로 느껴지지 않았고 후각마저 무디어졌는지 살 익는 냄새도 맡아지지 않았다. 그러나 통증이 고조될수록 정신은 명료해지는 듯했 고, 한바탕 소동으로 흐지부지되긴 했으나 다리 부기가 빠지는 대로 그녀를 찾아가리라고 생각했다. 지금까지 그녀를 말없이 견뎌왔던 건 그가 유난히 봉사정신이 뛰어난 사람이어서도 아니고, 그녀의 난폭함 과 히스테리마저 사랑해서도 아니었으며, 그저 이 관계가 손거스러미 같았기 때문일 거였다. 내버려두기엔 번거롭고 거치적거리지만 한번 집어서 무심코 뜯어내려다 자칫하면 생살이 들어올려지는.

통증과 경련이 조금씩 사그라지다 다시 시작되기를 번갈아 한다. 어쩌면 그녀와 마주 닿은 손가락이나 뺨, 어깨 따위에서 그가 원한 것 은 딱 적당한 지속성과 반복성을 가지는 경련에 불과했다. 너무 오래도 말고, 너무 자주도 말고.

양면을 다 사용하여 피고름으로 오염된 수건을 집게로 잡아 올린다. 소독하면 다시 쓸 수는 있겠지만 그는 그대로 타오르는 불에 수건을 던져버린다. 칙, 소리와 함께 불이 순간 잦아들듯 하다가 다시 제 부피를 되찾는다.

사람의 마음은 전소(全燒)의 가능성을 열어놓을 때 비로소 연소(燃燒)하기 시작한다.

사랑이 상대의 심장에 자신을 선명히 새기는 것이라면, 그 조각의 세부가 언제든 마멸되는 것을 전제로 한다.

7년을 머무른 자리에서 단 한 조각의 미진함도 남겨두지 않고 자신의 흔적을 완전무결하게 지워버린다는 일은 있을 수 없겠지만, 그가 이제야말로 그녀에게 그동안 함께해준 시간에 감사하며 좀더 분명한 이별의 말을 건네기로 마음먹었는데, 한번 부어오르기 시작한 다리는 점점 무질서하게 자신의 부피를 키워 그녀에게로 가는 시간을 지연시켰다. 그는 날이 밝는 대로 마을 상회의 주인에게 부탁하여 도시로 나가는 트럭을 얻어 탈 작정이었다. 결별에 앞서 경건한 목욕재계까지 필요하지는 않았으나 입술도 제대로 안 움직이는 모양으로 가서 굳은 얼굴을 삐딱하게 기울이며 무슨 얘기를 하든 설득력이 떨어질 게 분명했으니 약을 구하는 게 먼저였다.

통증으로 내내 잠 못 이루는 밤, 신열 끝에 간신히 눈이 가물거리다 감길 무렵 폭음과 함께 몸이 위아래로 크게 흔들렸다. 소리는 처음엔 얼핏 속삭임 같기도 하고 메아리처럼도 들렸는데, 두번째 폭음이 들렸을 때는 그가 침상 아래로 굴러떨어질 만큼 크고 충격적이며 어떻게 들어봐도 위험한 소리였다. 그는 팔다리를 움직여보았다. 끓는 물에 소독을 한 덕분인지 아까보다는 움직일 만하다는 강렬한 자기충족 확신이 들었다. 무슨 일이 벌어진 건지 짐작해보기도 전에 세번째 폭음과 더불어 이번에는 집 전체가 흔들렸다.

그는 역시 의리인지 본능인지 모를 작용이 몸속에서 솟구쳐 한쪽 다리를 끌며 그녀가 있는 집까지 뛰어갔다. 아니, 마음은 앞서 달리고 있었으나 몸은 사실상 기는 거나 다름없었다. 그러는 동안에도 붉은 빗줄기는 점차 폭우와도 같은 규모로 커지다가 잦아지더니 그를 아슬아슬하게 스쳐가며 옷을 태우고 땅에 흙먼지를 일으켰으며, 잠에서 깬 이들은 거리로 뛰쳐나와 갈팡질팡하면서 엄폐물이 될 만한 데를 찾고 있었다.

그녀 집까지 가는 불과 10분 거리가 10년처럼 느껴졌고, 턱에 받친 숨을 토해내며 고개를 들었을 때 눈앞에 나타난 건 완파된 집이었다.

돌 더미 아래로 비어져 나온 팔들이 보였다. 그 팔들의 주인 가운데 살아 있으리라고 짐작되는 이가 없을 만큼, 그것들은 짓이겨지고 꺾인 채로 어떤 움직임도 없었다. 가장 가까운 돌 더미 사이에 나와 있는 손은 어린아이의 것이었다. 아마 그녀의 조카일 것이다. 그는 그녀의 이름을 부르며 반응을 살폈지만 입술의 마비는 좀체 풀리지 않아 소리가 턱 아래로 작게 흘러내렸으며 그마저도 점점 가까이 다가오는 전투기 소리에 묻혔다. 어린 손 옆에 바싹 붙어 있는 어른 손은 숱 많은 털이 난 남자 것이다. 그는 돌무더기 주변을 한쪽 무릎으로 계속 기어다니다 마침내 그 속에서 반지 낀 손을 발견했다. 그 손은 길게 돌무더기 밖으로 빠져나와 있었으며 팔꿈치 부근에서 반쯤 잘려 뒤로 꺾여 있었다. 그녀가 몸져누워 있느라 경황이 없어서 그랬는지, 아니면 사실은 언제나처럼 그가 오기를 기다리고 있었던 까닭인지 이제는 알 수 없었으나 그녀는 마지막까지 반지를 빼지 않았다. 그는 무릎을 꿇은 채 그녀를 뒤덮은 돌을 양손으로 헤쳤다. 아니, 마음은 헤치고 있었지만 실은 부서진 넓은 벽면의 끄트머리도 들지 못하는 상태였다. 손에 힘을 주고 돌 한 덩어리를 끄집으려 하다 손톱이 모두 부서졌다. 그래도 50명이 넘는 총 가진 이들이 마을에 들어와 사람들을 두 줄로 맞춰 세우고 마침내 그의 어깨를 잡아 끌어낼 때까지 그는 그 자리를 떠날 줄 모른 채 피투성이가 된 손으로 그녀를 깔아뭉갠 돌을 걷어내려고 애쓰면서 중얼거리고 있었다.

이런 식으로는 아니었다. 이렇게 될 줄 알았더라면 끝내 아무 말도 하지 않았을 것이다. 절망보다는 분노나 초조함만 안고 떠나게 해줄 걸 그랬다. 어차피 신경증이란 그녀에게 있어서 비록 기이한 형태이긴 하나 행복의 근간이자 일상의 또다른 이름에 지나지 않았을 것이며, 불안과 폭력조차 강한 열망의 파편이었을 텐데.

명령에 따라 두 줄로 붙어 서서 마을을 나가는 동안 그는 또다른 무너진 집 앞에서 하반신이 날아간 아이를 품에 굳게 안은 채 죽어 있는 중년의 여인을 볼 수 있었다. 그 아이는 맨드레이크 잎을 가져다준 소녀였다. 심각한 상처를 보고 눈물을 글썽거렸던, 섬세하고 다감한 아이. 도처에서 파열된 일상이 포착되었다.

그 소녀를 보고 나자 충분히 관리되지 못한 상처의 염증과 통증이 심해졌다. 날것의 고통이 자신의 신체를 지각하게 하고 삶을 관통하는 진동을 확인시켰으나 얼마 뒤에 본격적으로 마비가 진행되면 그는 더이상 발을 떼어놓을 수 없을 터였다. 얼굴부터 손발을 거쳐 온몸이 굳어버리고 나면 이윽고 심장마저 굳어버릴 테고 그때 비로소 그녀를 향한 이 통증이 멎을 터였다.

남자가 뒤처지다 모래밭에 뒹구는 간격이 점점 더 밭아진다.

처음에는 걷어차이는 대로 앞으로 기어가기라도 했지만 어느 순간 모래밭에 코를 파묻고 더이상 움직이지 않는다.

죽은 게 아니다. 눈을 뜨고 있으며 경련하듯 입술을 달싹거리고 있는데 말이 되어 밖으로 나오지는 않는다. 그 눈에 아직 온전한 시신경이 남아 있어서 무언가를 제대로 볼 수 있는지는 알 길이 없고, 눈꺼풀도 깜박거리지 못하여 사실상 눈 뜨고 죽은 것처럼 보이기도 하지만 하여간 아직 숨이 붙어는 있다. 어디까지나, 끊어지기 직전의 거미줄처럼 붙어만 있다.

포로들을 인솔하던 군인 서너 명이 핑계 김에 잠시 행렬을 멈추고 모여 앉는다.

누군가 말한다. 쏴 죽여버려. 저래가지고 어차피 쓸모도 없잖아.

왜 총알을 낭비하지. 버리고 가면 그만이야. 어차피 오래 못 가.

그들의 대화는 최선의 결론을 도출하기 위한 의논이 아니라 다만 장기 게임을 즐기는 현장 같았다. 하긴 요인도 아닌 평범한 포로의 처리 문제를 진지하게 합의한다면 그게 더 농담일지도 몰랐다. 그럼에도 남자가 지체해준 덕분에 사람들은 잠깐이나마 고통스러운 행진을 멈추고 쉴 수 있으며, 남자는 그 사실에 작은 안도를 느낀다. 군인들이 자신을 두고 무슨 의논을 하는지 알지만 반쯤 뜬 눈꺼풀이 떨리기만 할 뿐 소리는 내지 못한다. 합의를 다 본 듯 그들 가운데 누군가가 은빛 동전을 꺼내더니 남자의 코앞에 들이댄다. 특별히 자비를 베풀어 절반의 확률을 선물로 주겠다는 것인데, 숫자가 나오면 대갈통을 쏴 죽일 것이고 그림이 나오면 그 썩어가는 거추장스러운 다리를 잘라 데리고 가겠다는 것이다. 그렇게 말하는 이의 등 너머로 다른 군인들이 어깨를 들먹이며 키득거린다.

이미 마비가 상당히 진행된 상태로 시간이 경과했기 때문에 다리를 자른다고 하여 몸을 일으킬 수는 없으리라는 사실을 남자는 짐작하며, 동전의 앞면이 나올 경우 그들이 하려는 일은 어쩌면 다리를 잘라 데리고 가는 게 아니라 자른 다리를 그의 입에 처넣어버리고 가는 것일지도 모른다. 가장 참혹한 형태로 일상을 잃었으나 거기서 한 발짝도 벗어나지 못한 자신의 운명이, 동전의 양면 가운데 무엇이 나온들 달라질까 싶어 남자는 무표정하게 고개 끄덕이지만 그것은 생각뿐 실제로는 눈썹이 조금 더 심하게 경련하는 정도에 지나지 않는다. 군인은 하늘 높이 동전을 던진다.

바닥에 떨어진 사람 얼굴이 반원을 그리며 그 자리에서 맴돈다. 저항할 의지와 기력을 잃은 남자의 머리를 누군가의 개머리판이 갈긴다. 이어서 두 명의 군인이 남자의 팔을 양쪽에서 무릎으로 눌러 바닥에 고정시키고, 다른 한 명은 그의 배를 깔고 앉아 성한 쪽 다리를 누르고 있으며, 마지막 한 명이 부풀어오른 남자의 다리를 뒤덮은 고름을 잭나이프로 긁어 허공에 떨어버리자 마을 사람들은 고개를 돌린 채 웅송그린다.

남자의 비명이 사막의 숨 막히는 공기를 갈라 뒤흔든다. 그 소리는 스스로에게는 들리지 않지만 다른 사람들은 흐느끼며 귀를 막고 고개를 무릎에 파묻는다.

이 신체의 일부가 다 떨어져나간 뒤에 세상은 더이상 어제와 같지 않을 것이며 평범한 몸짓이나 다정한 웃음은 더이상 없을 것이고 그는 한 살 미만의 아기와도 같았던 그녀의 분리 불안을 그리워하게 될 터다. 그러나 이상한 일이다. 마비되었는데 통각만은 이토록 생생하게 남아 있다니. 그렇다면 이 다리가 없다 한들 그 자리에는 환상통이 내내 맴도는 게 아닐까. 그 자리에 있었던 것의 기억과 흔적을, 그중에서도 통증을 언제까지고 간직하면서.

칼질을 하던 군인이 더럽게도 안 썰린다고 욕지거리를 하며 모래에 침을 뱉는 소리가 그의 귓가에서 아득하게 멀어져가며, 그는 실제 입 밖으로 나왔는지 말았는지 알 수 없지만 중얼거린다. 그것은 몇 차례의 조악한 칼질로 떨어져나가기에는 이미 너무 오랜 세월에 걸쳐 몸에 붙어 있어왔던 것으로 존재에 깊이 스민 까닭에, 생각보다 견고한 자연의 법칙과 순환에서 임의로 떨어지기 위해서는 좀더 힘을 주어 섬세하게 다루지 않으면 안 된다고.

작가의 말

언젠가 나이도 많이 먹고 내공이 쌓이면 죽기 전에 한번은 대하 역사소설을 써보고 싶다거나, SF문학도 해보고 싶다거나 하는 몇 가지 희망사항이 있었지만 그 버킷리스트 가운데 확실하게 누락되어 있었던 테마는 연애였다. 연애는 말할 것도 없고 사랑에 대해 잘 모른다. (가족의 형성 및 유지는 별개의 문제라고 간주하자.) 일생에 걸쳐 나와 인연이 없을 것만 같은 테마에, 이런 머뭇거림과 함께 다가가도 될까. 모르는 것에 대해 이야기해야 할 적에는 가능한 한 낮은 목소리로 작게 중얼거려야 한다고 믿는다. 그래서 이번에는 중얼거려본다. 그 모호함이 언젠가는 분명한 형태를 갖추고 윤곽을 그릴 가능성을 생각하며.

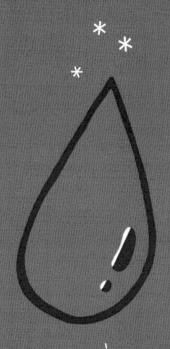

세상의 모든 고백

김민주

- 호랑이 어금니 사이에 깨물린 수달피 닮은 연인들에게 바침

김 민 주

2009년 단편소설 「탱고」로 매일신문 신춘문예 당선.
2009년 대구국제뮤지컬 페스티벌 창작뮤지컬 부문 〈탱고〉 공연(각색 안희철).
2010년 단편소설 「당신의 자장가」로 문화일보 신춘문예 당선.

네오에게 낭만적 첫사랑 같은 건 기억에 없다. 늘 여자는 있었다. 네오는 머릿속에 떠오르는 이름들을 불러본다. 미카, 사라, 쥬디, 나타샤, 마리, 애니카, P, Q, R……, 그리고 나오키…… 또 미지의 여인들의 이름일지도 모를 K, L, O 아니면 물 건너 싯다르타의 고장의 이름 모르는 소녀, 알렉산더의 후손일지도 모를 또다른 여인들. 그녀들은 세대를 이어온 연애와 짝짓기의 후손인 것만은 틀림없다. 인간이 무성생식하지 않는 이상. 그들 여인들은 네오에게만은 싯다르타와 다르지 않다. 아니면 교과서나 백과사전이거나. 그녀들은 키가 작거나 크거나, 가슴이 크거나 작거나, 착하거나 고집이 세거나, 독립적이거나 의존적이었고, 명랑하거나 내성적이거나, 소박하거나 사치를 좋아했거나 좋아할 것이다. 그중에 P도 있었고 나오키도 있었다.

구피 귓밥처럼 생긴 그녀, P는 태어날 때부터 식스포켓 족이었다. 외조부와 조부 모두 의사인 병원집 딸. 부모, 조부모, 외조부모의 돈은 모두 그녀의 것이나 다름없었다. 그런 그녀와는 결국 그 돈 때문에 사사건건 서로 할퀴었다. 하루는 8개국을 다녀왔다고 자랑하는 그녀에게 3개국어는 할 줄 아냐고 빈정댔다. 스위스 부커러의 명품 시계와 에르메스 한정판 가방이 어쩌고 하면, 그중에 니가 만든 거 있니? 자랑 좀 그만해라, 하고 비꼬았다. 마지막 날도 다르지 않았다. "너는 아마 죽을 때까지 일용직으로 지낼 거야." 사각형도 아니고 삼각형도 아닌, 오각형. 그것도 사각형의 한쪽이 잘려나가고 또다른 한쪽은 내려앉은 고시원에서였다. "그게 어때서?" 그녀는 잘나가는 연영과 졸업반답게 처음에는 마치 연극의 여주인공, 가난하지만 핸섬한 고시생의 가련하고 비극적인 애인 역할에 충실했다. 그녀의 야무진 꿈은 알퐁스 도데의 「별」에서 스테파니 아가씨나 황순원의 「소나기」에서 소녀 역할을 하는 것이었다. 연극의 주인공들에게 미쳐, 예술 없는 문명은 없다는 둥, 배고픔 따위는 연극을 더 처절하게 빛내줄 조연에 불과하다는 둥, 예술을 위해 이 한몸 태우리라 말로만 선언하는, 가난한 연극쟁이를 흉내 내는 부르주아 P. 편지라고는 연애편지 베끼는 것 말고는 써본 적이 없는 그녀, 21C 편지의 희소성 가치만 맹신하는 그녀, 그런 허영심만 남은 그녀가 보내는 연서에는 '호랑이 어금니 사이에 깨물린 수달피 닮은 나의 연인 네오에게'라는 의미심장한 말로 시작하는 낡아빠진 수식의 밀어들이 들어 있었다. 졸지에 뜻도 모르면서 '호랑이 어금니 사이에 깨물린 수달피 닮은' 그녀의 연인이 되어버린 네오. 앙드레 브르통이란 작자는 무슨 뜻으로 그런 시를 썼는가? 수달도 아니고 수달의 가죽 같은 연인이라니…… 그녀는 고시원에 사는 남자 주인공이 시련의 고비를 넘어 현대판 개구리 왕자처럼 숨겨진 마법이 풀리고 멋진 왕자로 변신해줄 것을 기다리고 있었으나, 끝내 개구리가 개구리로 남아 있자 자신의 연극을 끝낼 때가 되었다는 걸 깨달았다. 태생이 태생이니만큼 궁상은 연극이나 영화 속에서나 견딜 수 있는 것이지 현실에서 결코 받아들일 수 있는 비극이 아니란 걸 뒤늦게 알았던 것이다. "차라리 '있는 백수'가 나아. '개천에서 난 용'도 싫지만 일용직 그건 더 싫어. 내 인생이 일회용 밴드도 아니고…… 넌 '개룡'도 아니잖아. 돈이라도 많든지, 직업이라도 든든하든지, 그것도 아니면서 왜 캥거루가 싫다는 거야? 모기든 거머리든 드라큘라든 무슨 상관이야? 돈 있는 부모, 그것도 한둘도 아닌 부모를 왜 마다하고 사니?" "넌 내가 거머리나 모기로 살았으면 좋겠니? 남의 피나 쪽쪽 빨아먹는 인생을 너는 원하니?" "어쨌든 우리 엄마 말이 아무리 돈이 많아도 사위까지 먹여 살리고 싶진 않대." 연애는 부자들의 전유물이 아니지만 결혼은 역시 가난한 이에게는 좁은 문이다. 대부분의 여자들에게 연애의 종착점은 백마 탄 왕자와의 결혼이었고, 네오는 죽었다 깨어나도 동화 속 캐릭터는 아니었다. 지금 그녀는 잘나가는 성형외과 의사의 아내가 되었고, 허영심을 채우기 위해 만든 자신의 극단에서 가끔 주연을 맡는다. 그녀가 아무리 배고픈 연극을 사랑하고 자유연애를 숭배하는 보헤미안이라 해도 결코 「별」 속의 스테파니 아가씨나 「소나기」 속의 잔망스러운 소녀는 되지 못할 것이다. 그것은 사과나무에서 사과가 떨어지고 지구가 태양 주위를 도는 것처럼 명백한 사실이다. 네오 역시 결코 그녀가 바라는 '호랑이 어금니 사이에 깨물린 수달피 닮은 연인'은 아니라고 생각했다.

냄비에서 폭죽 터지는 소리가 들린다. 뚜껑을 열자 갈색 달걀에 금이 가 있다. 피크닉의 메인은 달걀이다. 나오키가 가장 좋아했던 것이다. 튀김옷을 입힌 달걀을 기름에 넣는다. 반죽에 수분이 남아 있었던 탓인지 은박지 찢어지는 소리가 난다. 루디와 나나가 낡은 소파에서 피크닉에서 쓸 파티용 고깔모자와 폭죽으로 장난치고 있다. 팬티만 걸친 루디가 고깔모자를 쓰고 소파를 넘어 도망가다가 팬티를 까뒤집고 복숭아 같은 엉덩이를 흔든다. 무명 화가인 그는 그림을 그릴 때 완전히 원시인으로 돌아가 원숭이처럼 바닥에 깔린 캔버스 위를 누빈다. 인간은 두 마리 원숭이 사이에서 태어난 영장류일 뿐이라는 말을 믿는 무신론자다. 그럼에도 신이 있다면, 그 신에 가까이 갈 수 있는 지름길이 '타락'이며, 신에 대한 '질투'야말로 가장 인간적이라는 궤변으로, 그는 토마스 신부를 아연하게 한다. "세상의 모든 '타락'에는 그럴 만한 이유들이 있어. 세상에서 환영받지 못하는 것들이 살아남는 방법 중 하나가 불량이 되거나 타락하는 거거든. 달콤 쌉싸름한 욕도 좋아." 루디의 풀 네임은 루시퍼 론 모건. 루디는 뉴질랜드에 머물 때 '루시퍼'라는 본명을 쓸 수 없었다. "어쩌자고 그 똥꼬 같은 노인네들은 자식에게 그런 이름을 지어줬는지 몰라. 시칠리아의 마피아나 홍콩 밤거리의 살인청부업자라도 되기를 바랐던 것일까?" 그의 부모는 금방 세상에 나온 핏덩이에서 이미 인간이라는 타락천사의 운명을 예감했는지도 모른다. 아니면 모든 인간은 추방당한 천사라고 생각했는지도. 그것에 아랑곳 않고 루디는 자신의 전생이 하늘에 사는 대천

36

사 '루시엘'이었다고 주장한다. 지금은 타락천사 '루시퍼'가 되어 땅에 떨어지긴 했지만 세상의 절반이 여자인 타락의 땅이 결코 나쁘지 않을 것이다. "여자가 섹스를 하는 이유는 237가지가 넘는데 그중에 하나가 사랑. 하지만 내가 섹스를 하는 이유는 237가지 모두 사랑이야." 가끔 그는 말보로를 물고 포즈를 취한다. 'Man Always Remember Love Because Of Romance Over'에서 이름을 따왔다는 말보로 스토리에 낚여, '난 지금 담배를 피우는 게 아니라 첫사랑을 음미하는 거야'라는 표정으로. 나나는 뒤늦게 욕망의 대천사를 만나 뜨겁고 열렬하다. "남자와 생리대는 겪어봐야 알아. 그래서 루디가 좋아." 게스트하우스의 유일한 교통수단은 얀의 경차 다마스다. 기타와 드럼 같은 악기가 실려 있어 언제든 클럽에서 연주할 수 있다. 그 악기들 틈에서도 두 사람은 사랑을 한다. 어떤 형태의 결합인지 모르지만, 모든 결핍은 노력과 욕망을 낳는다는 말이 맞다면 아마도 두 사람은 그때보다 더 절실한 사랑은 못 해봤을 것이다. 신은 왜 자신의 피조물인 인간을 혼자서 무성생식하며 살아가게 만들지 않았을까? 신처럼 완벽한 하나, 얼마나 좋은가? 그가 원하는 게 그게 아니었다면 뭘 원했을까?

나나와 루디는 장난치다 말고 지쳤는지 바닥에 드러눕는다. 그 위를 비비와 키키가 똬리를 풀면서 지그재그로 기어간다. 클럽에서 나나와 함께 일하는 레인보우 보아뱀 한 쌍이다.

"나의 아름다운 보아뱀. 비록 하느님에게 버림받은 최초의 짐승이지만 내게만은 유일한 가족."

나나가 비비와 키키에게 차례로 입을 맞추며 팔뚝으로 쓰다듬자 보아뱀의 두 갈래 혀가 알아들었다는 듯이 날름거린다. 클럽에서 퇴출

되기 직전에 그 '가족'을 만났다. 만약 그때 그 가족을 만나지 못했다면 지금쯤 어느 퇴락한 항구에서 노랑머리 사내에게 깔려 있었을지도 모른다. 나나는 분홍색 반짝이 레깅스 입은 다리를 천장으로 향하게 하고 물구나무를 선다. 목이 니은자로 꺾여 얼굴이 토마토처럼 붉다. 다리는 기가 막히게 예쁘다는 건 인정한다.

"나나 그만해도 돼. 그 몸에 다이어트라니……"

"나 잘리면 니가 책임질래?"

"그건 좀……" 네오는 미안한 표정을 우스꽝스럽게 짓는다. "내가 세상에서 유일하게 못 하는 거…… 알잖아. 누구를 책임지는 거……"

나나는 알긴 아는구나, 하는 표정을 짓는다.

아침나절부터 돌아가던 시디가 아직도 돌고 있다. "경복궁에 소풍을 갑니다. 경복궁은 왕이 살던 곳입니다. 서울은 아름다운 도시입니다. 청계천에는 아름다운 물고기가 삽니다." 시디에서 흘러나오는 네오의 음성은 낯설면서도 새롭다. 이곳 게스트하우스는 오갈 데 없는 이주민들의 쉼터이자 숙소다. 노숙자들의 쉼터로 만들어졌지만 서열다툼이 칼부림 사건으로 이어지고 난 다음 노숙자들은 시에서 운영하는 수용소로 모두 보내졌다. 시는 폐쇄될 뻔했던 애물단지를 구역 담당인 토마스 신부에게 맡겼다. 잠시 폐쇄되었다가 다시 열었을 때는 외국인 노동자들을 위한 쉼터가 되어 있었다. 많은 외국인들이 게스트하우스를 거쳐갔다. 네오는 그들을 위한 한국어 교제 녹음 작업을 하고 요리를 한다.

네오는 해마다 게스트하우스에서 부활절을 맞았다. 지난 부활절이 다가오는 밤에도 달걀에 그림을 그리며 진실게임을 했다. 나오키는 달걀을 모두 붉은색으로 물들였다. "나는 붉은색이 좋아. 빨간 피의 색깔, 뜨겁게 살아 있는 색." 바싹 여윈 몸과 발가락 손가락뼈가 오도록 하니 보이는 그녀의 체구는 검은 돌처럼 작고 단단했다. 그녀의 눈은 평소에 늘 아래를 향해 있지만 한 번씩 그 내리뜬 눈을 살짝 치뜨면 피그말리온이 살아 있는 여인이 되는 것처럼 생기가 돌았다. 그럴 때마다 네오는 그녀에게서, 얀이 즐겨 부르던 〈보헤미안 랩소디〉의 초절정 고음을 떠올렸다. 얀은 가수 겸 기타리스트다. 자신이 한 송이 수선화 같은 게이라는 프레디 머큐리의 말을 금언 삼아 살아가는 친구. 네오처럼 지독한 마약쟁이였다. 치사량에 버금가는 약을 한 날, 아쉽다는 얼굴로 뒤늦게 나타났다. "아, 조금만 더 했으면 천국에서 영원히 돌아오지 않는 건데……" "거기 나도 따라 가도 돼?" 네오가 묻자 얀은 네오의 볼을 꼬집어 올렸다. "넌 천사가 되기에 너무 이기적이야." 얀은 이곳에 오기 전에 이미 네덜란드에서 화장여행을 했다. "내가 본 중에서 가장 아름다운 곳이더군. 그곳에 있는 나만의 집에 들어가 자는 게 나의 마지막 꿈이야." 그곳에서 자신이 묻힐 곳을 계약하고 유골함을 이미 사들고 온 것이었다.

토마스에게는 두 개의 문신이 있다. '평화를 원하거든 전쟁을 준비하라' 토마스가 등에 새긴 라틴어 문신이다. '조폭 신부'라는 별명이 괜히 생긴 게 아니다. 불법체류자나 파업노동자 들을 잡으려는 어깨들을 상대하려다보니 그 또한 싸움꾼이 되지 않을 수가 없다. 주먹은 가깝고 신은 너무 멀리 있다는 걸 그 역시 안다. "빌어먹을 세상, 우리가 보듬어야지, 하늘이 보듬어줍니까? 형제여, 힘 있을 때 다른 형제를 구하소서." 경찰서에 있는 불법이주자들을 데리러 갈 때마다 하는 말이다. 그리고 또다른 문신은 더 은밀한 곳에 있다. 토마스의 생도 사랑과 은총의 신부답게 사랑에서 시작해 사랑으로 끝난다. 헌신하면 헌신짝이 된다는 말처럼 유학 시절 한 여자에게 최선을 다했으나 그녀는 토마스를 떨어진 짚신짝처럼 버리고 떠났다. 모든 경험은 일종의 훈계와 같다. 어느 날 문득 토마스는 터득했다. 인생은 길고 사랑은 짧다. 인생은 짧고 사랑은 영원하다, 라는 역설을 깨닫는 데 길지 않은 시간이 걸렸다. 토마스의 사랑은 한 여자가 독차지하기에는 너무 큰 사랑이었나보다. 신도들의 사랑을 한몸에 받는 신부가 되었다. 나오키 역시 그중 하나다.

네오가 나오키를 처음 보았을 때 그녀의 몰골은 망가지고 비에 젖어 쓰레기 더미 위에서 굴러떨어진 마론 인형 같았다. 멍든 피투성이 얼굴에 떡처럼 엉킨 머리카락이 눈을 가렸고, 호주머니를 없앤 흔적이 있는 재킷에 라면 국물 묻은 몸뻬를 입고 있었다. 네오는 그 이상한 조합의 그녀를 날을 세운 눈으로 보다가 고개를 홱 돌려버렸다. 이곳에 있는 동안 나오키는 새끼 오리가 태어나 처음 본 어미의 꽁무니만 따라다니듯 네오만 쫓아다녔다. 나중에서야 그 이유를 알 수 있었다. 네오는 그녀를 보면 뭔지 모르게 마음이 불편해지는 게 있었다. 고의는 아니지만 그녀의 눈길에서 느껴지는 봉독처럼 따갑고 신랄한 것. 그게 뭔지 몰랐다. 그때는 그저 연민과 수치심 때문에 외면하고 싶을 뿐이었다.

네오는 한때 암페타민 중독이었다. 네오의 아버지는 알코올릭이었다. 처음 알코올을 맛본 것은 태어난 지 돌이 조금 넘었을 때. 엄마는 가출중이었다. 사춘기를 지나서인지 반항의 방법이라고 하기에는 너무 치밀해서 아버지는 어떤 경로로도 엄마를 찾을 수가 없었다. 아버지는 병째 마시던 소주를 우유에 타주었다. '너나 나나 참 고독한 인생이다.' 이런 말을 하였을까? 부모가 아이를 버릴 권리가 있다면 아이 역시 부모를 버릴 권리가 있다는 걸 나중에야 알았다. 엄마를 그리워하지는 않았다. 다만 세상에 사기당하는 기분은 남아 있었다. 바나나 없는 바나나우유나 붕어 없는 붕어빵처럼…… 어느 날, 아버지는 네오의 입에 쮸쮸바를 물리고 공항이라는 곳에 데리고 갔다. 거기서 아버지는 1,500미터 계주선수가 바통을 넘기듯이 네오의 손을 허리가 잘록한 악기를 든 형에게 넘겼다. 샌프란시스코에서 갈아탄 비행기가 콜로라도의 덴버 공항에 내리자 형은 네오의 손을 눈이 날카롭게 생긴 노랑머리 여자에게 다시 쥐여주었다. 총 열일곱 시간 만에 담쟁이가 창을 가린 붉은 지붕 집 앞에 도착했다. 열일곱 시간의 거리만큼 네오는 익숙한 세상에서 멀어졌다. 집으로부터 멀어졌고, 아버지로부터 멀어졌고, 술이나 담배 심부름 갈 때마다 용가리 소시지를 손에 쥐여주던 아저씨로부터 멀어졌다.

집을 옮겨 다닐 때마다 엄마와 아빠가 생겼다. 그때마다 엄마와 아빠 앞에 '새'라는 수식어가 붙었다. '새'라는 말은 얼마나 좋은가. 새것, 새날, 새봄, 새아침. 그런데 유독 안 어울리는 명사가 있다. 엄마와 아빠다. 세상은 그런 것이다. 가장 아름다운 말인 '새'와 '엄마'가 합쳐져서 세상에서 가장 불행할 수도 있는 조합을 만들어내는 것. 어쩌면 엄마와 아빠도 함께 살기 전에는 세상에서 가장 아름다운 두 사람이었는지도 모른다. 그날 네오에게 새엄마와 새아빠가 안겨준 선물은 천 피스짜리 대형 수족관 퍼즐이었다. 과연 세상은 천 피스 수족관처럼 어지러웠다. 대학 선교 팀의 일원으로 한국에 왔다가 바이올린을 키던 형, 자신을 미국까지 데려다주었던 토마스를 만난 것은 무언가를 기대해서 얻어본 적이 없는 네오에게는 두 번 있을 수 없는 행운이었다. 토마스가 사제 서품을 받은 후 자신이 에스코트했던 고아 아닌 고아, 지금쯤은 성인이 되어 있을 아이가 다시 한국에 돌아왔을지도 모른다는 생각을 하고 찾기 시작한 것이 그즈음이라고 했다.

네오는 개수대 수돗물 밸브를 올린다. 물이 손을 타고 내린다. 샐러리와 아스파라거스, 양상추와 양파를 씻는다. 부드러운 물의 감촉이 피부에 닿았다 아래로 미끄러진다. 네오는 언제부턴가 물로 환생한 나오키를 상상한다. 그녀는 영혼 없이 투명한 물방울로 네오 곁에 있는 것 같다. 세상에 물은 너무 흔한데 그 물 같은 나오키는 없다. 허전하다. 신기루처럼. 먹어도, 먹어도 배부르지 않은 솜사탕처럼.

나오키와 함께 출입국관리사무소에 동행해야 할 일이 있었다. 지금 생각해도 끔찍한 일이었다. 토마스가 부탁한 일만 아니었다면 도망이라도 가고 싶었을 것이다. 그날 오후 그녀는 약속 장소인 지하철역 앞에 조금 늦게 나타났다. 오, 마이 갓! 이 무슨 도날드 덕 막춤 같은 시추에이션? 나오키의 모습은 차마 눈 뜨고 볼 수 없는 것이었다. 목과 소매가 레이스로 너풀거리는 분홍색 블라우스에 겨울용 롱스커트를 입고 있었다. 8월의 복중이었다. 분홍 펄 섀도로 광대뼈가 반짝였으며, 머리는 거품처럼 부풀려 마치 퍼포먼스를 위해 분장을 한 것 같은 몰골이었다. 돌아가 다시 준비하기에는 늦은 시간이었다. 자신이 이상한 차림새라는 것을 모르는 듯 그녀의 진지함이 더 코미디 같았다. 나중에 안 사실이지만 남편이 그녀의 옷을 모두 태워버렸고 그나마

성한 옷 중 하나를 골라 입고 나온 터였다. 그것을 벌충하느라 미용실에 갔던 것이 탈이었다. 그녀가 찾은 동네의 미용실은 왕년에 미스코리아를 배출한 숍이라는 누렇게 바랜 간판을 수십 년 동안 떼지 않은 곳이었다. 원장은 그녀를 마루타 삼아 지난날의 영광스러운 날들을 재연했던 것이다. 아마 원장의 머리는 그녀로 인해 더 헝클어졌으리라. 네오는 체념하고 최대한 떨어져 걸었다. 사람들이 지나가다 그녀를 쳐다보았다. 땀은 눈치도 없이 흘러내리고 그날따라 세상의 모든 소음은 네오의 신경을 바이올린의 현처럼 팽팽하게 긴장시켰다. 골치 아플 줄 알았던 일은 오히려 직원의 착오였음이 밝혀져 쉽게 해결되었다. 하지만 돌아오는 길이 더 가관이었다. 땀으로 화장은 지워져 얼룩이 졌고, 한 시간 동안 공들이며 여기저기 꽂아놓았던 실핀들이 흘러내려 머리는 초라하게 헝클어졌다. 네오는 눈물이 날 것 같았다. 사람들은 그녀를 흘끗거리며 지나갔다. 창피하다는 생각 때문에 어떤 다른 생각도 할 수 없었다. 기대도 없는 인생이었지만 사는 게 무어라고 짧은 찰나와 같을 수도 있는 이 순간 누군가로 인해 이런 격렬한 저항감으로 녹초가 되어야 하는지, 무엇 때문에 한 인간을, 이 작은 여자를 이토록 미워하는지, 왜 자신은 이타적인 사랑으로 아타락시아 같은 행복을 얻을 수는 없는 것인지, 수많은 원망이 고개를 쳐들었다. 전생에 무슨 죄를 지었는지, 기억도 나지 않는 전생을 더듬어보았다.

지하철을 타고 오는 내내 나오키를 모르는 사람처럼 외면했고, 그녀가 이런저런 것을 물을 때마다 얼굴을 붉히며 못 들은 척했다. 급기야 더이상 참을 수 없는 순간이 오고 말았다. 긴장과 피로 때문인지 갑자기 복통이 찾아온 나오키는 급하게 화장실을 찾았다. 더위와 짜증으로 얼굴이 벌겋게 달아오르는 것을 참고 있던 네오가 질렸다는 듯한 눈길을 허탈하게 보냈다. 그때 팽팽하게 당겨졌던 현이 머릿속에서 끊어지는 소리를 들었다. 그녀를 환승역의 화장실에 데려다준 다음 네오는 최대한 빠른 속도로 그곳에서 도망쳤다. 마치 온 인생에서 도망치듯이. 나오키가 자신을 따라오는 지옥이라도 되는 듯이.

밤이 되어서야 어슬렁거리며 들어가던 네오는 게스트하우스 앞의 놀이터에서 검은 물체를 보고 발이 얼어붙고 말았다. 그녀는 열대야가 맹위를 떨치던 그때까지 여름날 녹아버린 쫘배기처럼 축 늘어져 시소 위에 앉아 졸고 있었다. 나오키의 머리핀이 어둠 속에서 반짝거렸다. 그것은 네오의 한 가닥 죽지 않은 양심 같았다. 조금 찔리기는 했지만 그래서 더 화가 났다. 이런 코끼리 똥 같은 인생을 봤나? 가까이 다가가자 나오키가 고개를 들었다. 반쯤 떨어져나간 속눈썹이 덜렁거렸다. 네오는 저도 모르게 나오키의 눈을 감기고 그것을 떼어냈다.

그후, 네오는 나오키와 다른 몇몇의 이주민들을 인터넷 방송국의 교육생으로 등록시켰다. 한 명 등록시킬 때마다 구청에서 보조금이 나왔고 그것은 마음만 있다면 개인이 적당히 유용할 수 있는 돈이기도 했다. 하지만 그 일이 나오키의 인생을 뒤바꾸는 일이 될 거라고는 생각지도 못했다. 다문화 가정을 위한 일본어 음악방송에서 자원봉사를 하던 유학생이 본국으로 돌아가게 되면서 다른 디제이가 필요했고 네오는 나오키를 추천했다. 나오키가 실패하고 사람들에게 놀림이 되기를 기다렸던 것일까? 결과적으로 놀려주려 했던 네오의 속셈에 토마스가 반대하지 않은 것은 의미심장한 일이었다. 어쨌든 그 결과는 '고향이 그리운 그대에게'라는 멘트로 시작하는 나오키의 일본어 음악방송이 인터넷 라디오 방송국 〈메이데이mayday〉의 인기 프로그램이 된 것이었다. 그 허름한 스튜디오가 나오키에게 새로운 세상으로 나가는 길이 될 줄은 아무도 몰랐을 것이다. 허스키한 목소리도 단점이라면 단점이었고 진행은 초보자답게 어설펐다. 한 달을 못 채우고 그만두어야 할 것 같다는 자책을 하고 있을 즈음, 일본 새댁이 방송을 듣고 감동하여 눈물을 흘렸다는 사연을 전해왔다. 나오키가 들려주는 노래를 들으며 옛 생각에 빠지는 사람들, 분노를 잠재우는 사람들, 향수를 달래는 사람들, 엄마의 사랑을 떠올리는 사람들, 기다리는 연인을 생각하는 사람들로 점점 신청곡이 늘어났다. 나오키의 변화는 네오를 부끄럽게 했다. 가끔 나오키를 몰래 훔쳐보았다. 네오는 인정하고 싶지 않지만 나오키가 예쁘다고 할 수 있는 얼굴이라는 것을 다시금 깨달았다.

네오는 철이 들면서 포기하는 것도 빨라졌고 무슨 일이 있어도 더이상 놀라지 않는 법을 배웠다. 우화 속 여우의 신 포도처럼, 갖지 못하는 것은 가시 철망 저편으로 보내버리면 마음이 편해졌다. 그런데 나오키는 여전히 놀라고, 감탄하고, 작은 일에 분개하고, 무모하게 용감하고, 자신이 믿는 것에 대해서는 어떤 칼이 위협을 해도 두려움이 없었다. 그런 만큼 사는 일도, 먹는 일도, 똥 싸는 일도, 요리도, 빨래도 열렬히 최선을 다해서 했다. 집요하고 끈질긴데다 포기할 줄도 몰랐다. 보는 이가 안타까울 정도지만 정작 자신은 그것을 모르고 있었다. 어느 날 나오키는 음악방송 선곡을 위해 하루 종일 검색하고 목록을 작성하고, 구하기 어려운 곡들을 일일이 메일을 보내 요청하느라 점심도 거르고 있었다. 네오는 "뭘 그렇게 또 용을 써가면서 해? 대충

해도 살아" 하고 포도 접시를 내밀었다. 그 순간, 물풍선에 바늘을 들이댄 것처럼 느닷없이 나오키가 울음을 터뜨렸다. 게스트하우스에 처음 올 때 피멍이 든 얼굴로도 눈물을 보이지 않던 나오키였다. 왜 울었을까?

네오는 하루 종일 나오키 생각을 했다. 나오키에 대한 무지함과 경박함, 잔인함, 또 무관심을 가장하여 그녀를 외면했던 것들에 대해 심히 혐오스러움을 느꼈다. 그것은 예전에 네오가 느끼던 부끄러움과는 거리가 멀었다. 몇 달 전만 해도 나오키와 함께 있는 것만으로도 수치스러웠다. 다시금 느낀 수치심은 그게 아니었다. 처음 나오키에게서 본 모습은 바로 네오 자신을 질책하는 자신의 눈빛이었다. 그녀는 포교를 목적으로 한 집단결혼으로 한국에 왔다. 많은 일본 여성들이 자신이 믿는 종교에 의해 얼굴도 모르는 한국 남자에게 왔지만, 그 남자들의 일부는 가난과 정신질환이나 폭력성 등을 숨긴 채 결혼했다. 나오키는 자신이 기만당했다는 사실을 인정할 수 없었으므로 남편과 헤어질 수도 없었다. 일본의 부모는 지진으로 모두 죽어 더이상 돌아갈 곳도 없는 여자였다. 나오키의 경이로운 점은 많은 일을 겪었음에도 자신이 행복하다고, 운이 좋다고, 아직도 가진 게 많다고 믿는 것이었다. 자신의 생을 포기하거나 멈추지 않는 나오키는 네오에게 불편한 거울일 수밖에 없었다. 언젠가 그녀는 물었다. "넌 왜 그러고 사니?" "내가 왜?" "넌 누구에게도 마음을 열지 않아. 항상 불안해하고." "그러는 넌?" "난 불편해. 여기 생활이…… 하지만 불편한 건 외부 환경일 뿐이야. 하지만 불안은 마음에서 오는 거야."

이곳은 어딘가로부터 쫓기는 사람들이 모이는 곳이다. 네오 역시 무엇엔가 도망치듯 숨어들었다. 게스트하우스로 도망 온 사회부적응자에 실패한 국외자. 나오키는 네오보다 나을 게 없는 상황이고 나이도 한 살 어리지만 눈빛만은 살아 있었다. 그리고 그 눈은 정직하게 네오의 마음을 거울처럼 비춰주었다. 네오는 그것이 불편했던 것이다. 왜 그녀는 쓰러지지 않는가? 그 몰골을 하면서도 꼿꼿이 든 어깨와 살아 있는 눈빛이 마음에 들지 않았던 것이다. 자신의 내면을 단숨에 스캔당하는 것 같은 서늘한 나오키의 눈길. 그것은 네오가 가까스로 외면하고 있던 것을 뙤약볕처럼 밝고 뜨겁게 비추는 불편한 거울이었다. 더구나 그 거울은 왜곡되지도 않았고, 오물이 묻지도 않은 아주 맑은 거울이었다. 그제야 네오는 왜 자신이 그토록 나오키를 불편해했는지, 자신을 또렷이 바라볼 수 있게 되었다.

  게스트하우스에 정전이 된 일이 있었다. 여름 폭우가 쏟아지는 날 두꺼비집이 내려가며 순식간에 어둠이 덮쳤다. 어둠 속에서 두려움을 느낀 것은 나오키가 아니었다. 네오는 어둠이 본능적으로 싫었다. 읽고 있던 책을 덮고 나오키는 네오의 손을 잡아 자신의 가슴 위에 얹어놓았다. 나오키의 심장은 규칙적으로 뛰고 있었다. 영원히 멈출 것 같지 않아서 편안했다. "예전에도 이렇게 캄캄한 밤이 있었어. 그때는 나 혼자였지만. 일곱 살 때까지 교회에 다녔어. 교회는 내가 살던 동네에서 가장 예쁜 건물이었고 목사 사모님은 내가 본 중에 가장 좋은 분이셨지. 그분들이 떠난 후 다시는 교회에 나가지 않았지만…… 부활절이 가까워오는 날이었을 거야. 달걀을 나누어주러 가고 있었어. 다섯 집을 돌아야 하는데 그 다섯번째 집에 당도하기 전 세상이 무너지는 소리를 들었어. 지옥이 있다면 아마도 그런 곳일 거라는 생각이 들었어. 그 아우성과 비명, 폭탄 같은 먼지와 잔해 들. 눈을 떠보니 계단 아래 틈에 내가 끼여 있었어. 빗물과 땀으로 그림이 다 지워진 달걀을 하나씩 먹기 시작했어. 될 수 있는 한 가장 천천히. 해가 뜨면 하나를 먹었고, 해가 지기 시작하면 다시 하나를 먹었어. 나머지 하나를 먹고 났을 때 구조대가 콘크리트를 부수는 소리를 들었어. 동생이 사고로 죽었을 때에도 난 삶은 달걀을 꼭꼭 씹어 먹었어." 불안해하는 네오를 위해 어둠 속에서 나오키는 달걀을 삶았다. "세상에 둘만 남은 기분도 나쁘지 않은걸? 이 책에 나오는 말인데, 다른 사람들은 천 명에 백을 곱한 것처럼 많지만 사랑하는 사람은 하나에 하나를 곱한 것처럼 단 한 사람이래." 어느새 그치기 시작한 비의 나지막한 속삭임에 사방은 더없이 아늑했다. 아마도 알퐁스 도데가 동경했던 아를의 물방앗간의 느낌이 그런 것이지 않았을까. 그때를 떠올릴 때마다 네오는 생각했다. 어둠 속에서 네오의 얼굴을 장님이 석고상 만지듯 더듬던 나오키는 말했다. "너는 내 동생과 어딘지 닮은 데가 있어. 나중에 사진 보여줄게." 하지만 동생의 얼굴을 확인할 수 있는 기회는 오지 않았다. 그날, 그녀의 몸은 따뜻한 물풍선처럼 부드러웠다. 모래밭에 새겨진 이름처럼 미세한 흔적만을 세상에 남기고 가버렸지만, 비가 오면 빗속에, 눈이 오면 눈 속에, 안개가 끼면 안개 속에, 구름 속에, 세상의 모든 향기 속에서 나오키의 흔적을 찾을 수 있다. 나오키는 지난 크리스마스 파티에 참석하지 못했다. 나오키가 없는 크리스마스는 슬펐다.

"오 마이 갓, 나나."

네오는 닭가슴살을 씻어 거름망에 받쳐두고 포도주를 꺼내기 위해 냉장고를 열다 비명을 지른다. 병 속의 포도주는 바닥 가까이까지 내려가 있다.

"미쳐, 미쳐."

빌라 엠 화이트와인은 고기를 먹지 않는 나오키가 특별한 날에만 준비하던 포도주였다. 나나에게서 술 냄새가 풍긴다. 나나를 향해 소리를 지른다.

"나나, 이건 나오키가……"

"미안, 미안. 남은 게 그거밖에 없었어. 세상에 와인이 비처럼 내린다면 그보다 더 아름다운 풍경은 없을 거야."

나나는 잔에 남은 와인을 홀짝 마시며 네오를 향해 혀를 내민다.

"와이 낫? 차라리 바닷물이 포도주로 변하라고 기도를 하지."

"나오키는 날 이해할 거야. 그렇지, 나오키?"

나나는 허공을 향해 묻는다.

오늘의 메인 요리는 나오키가 가장 좋아했던 데블스 에그다. 마요네즈, 피클, 머스터드, 파프리카 가루를 넣은 데블스 에그. 루디가 네오의 허리를 껴안는다.

"정말 도와줄 거 없어?"

"징그럽게 왜 이러셔? 됐어. 가만있는 게 도와주는 거야."

때로는 혼자 음미하고 싶은 시간이 있다. 지금이 네오에게는 그런 때다.

시디를 끄자 갑자기 적요가 몰려든다. 긴 햇살이 소파를 비춘다. 어느새 나나는 소파 아래로 팔을 늘어뜨리고 잠이 들었다. 술기운에 가늘게 코까지 곤다. 루디가 넋 놓고 나나를 바라본다. 천지창조를 도운

천사의 노곤한 잠을 보는 듯한 시선이다.

"나나는 내게 늪이야. 도저히 빠져나올 수 없는……"

'지금 내 앞에서 그러고 싶을까? 그런데 왜 신은 암컷과 수컷을 따로 만들어 만나는 기쁨과 헤어지는 고통을 동시에 주는지……' 네오의 생각을 읽기라도 한 듯 루디의 눈빛이 답한다. '지금 내 손에 있다고 영원한 건 아냐. 후회하고 싶지 않을 뿐이야.'

"그런데 토마스는 종부성사 간다고 하더니 아직 끝나지 않았나봐. 하루도 쉬는 날이 없으니 하느님도 너무 바쁘시겠다."

네오는 엉뚱한 말로 화제를 돌린다.

인간을 태어나게 하기도 바쁘고, 데려가기에도 바쁜 나날이다. 덩달아 그의 종인 토마스도 바쁘다. 네오가 다시 시계를 본다. 얀이 올 때가 되었다는 생각과 동시에 벨이 울린다. 현관에서 초록으로 머리를 물들인 얀이 떠들썩한 인사와 함께 팔을 벌린다. 네오는 들고 있던 조리용 나무 숟가락이 얀의 옷에 묻을세라 조심스럽게 얀의 겨드랑이 사이로 팔을 넣는다. 오늘도 얀은 얼굴이 벌겋게 부었다. 선글라스를 쓰지 않으면 안 되는 이유는 멋있게 보이기 위해서가 아니다. 함께 사는 괴물이 또 발작을 일으켰을 것이다. 게이 클럽에서 노래를 부르다 만난 괴물은 이미 폭력으로 이혼한 경험이 있다. 그런데도 얀은 그와 헤어지지 않는다. "그 괴물과 언제 헤어질 거냐?" 언젠가 루디가 따지고 들었다. "그 사람도 치료받기 위해 나름대로 애쓰고 있어." "세상에 절반은 남자야, 그 돼지 똥꼬 털만도 못한 놈이 뭐가 좋다고. 나어때? 나도 호모는 싫지만 너라면 생각해볼게." "루디, 피사의 사탑이 왜 기울었는지 알아?" "그걸 내가 어떻게 알아." "나도 몰라. 하지만 피사의 탑이 제가 기울고 싶어서 기울었겠어? 그냥 살다보니 그렇게 된 것처럼 나도 그런 거야. 이제 와서 똑바로 서 있는 피사의 탑은 의미가 없지. 나 역시 그런 놈이야." 왜 멋있고 똑똑한 남자는 모두 게이인 거지? 참을 수 없는 것, 껴안지 않으면 안 되는 시점이 있다. 네오는 그때 얀을 안아주고 싶었다. "사랑은 저절로 증명되는 거야. 어떻게 자신에게 설명하고 설득시킬 수 있겠니?" 얀의 말처럼 누군가를 좋아하는 건 그런 거다.

누군가의 차가운 손이 네오의 발목을 쓰다듬는다. 들고 있던 냅킨을 떨어뜨린다. 어느 틈엔가 비비가 네오의 왼다리를 감는다.

"나나!"

네오가 소리 지르자 나나가 눈을 뜬다. 사태를 알아차린 나나는 사방을 두리번거린다.

"바구니가 어딨지?"

"나오키 보러 가는 데도 데리고 갈 거야?"

"그럼, 나오키도 보고 싶어할 거야. 도무지 '책임'이라는 말이 네 사전에는 없구나."

이제 토마스만 오면 출발할 수 있다. 식혀놓은 요리들과 샐러드를 도시락에 담고 피크닉 가방에 냅킨과 준비한 음식을 챙겨 넣는다. 주방을 정리한 네오는 거실로 나와 시디를 켠다.

"이거 무삭제판이야. 무슨 말인지 알지? 포르노 커플도 다 나와. 흐흐."

낭만이라고는 희귀종 돌고래처럼 드문 네오에게, 로맨스 영화라도 보고 배우라고 루디가 선물한 시디다. 나나와 루디와 얀이 옆에 와 앉는다.

"우울해질 때마다 난 히스로 공항의 도착 출구를 생각한다."

휴 그랜트의 나긋한 내레이션과 함께 공항 로비에는 포옹하는 사람들로 가득 찬다. 연인들은 만나고 헤어지고, 헤어졌다 또 만난다. '니미럴, 좋겠다.' 루디는 나나를 껴안는다.

"네오, 그러다 눈알 빠지겠다."

너무 많이 돌려본 탓에 시디가 튄다. 나나와 루디는 영화를 보며 히죽히죽 웃는다. 마지막 자막이 끝나고 나면 말할 것이다. '세상 뭐 있어? 천국을 옆에 놔두고.' 화면에서는 파티 장면이 계속 되고 있다. '……피어나길 기다리는 꽃처럼, 어두운 방의 전구처럼. 난 단지 당신을 기다리며 여기 앉아 있어요…… 비를 기다리는 사막처럼 봄을 기다리는 학생처럼 난 그냥 여기 앉아 있어요. 당신을 기다리며……' 소파에 나란히 앉은 네오와 루디와 나나와 안은 노래를 들으며 달달한 눈으로 미소를 짓는다.

"저 영화 나오키도 좋아했는데……"

"아마 천국 문지기가 나오키를 가만두지 않았을걸?"

"매력 있는 여자는 지옥의 악마도 춤추게 할 거야."

"맞아, 나오키라면……"

영화를 보던 나나와 루디가 혼잣말처럼 중얼거린다.

"그런데…… 왜……"

"하느님 욕심이 과한 거지."

"면접 보는 날이었지? 어쩌면 정규직을 얻을지도 모른다고 얼마나 들떠 있었는데……"

"황당했지. 갑자기 그 돼지콜레라 같은 작자가 그렇게 들이닥치니…… 그것도 알코올 심지에 타오르는 불꽃처럼 이글거리는 눈을 하고."

갑자기 나나가 정색을 하고 네오를 노려본다.

"그때 네오 넌 나오키를 그렇게 보내는 게 아니었어. 나오키는 남편 손에 붙들려 가면서도 너만 보고 있었어. 그 눈 봤어? 그런데 넌……"

그랬다. 네오는 그 비겁한 정신병자한테 순순히 나오키를 내주었다. 나오키가 그렇게 가버리고 난 일주일 후 안이 가지 못한 천국에 나오키가 먼저 갔다. 1년 전 오늘이었다. "당신은 우리에게 더없이 잔인하고 무서운 고통을 주셨나이다. 그러면 그것을 견딜 만한 암벽 같은 심장과 철근 같은 심줄로 우리를 만들었어야 하지 않나요." 토마스는 그때, 신이 주신 생명이니 당신이 데리고 가는 데야 할 말이 없지만 왜 하필 나오키냐고, 왜 하필 내게 맡긴 양이냐고, 줬다 뺏는 건 몰매 맞을 일이라고 기도에 덧붙였다.

영화는 저 혼자 대사를 하고 장면을 바꾼다. 사람들은 웃고 울고 떠들고 화를 내고 술을 마시고 잠을 자고 키스를 하고 길을 걷는다. 각각의 커플들은 다시 만나고 화해를 하고 사랑을 하고 서로를 용서한다. 그동안 네 사람의 표정은 가질 수 없는 것을 바라는 것처럼 간절해진다. 표현되지 못한 애도는 어떤 식으로든 몸 밖으로 나와 제가 하고 싶은 것을 하고 제가 가고 싶은 데로 간다. 나나가 벨리댄스를 음악도 없는 어둠 속에서 추는 것도, 안이 앰프도 연결해놓지 않은 기타를 치는 것도, 발가벗은 루디가 빈 캔버스 위에 몸을 굴리는 것도 모두 네오와 비슷한 이유일 것이다.

"네오 너를 이해하고 싶지만, 이제 와서 무슨 소용?"

"내 말이……"

루디가 냉큼 그 말을 받는다.

"변명 같지만, 너희들은 나오키를 보내고서도 둘이서 킬킬거리며 편히 먹고 자고 했지만 난 그럴 수 없었어. 사람은 너처럼 뱀을 키우는 것 하고는 달라. 나도 피가 말랐다고."

"그러면서 또 약을 하고 미친 듯이 소리나 질러대고? 그렇게 도망쳐서 천국에 가고 싶었니? 나오키를 진짜 천국에 보내는 건지도 모르고……"

나나의 목소리가 잦아든다. 루디는 나나의 축축한 눈에 키스를 하고 찝찔한 맛 때문인지 입맛을 다신다.

그 일이 있은 지 일주일 후 네오는 거대한 굉음과 함께 뒤통수를 얻어맞은 것 같은 통증에 눈을 번쩍 떴다. 그리고 무의식중에 텔레비전을 켰다. 뉴스에서 연기가 피어오르는 차 한 대를 비추고 있었다. 유리 나오키 29세, 라는 고딕 글씨가 자막으로 나왔다. 나오키라는 이름의 퍼즐로 만들어가던 소박한 자신의 인생이 와르르 무너지는 소리를 들었다. 갑자기 나나는 눈물이 고인 눈으로 웃음을 터뜨린다.

"그래도 대단해. 그렇게 가면서도 그런 노래가 나오다니…… 나오키가 그렇게 만화영화를 좋아했나?"

남편의 손에 끌려가던 그녀는 어느 순간, 네오를 향한 간절한 시선을 거두고 앞을 똑바로 보고 걸어갔다. 허밍 같은 노래가 가늘게 나다가 점차 멀어져갔고, 얼마 후 나오키와 남편의 뒷모습은 완전히 사라졌다. 사고가 나던 날, 잠결에 들은 것은 분명 나오키의 허밍이었다. 꿈이 아니었다.

"ㅎㅎ흠 ㅎㅎㅎ흠 ㅎㅎㅎㅎ흠 ㅎ흠 흠흠흠흠 ㅎㅎ흠 마징가 젯."

루디가 배를 잡고 웃으며 나오키 흉내를 낸다.

"나오키가 보기보다 성깔 있잖아. 그때 그랬잖아. 부활절 선물 고를 때. '난 필요한 것만 사야 한다는 잔소리에 질렸어. 필요한 게 아니라 내가 갖고 싶은 걸 살 거야.' 그러면서 빨간색 란제리를 골랐지? 그때 난 여자란 역시 불가사의한 존재란 걸 알았다니까. 아무리 배가 고파도 아름다워지는 데 자신에게 남은 모든 걸 바치는 여자는 정말 신비로워."

네오는 눈을 감았다. 자신을 용서할 수 없었으므로 눈을 뜰 수도 없었다. 자신을 본다는 것이 더없이 끔찍한 일처럼 느껴졌다. 그후 석 달을 허공에 붕 뜬 것처럼 안개 속에서 살았다. 붉어진 눈으로 화면을 뚫어져라 쳐다보던 나나가 다시 한숨을 쉬며 말한다.

"지지리 복도 없는 년."

나나가 클럽 매니저에게 매번 듣는 소리다. 네오는 대꾸할 생각도 않고 빨개진 눈으로 앞만 주시한다.

"세상 참 너그럽다. 인생에 대한 예의라고는 모기 눈알만큼도 없는 애도 멀쩡한데…… 아무리 고르곤 같은 인생이라지만 이건 너무해."

"그만해. 나도 힘들어."

"그만해…… 나도 힘들다고? 있을 때 잘하지."

"알았으니까 그만하라고. 그러는 넌…… 처음 나오키 왕따시킨 게 바로 너였어."

"그건……, 그래, 그랬어. 나오키가 처음 왔을 때 그렇게 멍든 얼굴로도 예쁘장한 게 질투가 났었어. 그 눈빛도 약올랐고. 그런데다 나보다 어린 게 반말하는 데 미운털이 박혔었나봐. ……그래도 너처럼 양다리 걸치지는 않아."

이번에는 안과 루디조차 네오의 편은 돼주지 못한다. 네오는 한 여자를 일생 동안 사랑하는 동화 같은 이야기의 주인공은 아니었다. 사랑도 남이 하면 싸구려 가십거리지만 내가 하면 「별」이나 「소나기」처럼 지고지순하게 느껴지는 것처럼 네오 역시 저급한 인간의 범주 안에 속해 있었다. 세상이 아를의 풍차방앗간처럼 순박한 사랑의 공간이 아니듯 모든 여자가 스테파니 아가씨일 수도 없고, 또 모두 「소나기」 같은 사랑일 수 없다. 나오키의 남편이 나타나기 얼마 전 P가 네오를 찾아왔다. 낭만적이고 연극적인 허영을 꿈꾸었던 P에게 유능한 외과의는 구색 좋은 트로피의 의미밖에는 없다는 것을 뒤늦게 알았던 것이다. "너 후회 많이 될 거야. 나까지도 질렸어. 우정과 사랑은 종이 한 장 차이지만 그 종이의 무게는 한 생명을 들었다 놓을 수도 있을 만큼 무거워." P와 만나고 있던 사실을 안 안이 네오에게 해준 경고였다.

"만약 내가 P를 만나지 않았다면 나오키는 남편과 헤어질 수 있었을까?"

"이제 와서? 나오키의 하루는 지옥의 천 일이었을 거야."

"나 자신을 믿을 수 없었어. 나오키의 사랑이 진심이기에 더 도망치고 싶었어."

"연애는 도피처가 아니야. 넌 돈 후안도 카사노바도 아니야. 그저 불안을 달래기 위해 누군가를 만나지 않으면 안 되었을 뿐이야. 그것도 모르고…… 불쌍한 나오키."

나나는 다시 흥분했고 급기야 필요도 없이 달려 있는 그것을 잘라 버리겠다고 네오의 바지를 벗기려는 해프닝을 얀과 루시퍼가 함께 저지했다.

"워~ 워~, 슬픔은 슬픔으로 치유되지 않고 분노로 분노를 치유하지는 못해."

"너도 재수 없어, 얀."

나나는 숨겨놓았던 물주머니가 터진 듯 통곡에 가까운 울음을 다시 쏟아낸다. 비비와 키키의 몸이 나나의 눈물로 번들거린다.

전쟁에 패배한 장수가 뒤통수에 칼을 들이대듯, 비굴할 정도로 나오키를 달래던 남편은 일주일 만에 다시 예전으로 돌아갔다. 그도 처음에는 착한 아들에 성실한 남편이 되고 싶었을 것이나 정신질환으로 인격마저 황폐화되어, 자신을 제어할 능력이 없어서였을까. 그날 그는 나오키를 태우고 미친 듯이 운전했다. 유조차의 귀퉁이를 박고 차는 유조차 아래로 빨려들어갔다. 엔진에 불이 붙었고, 차는 검은 연기 속으로 사라졌다. 그녀는 정말 불행을 타고난 여자였다. 하지만 마음은 천국이었다. 천국 같은 여자의 천국 생활은 정말 지겨울 것이다.

얀이 일어나서 밖으로 나가려던 네오를 다시 앉힌다.

"시간은 흘러가고 운명은 제멋대로 노를 저어가겠지. 우린 그냥 둥실 떠서 물결이 가는 데로 가는 거야. 풍랑에 배가 뒤집히지 않도록 몸을 맡기고. 기도 따위는 필요 없어. 차라리 노래를 부르는 게 낫지. 안 그래? 아무래도 상관없어. 누구나 알다시피 어쨌든 바람은 불어…… 눈을 떠봐, 눈을 들어 하늘을 봐……"

나오키가 앉았던 시소와 창밖으로 보이던 비에 젖은 미끄럼틀, 그녀를 태우고도 너무 가벼워 흔들리던 그네, 골목길의 가로등, 그 가로등 아래 황금색 빗금을 그리던 빗줄기, 서로의 체온을 보듬어주던 무릎 담요. 기억에 남는 것은 서로가 했던 말이 아니었다. 함께했던 날들의 풍경들, 바람, 불빛, 소리, 그 안에서의 나오키의 움직임, 느낌, 주변을 떠도는 공기의 흐름만은 선명하다. 네오는 호주머니 속에 손을 넣고 나오키가 준 돌을 만지작거린다. 나오키의 뱃속에서 나온 사리 같은 결석. 네오가 지하철에서 도망친 그날 나오키가 복통을 호소했던 원인이 그것이었다. 그런 줄도 모르고…… 그것은 정전이 되던 날, 네오의 손에 쥐어졌다. "이 더럽고 추한 것, 나를 아프게 했던 것이지만 이젠 나의 흔적으로 남은 것. 언젠가는 이걸 누군가에게 주고 싶었어. 내가 가장 행복한 날, 나를 가장 행복하게 해주는 누군가에게." 어쩌면 그 말이 유언이 되어버렸는지도 모른다. 비릿한 냄새를 풍기는 그 돌만은 나오키의 체온을 기억하고 있을 것이다. 그 밤 놀이터 앞에서 반쯤 떨어져나간 나오키의 눈썹을 떼어줄 때처럼 손을 뻗는다. 눈앞에 나오키가 있기라도 한 것처럼.

얼마 전, 토마스에게 이곳을 나가겠다고 말했다. 세상으로부터 도망 와 토마스의 등 뒤에서 그동안 숨어 살았던 것이다. 두렵지 않은 것은 아니다. 알고 보면 세상 역시 게스트하우스다. 누구든 이 땅의 두려움 많은 손님일 뿐. 그렇게 생각하면 단순하고 명쾌하고, 두려움도 무뎌진다.

루디와 얀이 나나와 네오를 각각 끌어안는다. 영화는 어느새 결혼식 장면이다.

"흐미, 미치겠네. 난 키이라 나이틀리와 천국에서 꼭 만날 거야."

네오의 귀에 대고 속삭인다. '하지만 지금은 키이라 나이틀리보다 나나가 좋아. 이렇게 눈앞에, 내 옆에 있으니까. 직접 만질 수도 있고, 냄새를 맡을 수도 있잖아.' 이렇게 말하듯 루디는 코를 나나의 어깨에 묻는다.

"나나, 곧 명장면이야."

"난 저 커플보다 물에 빠진 원고를 미친 듯이 건져내면서 손짓 발짓으로 사랑을 키우는 소설가 커플이 더 마음에 들어. 드라마틱하잖아. 사랑이란 국경도 언어도 초월하는 것."

드디어 화면 속에서 벨이 울린다. 문 앞에서 마크가 말없이 친구의 아내가 된 줄리엣을 향해 스케치북을 든다. 루디는 그 장면에서 박수를 치고 킥킥거린다. '내년에 운이 좋다면 난 이 여자들 중 하나와 데이트할 거예요.' 스케치북에는 마크의 고백과 함께 여성지에서 오려낸 화려하고 미끈한 외모의 여자들 사진이 붙어 있다. '그렇지만 지금은, 얘기할 거예요…… 내게, 당신은 완벽해요. 그리고 나의 헛된 마음으로 당신을 사랑할 거예요. 당신이 이렇게 보일 때까지.' 스케치북에 그려진, 해골같이 바싹 늙어버린 몰골을 보고 줄리엣은 품, 웃음을 터뜨린다.

"왜 미인들은 하나같이 입이 클까?"

루디가 눈치 없이 분위기를 깬다.

네오는 눈을 감는다. 노크를 하고, 문을 열고 나온 나오키를 향해 떨리는 마음으로 스케치북을 펼쳐 보인다. 온몸에 정전기가 일듯 짜릿한 감각과 더불어 가슴이 묵직하게 미어진다. '나의 헛된 마음으로 나오키 당신을 사랑할 거예요. 당신이 이 세상에 없다 해도……' 모든 로맨스가 부자의 특권이 아니듯이 모든 고백 역시 사랑에 성공한 이의 특권이 아니다. 아마도 고백은, 인간의 사랑이 닿는 가장 두렵고 연약한 곳에 위치한 풍차방앗간 같은 장소일 것이다. 그러므로 고백에도 예의가 있다면 그것은 바로 인간에 대한 예의를 레드카펫처럼 깔고 난 후라야 할 것이다. 아니면 한 영혼에 대한 예의라도. 오늘 가서 무슨 말을 해야 할지…… 어쩌면 진지함이라고는 버렸던 네오에게 인생의 첫번째 고백이 될지도 모르겠다.

전화벨이 울린다.

"토마스가 먼저 가래요. 마치는 대로 오신답니다."

"그럴 줄 알았어. 하루도 토마스를 편하게 보내주신 적이 없지."

다들 피크닉 바구니를 하나씩 챙겨든다.

"나오키가 눈이 빠지게 기다리고 있겠다."

"날씨 한번 더럽게 화창하네. 오늘은 나오키가 만든 오믈렛이 먹고 싶어." 나나가 킬킬거리다 결국 눈물을 쏟아낸다. "미친년, 그렇게 좋은 곳이면 같이 가지."

P와 헤어지긴 했지만 돈 자체는 악이 아니듯 사랑 자체는 어떤 이유든 선이다. 그 사랑이 어떤 종착점에 도착했는지에 상관없이. 그 사랑의 일생이 끝났다 해도. 인간은 추악하지만 인생은 아름답다고 누가 말했던가? 나쁜 아버지도 아버지여서인지, 그런 아버지마저도 그리워진다고. 너를 보내는 마지막 피크닉 파티가 될 거라고 말할 수 있을까? 가끔 나오키가 생각났다. 길을 걸을 때, 하늘을 볼 때, 바람이 불 때, 해가 뜰 때, 해가 질 때, 눈을 뜰 때, 눈을 감을 때…… 신은 결

코 한 인간이 홀로 서기를 원하지 않는다는 것을 새삼 깨닫는다. 그렇지 않다면야 왜 자신이 만든 피조물인 인간에게 신 같은 전지전능한 힘을 주지 않았을까. 토마스가 왼쪽 엉덩이에 새긴 문신은 큐피드 화살에 그려진 이니셜 두 개다. L과 K. 토마스도 촌스러운 건 어쩔 수 없다. 어쩌면 멀리 고국을 바라볼 때가 있다면 그 문신이 기억날지도 모르겠다. '세상의 어금니 사이에 깨물린 내 연인 나오키' 이제야 P의 마음도 알 수 있을 것 같다. P의 눈에도 네오가 그렇게 보였을까? 세상은 나오키에게도 호랑이 어금니처럼 날카롭고 매몰찼을 것이다. 호랑이 어금니 사이에 물린 수달이든 수달피든, 이제 그녀는 그 호랑이 어금니에서 벗어났다. 네오를 가둔 세상 역시 고래 뱃속처럼 따뜻하지는 않지만, 그녀가 살았던 세상을 네오는 나오키의 방식으로 다시 살아갈 것이다.

네오는 머릿속에 떠오르는 이름들을 불러본다. 미카, 사라, 쥬디, 나타샤, 마리, 애니카, 나오키, P, Q, R…… 그리고 미지의 여인들의 이름일지도 모를 K, L, O, 아니면 물 건너 싯다르타 고장의 이름 모르는 소녀, 알렉산더의 후손일지도 모를 또다른 여인들. 그녀들은 대대로 이어져온 연애와 짝짓기의 후손인 것만은 틀림없다. 그들의 부모가 막달라 마리아가 아닌 이상. 그들은 네오에게만은 싯다르타와 다르지 않다. 낯선 나라에서 어떻게 소통해야 할지 모를 때, 감옥에서 20년 만에 나온 죄수처럼 세상을 더듬을 때, 그의 손을 처음 잡아준 것은 옆집 소녀 미카였다. 그리고 7학년 시절 짝사랑했던 친구 대니얼의 누나, 사라. 또 그의 성징을 깨워준 가정부의 딸, 나타샤. 그리고 욕조에서 모욕당함으로써 또다른 더러운 세상도 알게 해준 붉은 지붕 집의 마녀와 F컵 가슴으로 안아준 9학년 담임 쥬디, 대학 시절의 여자친구였던 치어리더 마리, 졸업 파티의 프롬 퀸이었던 애니카까지…… 세상의 모든 여인들, 과거의 여자들, 혹은 미래의 여자들 모두 네오의 교과서요 백과사전의 한 페이지들이다. 그들의 눈빛, 그들의 손짓, 그들이 한 말 혹은 할 말. 그것들이 네오 안에서 발효하고, 네오의 비늘을 만들고, 네오의 가죽을 만들고, 네오의 날개를 키우고, 네오의 심장을 튼튼하게 할 것이다. 그들은 머리카락이 길거나 짧을 것이고, 노란 머리거나 흑발일 것이고, 다리가 길거나 짧을 것이고, 키가 작거나 클 것이고, 날씬하거나 통통할 것이며, 예쁘거나 그렇지 않거나, 지적이거나 요염하거나 할 것이다. 살아 있는 사회학이며 생물학일 것이고, 인문학의 산실이 될 그녀들. 네오의 미래들. 그게 누구이든지……

수국 그늘 아래 작은 새가 포르르 날아오른다. 양파 냄새가 가시지 않았는지 시야가 비 내린 유리창처럼 흐려진다. 세상의 모든 후회가 알고 보면 늦지 않은 것처럼 세상의 모든 고백 역시 결코 늦지 않을 것이다.

작가의 말

살아 있는 모든 관계의 종착점은 이별이다. 죽음이든, 결별이든. 죽음의 반대편에서 삶이 도드라지듯, 이별을 기억하는 사랑은 뜨거운 냉동실처럼 긴장되고 살아 있다. 인간은 영원히 신의 제단 위에서 춤추고 노래하고 사랑할 수밖에 없다. 욕망이라는 이름으로, 질투라는 이름으로 얽매인 사슬, 그것은 사랑이라는 관념보다 육적이어서 정직하다. 인간에게는 자유로운 어깨와 두 팔이 있다. 의무이자 권리다. 밤의 심장마저 벌렁거리게 하는 사랑이 내게, 네게 자유와 도피, 환상에 대한 영원한 오마주가 되어도 좋을 것이다.

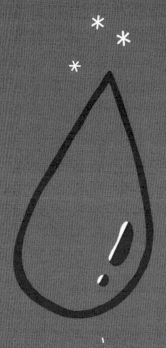

박상우

연애-메모-랜덤

박상우

1988년 중편소설「스러지지 않는 빛」으로『문예중앙』신인문학상 당선.
1999년 중편소설「내 마음의 옥탑방」으로 제23회 이상문학상 수상.
2009년 소설집『인형의 마을』로 제12회 동리문학상 수상.
소설집『샤갈의 마을에 내리는 눈』『사탄의 마을에 내리는 비』『사랑보다 낯선』『인형의 마을』,
연작소설『호텔 캘리포니아』, 장편소설『청춘의 동쪽』『까마귀떼 그림자』『가시면류관 초상』과
산문집『내 영혼은 길 위에 있다』『반짝이는 것은 모두 혼자다』『혼자일 때 그곳에 간다』등이 있다.

7월 어느 날 해 질 무렵, 두 살 터울의 막내외삼촌이 나에게 위탁경영 식으로 맡겨놓은 2층 커피전문점 창가 자리에 앉아 망연한 심정으로 인도를 내려다보고 있었다. 지리멸렬한 도시의 풍경에 무슨 산뜻한 볼거리가 있겠는가 싶어 나의 심신은 한껏 느즈러졌다. 그때 지하도에서 한 여자가 올라오는 게 보였다. 그런데 그녀의 걸음걸이가 너무 정적으로 느껴져 나도 모르게 시선이 고정되었다. 처음에는 걸음걸이 때문이라고 생각했는데, 나의 시선은 어느새 긴 생머리를 뒤로 묶어 넘긴 그녀의 눈부신 이마와 콧등과 턱 선을 거쳐 존재 전체를 감싸고 있는 신비로운 기운에 사로잡히고 말았다. 하지만 그녀가 입고 있는 흰 상의와 검정 하의의 개량한복 때문에 미적 긴장감은 한순간에 잦아들고 정말 재수 없고 짜증나는 문장 하나가 자동적으로 뇌리에 떠올랐다.

도에 관심 있으신가요?

2초나 3초, 아니면 4초나 5초 정도 나는 첨예한 갈등을 느꼈다. 차림

새로 보아 보나마나 그런 부류에 속한 여자일 거라는 단정, 차림새에도 불구하고 얼굴과 전체적인 분위기에서 느껴지는 오라로 미루어 절대 그런 부류의 여자가 아닐 거라는 부정 사이에 나는 익사 직전의 심봉사처럼 허우적거렸다. 그런데 그 순간 마법 같은 일이 일어났다. 의식이 상황을 판단하기도 전에 몸이 먼저 움직이기 시작한 것이었다.

나는 자리를 박차고 일어나 나선형으로 되어 있는 계단을 정신없이 뛰어 내려갔다. 인도로 나서자 사람들 때문에 그녀의 모습이 잡히지 않았다. 앞으로 20여 미터쯤 계속 달려 나가자 횡단보도 앞에 서서 신호가 바뀌기를 기다리고 서 있는 그녀의 뒷모습이 보였다. 나는 그녀의 뒤쪽으로 다가가지 않고 그녀의 머리 위로 떨어지는 석양을 신비스러운 기분으로 지켜보았다. 뭔가 그래야 할 것 같은, 그렇게 하지 않으면 안 될 것 같은 어마어마한 필연의 기운이 사방에 가득 들어차 있는 것 같았다.

오, 미끼로구나!

그 순간 나는 형언할 수 없는 두려움을 느꼈다. 언제나 가장 달콤하고 가장 고통스럽고 가장 끔찍한 대상은 이런 방식으로 나타난다는 걸 나는 저간의 연애 경험을 통해 알고 있었다. 나의 연애 메모 파일에는 그 부분에 대한 기록이 또렷하게 남아 있다.

487

첫눈에 황홀경을 느끼게 하는 대상은 언제나 끔찍한 종말을 예비하고 있다. 첫눈에 콩깍지 씌우는 대상이 가장 무서운 비수를 숨긴 운명의 상대인 것이다. 문제는 그런 대상을 물리칠 수 있는 힘이 인간에게 주어지지 않았다는 것. 그래서 종말의 용광로인 줄 알면서도 미친 듯 투신하는 것이다. 카르마의 덫, 운명의 미끼는 그런 방식으로 나타난다.

횡단보도 앞에 서 있을 때 나는 두 갈래의 길을 동시에 예감하고 있었다. 황홀한 연애와 참담한 종말. 문제는 그것을 알면서도 물리치지 못하는 나의 인간적 한계에 있었다. 그래서 뒤가 어찌되었건 운명의 코뚜레에 꿴 심정으로 신호등이 바뀐 뒤에 그녀의 뒤를 따라갔다. 가지 말아야 한다는 걸 알면서도 가야 하는 길, 그것이 빌어먹을 운명의 길이 아닌가.

37년 인생을 살면서 개량한복 입은 여자에게 관심을 가져본 건 맹세코 그때가 처음이었다. 나는 기호가 강한 인간이라서 여성의 미모만 중시하지 않는다. 여성이 자신을 연출하는 미적 감각에도 절반의 점수를 주어 50 대 50의 합리적인 평가기준을 지니고 있다. 그런 관점에서 말하지만 내가 지금 그녀를 따라가는 건, 엄밀하게 말해 따라가는 게 아니라 근거가 불확실한 50점의 미끼에 꿰어 나도 모르게 이끌려 가는 형국이 아닐 수 없다. 49 대 49의 고득점자도 저울질하던 나에게 어떻게 이런 일이 일어날 수 있단 말인가.

그녀의 꽁무니를 따라가면서 나는 서른일곱이라는 나이를 개탄했다. 젊은 날의 촉수와 감성이 마모되고 연애에도 진력이 나니 이제는 개량한복 입은 여자까지 따라가는구나 싶어 왠지 모를 비감에 휩싸이지 않을 수 없었다. 개량한복 장사들이 들으면 이를 갈겠지만 나는 그렇게 편안하게 개량되는 것보다 까다롭기 짝이 없는 전통한복을 잘

차려입을 줄 아는 까칠한 미적 감각의 소유자를 더 좋아한다. 개량한복 두 벌 돌려 입으며 4년제 대학을 졸업한 동창 놈도 나의 편견(술 마시고 토한 흔적이 남은 개량한복을 일주일 이상 입고 다니는 것도 '편안함'의 연장일 수 있겠으나 그것의 이면에 숨어 있는 후안무치한 무례함 내지 폭력성에 대해서는 죽었다 깨어나도 관용을 베풀어주고 싶지 않다)에 일조했을 테지만 근원적으로 미(美)란 암흑과 고뇌가 배합된 창조적 영역에서 탄생해야 한다는 게 나의 지론이었다. 그런 미적 지론을 여성에게 대입하면 내가 얼마나 여성을 까다롭고 까칠하게 고르는 인간인지 넉넉히 짐작할 수 있으리라.

239
미적 긴장감이 없는 여자를 경계하라. 성격이 털털하다고 말하거나 자연스러운 걸 좋아한다는 말에도 속아 넘어가지 마라. 그런 여자와 연애를 하고 자연스러운 관계가 형성되면 아무 곳에다 침을 뱉고, 아무 때나 코를 풀고, 머리도 감지 않고 나타나고, 술 취하면 선 자리에서 무릎 접고 앉아 오줌도 싼다. 미적 긴장감이 사라진 여성, 괴물보다 더 무서운 변종이라는 걸 명심하라.

개량한복을 입은 여자는 페스티벌 거리를 지나고 갤러리 골목을 지나 대단위 오피스텔 단지로 접어들었다. 그곳에 그녀가 사는 것인지 그곳에 사는 누군가를 만나러 가는 것인지 알 수 없었지만 그쯤에서 나는 다시 한번 주춤거리지 않을 수 없었다. 이 나이에 면괴스럽게 여자 꽁무니를 쫓아 주거단지까지 들어가야겠냐고 나의 자존심이 마지막 제동을 걸었다. 비명인지 발악인지 악다구니인지 알 수 없었으나 머리가 지끈거리고 등줄기에서 진땀이 배어나 주변을 둘러보며 길게 한숨을 내쉬지 않을 수 없었다.

그 순간 회전출입문 안으로 들어간 여자가 곧바로 엘리베이터 앞으로 다가가는 게 보였다. 엘리베이터 앞에는 대여섯 명의 사람들이 서 있었다. 나는 회전문을 밀고 재빨리 안으로 들어가 엘리베이터 앞에 모여 선 사람들의 가장 뒤쪽에 섰다. 엘리베이터는 지상 11층에서 내려오고 있었으므로 지하주차장을 거쳐 1층에 다시 당도하기까지는 몇 분의 시간이 필요할 터였다. 나는 사람들의 어깨와 뒤통수와 턱과 뺨 사이로 그녀의 뒷모습을 살폈다. 그녀의 키는 거의 170센티미터에 가까워 보였지만 시야를 방해하는 장애물 때문에 나의 시선에는 흰 마직 상의에 덮인 어깨와 뒤로 묶어 넘긴 긴 머릿결, 유난히 희게 두드러져 보이는 귓등 정도만 보였다. 그런데 그때 그녀 옆에 서 있던 삼십대 초반쯤의 젊은 남자 둘이 이상한 대화를 주고받았다.

"너 내가 종북 세력이란 거 알아?"

"무슨 미친 소리야?"

"정말이야."

"어쩌다 그렇게 됐어?"

"어젯밤에 황과장하고 술 마시다가."

"황과장한테 포섭당한 거야?"

"우리나라 대통령 아버지 이름과 할아버지 이름을 아냐고 물어서 모른다고 했어."

"그런데?"

"그랬더니 북한의 김정은 아버지 이름과 할아버지 이름을 묻더라."

"그래서?"

"김정일과 김일성이라고 재빨리 대답했지. 그랬더니 바로 그게 내가 종북 세력이라는 요지부동의 증거래. 제 나라 대통령의 아버지 할아버지 이름도 모르면서 김정은의 아버지 할아버지 이름을 알고 있으니 더이상 무슨 증거가 필요하냐는 거지."

"푸핫, 그럼 대한민국 국민의 8할 이상이 종북 세력이겠네?"

"그래, 황과장 말로는 국민의식 차원에서는 이미 적화통일이 된 거나 마찬가지래."

"개그하고 있네, 정말."

그 순간 그녀가 두 사람 쪽으로 고개를 돌렸다. 그녀의 단정한 이마와 옆얼굴이 드러났다. 나는 가슴이 격하게 진동하는 걸 느끼며 숨을 죽였다. 그녀가 그들을 향해 부드러운 미소를 짓자 입꼬리가 위로 올라가며 볼우물이 만들어졌다. 나는 다리가 후들거리고 심장이 터질 것 같은 압박감을 느꼈다. 그래서 엘리베이터가 당도하고 문이 열릴 때 지금이 운명의 덫에서 빠져나갈 수 있는 마지막 기회라고 생각했다. 하지만 나의 몸은 가차 없이 의식을 배반하며 엘리베이터 안으로 성큼성큼 걸어들어갔다.

그녀가 4층에서 내릴 때 모두 세 명이 내렸다. 그녀는 엘리베이터 좌측으로 걸어가고 택배기사는 우측으로 총총히 걸어갔다. 나는 그녀와 거리를 유지하기 위해 잠시 휴대폰을 들여다보았다. 비아나라, 비알그라, 일어나그라, 어쩌고저쩌고 하는 스팸문자 하나를 삭제하고 고개를 들자 그녀가 복도 중간쯤에 이르러 있었다. 메일 수신함을 열어 아무도 나에게 메일을 보내지 않았다는 걸 확인하고 다시 고개를 들었을 때 그녀는 어느새 복도 끄트머리에 당도해 있었다.

나는 걸음을 옮기기 시작했다. 걸어가면서 보니 오피스텔 각각의 출입문 좌우 혹은 상단에 갖가지 간판이 나붙어 있었다. 다 그런 건 아니었지만 사무용도로 사용하는 공간이 꽤 많아 보였다. 그녀가 출입문을 열고 순간적으로 고개를 돌려 나를 보았다. 나는 반사적으로 고개를 숙이고 휴대폰을 들여다보았다. 다시 고개를 들어보니 출입문은 열려 있는데 그녀의 모습이 사라지고 없었다. 순간적으로 이상하다는 생각이 들어 걸음을 멈추었다. 설마 내가 따라오는 걸 알아차리고 환영한다는 의미로 문까지 열어둠?

미친 놈!

열어둔 출입문 옆에 큼직한 세로형 배너가 세워져 있었다. 그런데 그 배너 안에 그녀가, 지금까지 내가 뒤따라온 그녀가 기이한 자세로 엎드려 있었다. 한쪽 무릎은 바닥에 붙이고 한쪽 다리는 뒤로 길게 뻗은 채 목을 한껏 길게 늘여 허공을 올려다보는 자세였다. 오밤중 번갯불에 어둠의 속내가 드러날 때처럼 모든 것을 넉넉하게 알아차릴 수 있었다. 배너 아래쪽에 자리 잡은 커다란 신명조체의 글자들이 퍽퍽 나의 뇌리에 쐐기처럼 박혔다.

힐링 요가.

그녀가 열어둔 출입문 안쪽에 출입 카드로 체크하는 자동 유리문이 설치돼 있었다. 그것을 확인하고 재빨리 등을 돌려 오던 길을 되돌아갔다. 나의 동작을 안쪽에서 지켜보다가 금방이라도 그녀가 자동문을 열고 나타날 것 같아 가슴이 두근거렸다. 거기까지 따라가서 그녀가 요가 선생이라는 걸 알아차린 게 그나마 소득이라는 생각이 들었다. 요가 선생이니까 개량한복을 용서할 수 있는 근거가 생긴 셈이었다. 그냥 입고 다니는 게 아니라 직업의 전문성 때문에 입는 것이라면 시비 삼을 건더기가 없는 것 아닌가.

일주일 동안 나는 갈등하고 고심했다. 개량한복을 극복하는 것도 쉬운 일은 아니었지만 요가에 대해서도 나는 까막눈이었다. 그것은 뭔가 신비스럽고 함부로 범접할 수 없는 영역의 일 같아서 한없이 막막하고 아득한 느낌을 자아냈다. 그런 영역에 속한 여자에게 관심을 가지고 그녀와 연애를 하겠다고 작정하는 건 위험천만한 모험이 아닐 수 없었다. 어느 날 갑자기 공중부양을 해 내 머리 위로 올라앉았거나 사지로 나를 칭칭 감아 숨도 못 쉬게 하면 어쩌겠는가.

505

이성에 대한 낯선 관심이 연애의 출발점이다. 낯설다는 것은 미지를 의미하기 때문에 무한 상상력을 자극한다. 하지만 낯섦이 사라지기 때문에 대부분의 연애는 실패한다. 익숙해지면 시들해지는 연애, 그것 때문에 끊임없이 낯선 대상을 찾아나서는 일은 무의미하다. 모든 낯섦의 이면에 익숙함이 들러붙어 있기 때문이다. 청춘의 이면에 노쇠, 황홀의 이면에 환멸, 영광의 이면에 좌절이 들러붙어 있는 것처럼.

2년 가까이 나의 연애 전선에는 극심한 사막화 현상이 진행되고 있었다. 비도 내리지 않고 꽃도 피지 않고 영혼의 진동을 느끼게 하는 대상의 출현도 없었다. 막연하고 막막한 기다림 속에서 지나간 연애를 무시로 반추했지만 형언할 길 없는 정신적 허기와 갈망 때문에 지나간 영상들이 거대한 두엄 더미처럼 느껴질 때가 많았다. 그렇게 지쳐 있을 때 커피전문점을 하던 막내외삼촌이 나를 불러 커피전문점 위탁 경영을 의뢰했다. 자신은 기한을 정하지 않고 남미 여행을 할 계획인데 아무리 적게 잡아도 6개월 이상 걸릴 거라고 했다. 사업을 하면서 그렇게 무책임한 배낭여행을 할 수 있냐고 물으려다 그의 이혼이 되새겨져 말을 삼켰다. 하지만 나의 표정만으로 낌새를 알아차린 그가 쓸쓸한 표정으로 한마디 덧붙였다.

"너 평생 결혼 안 하고 연애만 하고 살겠다고 했을 때 내가 널 미친 놈이라고 욕했었지? 그땐 내가 한창 연애에 빠져 있을 때라서 그랬던 거야. 그때 했던 말 지금 취소하고, 이 세상에서 네가 가장 부럽다고 말할 테니 내 요구 조건 수락해라."

커피숍에서 나오는 순수입의 절반은 내가 먹고 나머지 절반은 외삼촌의 여행경비로 계좌 입금하라는 게 요구 조건의 전부였다. 돈이 필요해서가 아니라 삶이 무료해서 나는 그의 요구를 수락했다. 하지만 결혼하지 않고 평생 연애만 하고 살겠다던 나의 선언을 부러워한다는 그의 말을 듣고도 나는 기분이 쾌연하지 않았다. 엿 같은 인생의 양면성, 결혼은 해도 괴롭고 안 해도 괴로운 것이라는 걸 이미 터득하고 있었기 때문이었다.

나의 부모는 내가 중학교 입학한 직후에 이혼했다. 그래서 나는 엄마 밑에서 자랐다. 아버지는 이혼한 다음해에 재혼하고 엄마는 내가 대학교에 입학하던 해에 재혼했다. 하지만 나는 이혼하고 재혼하는 부모를 원망하거나 미워해본 적이 별로 없었다. 내 품성이 워낙 낙천

적이고 긍정적이기도 하지만 이혼하고 재혼하는 어른들의 행태가 옆에서 지켜보기에도 안쓰러워 어려서부터 아, 정말 결혼이나 이혼 같은 건 하지 말아야겠구나, 하는 생각을 자연스럽게 굳혔다. 결혼을 하니까 이혼이 생기고 이혼이 생기니까 재혼도 생긴다는 것. 요컨대 결혼만 하지 않으면 온갖 잡스런 과정을 거치지 않아도 된다는 걸 자연스럽게 터득한 것이었다.

내가 살아오면서 지켜본 대부분의 결혼 생활은 엉터리이거나 엉망이거나 엉성하기 짝이 없는 부조리극 같았다. 결혼이 잘못된 선택이었다는 걸 알고 아이가 없을 때 헤어지는 커플의 용기는 가상하지만 아이 때문에 죽지 못해 산다며 서로를 물어뜯는 부부는 문자 그대로 평생의 원수처럼 보였다. 같이 살면서 남편은 남편대로 아내는 아내대로 내놓고 바람을 피워대며 자신들이 세상을 앞서 사는 아방가르드처럼 행세하는 부부도 심심찮게 보았다. 남들이 결혼 생활 잘하며 한평생 살았다고 말하는 부부는 어떤가. 나이 들어 손잡고 다니는 부부에게서 내가 발견한 건 안타깝게도 사랑의 결실이나 승화가 아니라 붕우유신의 허전한 잔해 같은 것이었다. 사랑의 신기루를 평생 쫓아가서 얻은 게 인간적 의리밖에 없다는 사실이 어째서 대단한 발견처럼 여겨지지 않고 쓸쓸한 허방처럼 여겨졌는지 모를 일이었다.

아무려나 결혼을 하지 않고 평생 연애만 하고 살기 위해 나는 한눈 팔지 않고 죽어라 공부에 몰두했다. 전산학과를 졸업하고 대기업에 입사했다가 실력과 배짱 있는 선배의 권유로 몇 명이 함께 퇴사해 통신장비업체를 차려 셋톱박스로 승부를 걸었다. 국내 시장에 발판을 마련하고 해외 수출에 주력해 창업한 지 6년 만에 상장회사가 되었다. 창업 멤버라서 지분도 적잖이 받아 보람을 느꼈지만 회사의 주가가 올라가고 규모가 커지자 사장인 선배가 초심을 잃고 일가친척들을 끌어들여 창업 멤버들에게 깊은 배신감을 느끼게 했다. 그래서 미련 없이 사표를 내고 주식을 처분해, 흥청망청 살지만 않는다면 평생돈 걱정하지 않고 살 만큼의 자금을 마련했다. 연애만 하고 살 수 있는 조건이 갖추어졌으니 더이상 무엇을 바라겠는가.

회사를 그만두고 나서 나는 인문학 공부를 하고 싶었다. 이공계 출신의 무지를 해소하고 싶다는 갈망 때문이었는데 몇 군데 대학원을 기웃거리다가 공부도 때가 있다는 걸 알고는 접어버렸다. 경제적 걱정거리가 없다고 해서 평생 학교 문턱이나 넘나들며 공부하는 척하는 것도 참으로 가증스러운 일이 아닐 수 없었다. 나 아니더라도 그런 인간들이 너무나 많은 세상이라서 도무지 가까이 다가가기가 싫었다. 그러니 다시 연애, 앉으나 서나 자나 깨나 오로지 연애밖에 내가 몰두할 수 있는 게 없었다.

연애만 하고 살겠다고 선언한 놈의 연애 전적은 어떤가.

연애에는 연애답지 못한 연애가 있고 연애보다 심각한 연애가 있다. 문제의 핵심은 연애다운 연애를 하기가 정말 어렵다는 것이다. 연애로부터 한 발짝만 더 나아가도 사랑이라고 착각하는 게 인간이니 상호 감정 조율을 하기가 어려운 것이다. 사랑의 감정이 생성되는 게 무조건 나쁘다는 게 아니라 그쯤 되면 반드시 결혼 타령을 하게 되니 그것이 문제가 아닐 수 없다. 요컨대 연애에 성공 경험이란 있을 수 없는 것이다. 연애 감정이 탄생하는 순간부터 실패가 담보되어 있으니 내가 내세우는 것도 모조리 실패 전적일 수밖에.

4전 4패.

네 번의 연애가 모두 실패로 끝난 이유는 거리 유지에 실패했기 때문이었다. 사람들은 연애와 사랑을 구분하기 어렵다고 말하지만 결혼 여부를 놓고 생각하면 지극히 단순명료하다. 연애는 어떤 경우에도 결혼을 전제로 해서는 안 된다. 연애가 진행되는 동안 결혼 문제를 거론하거나 의식해도 그것은 이미 끝장난 것이나 다름없다. 그만큼 연애는 그것 고유의 특성이 잘 존중되어야 할 필요가 있는 것이다. 연애 대상을 정신적으로 구속하고 소유하고 간섭하고 통제하고 싶어하면 연애의 유익함은 하루아침에 폭력성으로 태를 바꾼다. 지옥의 문이 열리는 것이다. 하루에 수십 번 수백 번 전화하고 문자하는 커플은 이미 위험의 도가니에 빠졌다고 해도 과언이 아니다. 이 세상에서 연애에서의 거리 유지 문제를 가장 절묘하게 표현한 인물은 밀란 쿤데라의 소설 『참을 수 없는 존재의 가벼움』에 등장하는 토마시이다. 연애에 관해 득도를 하지 않은 이상 이런 법칙을 만들어내기는 어려울 것이다.

"3의 법칙을 지켜야 해. 아주 짧은 간격을 두고 한 여자를 만날 수도 있지만 세 번 이상은 안 돼. 혹은 수 년 동안 한 여자를 만날 수 있지만 적어도 삼 주 이상의 간격을 두어야 해."

밀란 쿤데라가 내세운 3의 법칙은 '에로틱한 우정이 결코 공격적인 사랑으로 변하지 않도록 하기 위해' 고안된 것이었다. 내가 강조하는 거리 유지의 핵심이 바로 그것이니 더이상의 언급은 번데기 앞에서 주름 잡는 격. 첫번째, 두번째, 세번째 여자가 하나같이 연애가 한창 무르익을 무렵부터 발목에 족쇄를 채우거나 인공위성으로 나를 감시하듯 일거수일투족을 체크하려 해서 박살이 나고 말았다. 그런데 더욱 가관인 것은 네번째의 황홀하고 달콤한 연애가 한창 무르익을 무렵부터는 여자가 아니라 내가 그 짓거리를 일삼다가 박살이 나고 말았다. 네 번의 연애가 모두 '에로틱한 우정이 공격적인 사랑으로 변질'되어 박살난 것이었다.

621

연애는 게임이나 놀이의 원리를 적용해야 한다. 그래서 원칙과 룰을 존중해야 한다. 감정의 경계, 거리 유지가 이루어지지 않으면 그것은 쉽사리 사랑이라는 미망에 빠진다. 연애는 감정기술로 유지할 수 있지만 사랑은 뇌가 만들어내는 망상이자 질병이므로 연애와 근원적으로 다르다. 인간이 가장 인간답지 못할 때는 사랑에 빠졌다는 확신에 사로잡혀 터무니없이 감정이 고무될 때이다. 대부분의 사랑은 상처와 후유증을 남기지만 연애는 기술적인 측면으로 받아들이면 얼마든지 인생의 활력소로 삼을 수 있다. 연애와 사랑은 반드시 구분해야 할 필요가 있는 것이다.

요가 선생은 나에게 미지의 영역이었다. 미지는 위험을 수반하지만 그만큼 물리치기 어려운 유혹이기도 했다. 그녀에 대한 관심은 오래잖아 요가에 대한 관심으로 확장되었다. 그래서 인터넷으로 요가를 검색하기도 했지만 그것은 결국 그녀에 대한 관심의 변형이거나 심화

일 뿐이라는 걸 확인하는 데 그쳤고, 요가 그 자체에 대해서는 별달리 마음이 끌리지 않았다. 요가가 정신과 육체의 합일을 꾀하는 것이라면 섹스와 별반 다를 게 없었다. 차이가 있다면 한 가지, 요가는 혼자 하고 섹스는 둘이 한다는 것.

세찬 소나기가 지나간 어느 날 저녁 무렵, 나는 상쾌하고 유쾌한 기분으로 요가 선생을 찾아갔다. 비가 지나간 뒤라서인지 대기는 상큼하고 세상 만물은 명징해 보였다. 내가 출입문 밖에서 벨을 누르자 안에서 누구세요? 하고 묻는 소리가 들렸다. 비디오폰으로 나를 보고 그녀가 묻고 있을 터였다. 나는 요가 수강 문의를 하러 왔다고 명쾌한 어조로 대답했다. 그러자 그녀도 명쾌한 어조로 응답했다.

"남자 수강생은 받지 않습니다."

그 말을 듣는 순간 컥, 하고 나도 모르게 목이 막혔다. 그녀가 들어오세요, 하고 말하면 감사합니다, 하고 말할 준비를 하고 있는데 갑자기 남자 수강생은 안 받는다고 하니 목이 막힐 수밖에.

"그럼 힐링 요가에 대해 문의를 할 수는 없나요? 요가를 가르치는 곳과 요가의 종류가 너무 많아서 자문을 받고 싶은데요. 요가를 가르치는 분으로서 요가를 배우고 싶어하는 초보자에게 가이드를 해줄 수는 없는지요."

이것이 임기응변 능력인지 연애선수 기질인지 분간할 겨를도 없이 나의 뇌는 저 혼자 연애작업을 진행하고 있었다. 타고난 선수 기질 소유자의 임기응변 능력이라고 해도 그것은 결국 나의 능력이 아니라 나의 뇌가 지닌 능력이라고 해야 할 터였다. 나는 뇌가 아니고 뇌는 내가 아니니 문제의 핵심을 혼동하면 곤란하다. 뇌의 감옥에 갇혀 사는 가련한 호모 사피엔스, 나는 뇌의 패턴대로 행동하는 하수인에 불과하니까.

드디어 자동 출입문이 열리고 요가 선생이 나타났다. 그녀는 개량한복 대신 가슴이 섬뜩할 정도로 타이트한 7부 요가 바지와 가슴 라인이 도드라져 보이는 민소매 상의를 착용하고 있었다. 그러면서도 지극히 맑고 선한 그녀의 표정을 보자 갑자기 갈등이 고조되었다. '요가와 연애'가 우주에서 가장 안 어울리는 단어의 조합처럼 여겨져 가슴이 두근거리고 다리가 후들거렸다. 그런데 그런 순간에도 나의 뇌는 아무렇지도 않게 자신의 작업을 진행했다.

"정말 절실하게 요가를 배우고 싶은데 어째서 남자와 여자를 차별하는 건가요?"

나의 도발적인 질문에 그녀는 말없이, 그러나 당황하는 기색 없이 맑은 눈빛으로 나의 표정을 주시했다. 그냥 보는 게 아니라 나는 당신을 주시합니다, 라는 걸 고지하는 것처럼 맑고 고요하면서도 감당하기 어려운 기운을 느끼게 하는 눈빛이었다.

"이성적인 문제에 뜻이 많으니까 그걸 차별로 느끼시는 것이겠지요. 제가 이곳에서 가르치는 힐링 요가는 여성을 위한 수련 과정으로 개발된 것이라서 남성에게는 맞지 않습니다. 그러니 오해는 하지 말아주세요."

"그럼 저는 어떤 요가를 하면 좋을까요?"

나의 물음에 이번에도 그녀는 선뜻 대답하지 않고 한동안, 거의 무안함이 느껴질 정도로 오래 나의 얼굴을 주시했다. 그런 뒤에 처음으로 뭔가를 망설이는 표정을 짓다가 조용히 안으로 들어오라는 손짓을 했다. 자동 출입문 옆으로 비켜서며 희고 긴 손을 움직여 안쪽으로 나를 인도한 것이었다. 하지만 그녀를 따라 안으로 들어가는 짧은 동안 나는 깊은 갈등에 시달리지 않을 수 없었다. 그녀에 대한 관심을 요가에 대한 관심으로 위장하고 있었으니 안으로 들어가 그녀와 대면하기 전에 어떤 쪽으로 갈 것인지 마음의 행로를 정하지 않을 수 없었다. 그녀에 대한 관심을 드러낼 것인가, 요가로 계속 위장할 것인가.

긴 세로형 실내는 출입문 안쪽의 두어 평 공간을 대기실로 자르고 나머지 십여 평 정도의 안쪽 공간을 요가 수련장으로 구분하고 있었다. 그녀는 망설이지 않고 나를 요가 수련장으로 데려갔다. 여성 수련생들이라도 있을 줄 알았는데 완전히 텅 빈 마룻바닥 공간이 드러나 당황하지 않을 수 없었다. 거기 휑뎅그렁한 공간에 그녀와 나는 마주 앉았다. 물론 그때 나의 마음은 이미 행로를 정한 뒤였다.

"요가를 왜 배우려고 하시나요?"

그녀는 가부좌를 틀고 척추를 곧추세운 자세로 물었다.

"죄송합니다. 요가를 배우고 싶다는 말은 새빨간 거짓말입니다. 요가를 배우고 싶은 게 아니고 요가를 가르치는 당신을 보고 싶어서 찾아왔습니다. 이것이 유일한 진실이니 화를 내지는 말아주세요. 최대한 진실하고 최대한 진지하려고 노력하겠습니다."

"저를 아시나요?"

고개를 갸웃하며 그녀는 물었다.

"얼마 전에 지하도에서 올라오는 당신을 보고 여기까지 자석에 이끌리듯 따라온 적이 있습니다. 저는 나이가 서른일곱의 미혼이지만 그런 짓거리가 얼마나 우스꽝스러운지를 알기 때문에 지난 몇 날 무척이나 자존심 상하고 마음이 힘들었습니다. 하지만 이렇게 찾아온 것은 내 안에서 일어난 마음에 일말의 가식도 없기 때문입니다."

"그래서요? 저에게 원하는 게 뭐죠?"

그녀는 사뭇 재미있다는 표정으로 흠, 하는 입소리를 내며 되물었다.

"당신과 연애를 하고 싶습니다. 이것이 제 마음의 시작이고 끝입니다."

"그냥 연애만요?"

"네, 그냥 연애만요."

"어째서 연애만 원하는 거죠?"

"사랑과 결혼을 원하지 않기 때문입니다. 저는 연애만이 인간의 삶을 풍요롭게 만들 수 있는 현실적 커뮤니케이션이라고 생각합니다. 단순명료하죠."

그 뒤에도 나의 뇌는 긴장감에 자극을 받아 한동안 열변을 토했는데 그것은 물론 연애에 대한 예찬과 사랑, 사랑과 결혼에 대한 비관적 지론의 열거였다.

"그러니까 한마디로 말해 연애예찬론자로군요. 그런 분에게 정말 죄송한 말씀이지만 저는 사랑도 결혼도 연애조차도 믿지 않아요. 그 모든 것들이 부질없는 마음의 소모요 인생의 탕진이라고 생각하기 때문이죠. 연애건 사랑이건 결혼이건 이혼이건 재혼이건 하고 싶지 않아도 해야 할 일이라면 운명처럼 다가올 테니 제가 피할 수 없겠죠. 그런 것 말고는 제 의지와 의사대로 인생을 살아갈 수 있으니 혼자라도 언제나 넉넉해요. 지금 이렇게, 보시다시피……"

그녀는 자애로운 미소를 지으며 나를 보았다. 그녀의 표정이 순간 나의 자존심을 건드려 나도 모르게 도전적인 말이 튀어나왔다.

"저에게는 연애가 힐링이고 요가입니다. 본질이 충족되면 근본에 이를 수 있다는데 형식이 그렇게 중요한가요?"

"저는 마음의 파동을 싫어합니다. 요가는 마음의 고요를 유지하게 해주지만 연애는 파동 그 자체이니 같은 것이라 할 수 없죠."

"아, 제가 꿈꾸는 게 바로 파동이 없는 연애입니다. 파동 그 자체가 연애라고 생각하는 것도 일종의 고정관념 아닐까요? 고요한 연애, 적막 같은 연애, 적멸 같은 연애…… 몰입하고 싶지 않나요?"

나는 나도 모를 에너지에 사로잡혀 열이 오르고 있었다. 파동을 싫어하는 대상, 고요 그 자체 앞에서 비보이 춤을 추고 있는 것 같아 얼굴이 화끈거렸다. 출구가 필요한데 어떻게 빠져나가야 할지 선뜻 머리가 돌아가지 않았다. 그때 그녀가 나의 당황스런 표정을 읽었는지 한없이 자애로운 눈빛으로 타이르듯 입을 열었다.

"왜 그렇게 외부에서 대상을 찾으려고 기를 쓰죠? 그쪽에서 찾고 있는 게 진정 연애의 대상이라고 생각하나요? 대상을 통한 연애도 사랑도 다 서로에게 상처를 주고받는 자학과 가학의 쟁투에 불과해요. 영원불멸의 대상이 어디에 있는지 생각해본 적 있나요?"

"……"

뭐라고 응대하고 싶은데 말문이 막혀 말이 나오지 않았다.

"영원불변의 참자아는 자기 안에 있어요. 그 대상을 발견한 사람은 절대 밖으로 나돌며 연애나 사랑의 대상을 찾지 않아요. 자기 내면에 깃든 참자아를 찾으면 자웅동체처럼 혼자인 상태로도 언제나 완전함을 느낄 수 있으니까요."

"……"

그 순간 나도 모르게 눈두덩이 욱신거리고 명치에서 뜨거운 무엇인가가 치밀어올랐다. 당황해서 나는 하악, 하는 입소리를 내며 손으로 가슴을 짚었다.

"그렇게 연애 대상을 찾아 밖으로 헤매는 세월을 살면 영혼이 황폐해지고 결핍감은 날이 갈수록 커져요. 저도 한때는 사랑이나 연애를 이상적으로 생각한 적이 있어요. 그래서 상처도 많이 받았죠. 하지만 나를 찾기 위한 세월을 보낸 뒤에 분명하게 깨달았죠. 밖에서는 아무것도 찾을 수 없다는 것. 그래서 안으로 눈을 돌려 내면의 길을 가기 시작했죠. 그리고 지금은 참자아를 유지하며 고요한 삶을 살고 있어요. 이렇게 사는 게 무슨 재미냐고 하겠지만 이런 삶의 충만과 환희를 따라올 만한 재미가 세상에는 없어요. 연애는 쾌락의 길이지만 그것은 정신의 길이니까요."

999

연애가 정신주의를 만나면 개똥만도 못한 것이 된다. 그럴 때 '개똥도 약에 쓰려면 없다'는 말은 위안이 되지 않는다. 개똥 그 자체가 될 각오가 없는 한 연애지상주의는 고독할 수밖에 없다. 하지만 정신주의 앞에서 개똥이 될 수 있는 연애는 한없이 순진무구하다. 그것이 바로 연애가 정신주의보다 우월하다는 증거이다. 연애지상주의자는 정신을 연애에 두고 살지만 정신주의자는 정신을 정신에 두고 살지 않는다. 세상에 정신을 정신에 두고 사는 인간이 어디 있는가. 정신이 어디에 있는지도 모르고 정신을 본 적도 없는 존재들이 꼭 정신주의자인 척하니까.

　요가 선생에게 초전박살당하고 돌아온 뒤에 나는 노트북을 열고 나의 연애 메모 파일에 999번째의 글을 남겼다. 정말 치욕적인 기록이 아닐 수 없었다. 훈계도 아니고 설법도 아니고 자비의 말씀도 아니지만 그 모든 것을 넘어서는 경험의 에너지가 그녀의 말에는 배어 있었다. 나는 자존심이 상해 뒤도 돌아보지 않고 그녀를 떠났지만 그녀의 말만은 쉽사리 망각할 수 없었다. 길을 걷는 동안에도 사람을 만나 대화를 나누는 동안에도 그녀의 말은 실시간적으로 되살아나 나를 괴롭혔다. 열 번 찍어 안 넘어가는 나무가 어디 있냐는 고전적인 말을 되새기며 그녀를 다시 찾아가 설득해볼까 하는 생각도 했지만 그녀의 말은 그런 생각까지 무력하게 만드는 초월적인 힘을 발휘하고 있었다. 그래서 빌어먹을, 빌어먹을, 빌어먹을, 출구를 찾지 못한 개새끼처럼 전전긍긍하며 머리털을 쥐어뜯었다.

　999번째 기록을 작성한 날로부터 49일이 지난 뒤에 나는 그것을 삭제해버렸다. 나의 비뚤어진 심성이 날이 갈수록 두드러져 더이상 버틸 수가 없었다. 내 자신에 대한 회의나 환멸보다 그녀의 말이 지닌 생명력이 날이면 날마다 그것을 되새김질하게 만들었기 때문이다. 그런데 바로 그 지점으로부터 나는 그녀를 다시 만날 근거를 회복하기 시작했다. 완전히 마음을 비우고, 연애의 대상으로서가 아니라 정신적 길라잡이로 그녀를 다시 만나고 싶어졌기 때문이다.

　내가 999번째 기록을 삭제한 다음날 오후, 막내외삼촌이 돌아왔다. 오랜 여행이 될 거라던 장담과 달리 그는 너무나도 지치고 여위어 금방이라도 쓰러질 것처럼 위태로워 보였다. 한눈에 보기에도 정신적으로 무척 힘든 여행을 했다는 걸 알 수 있었다. 커피숍에 마주 앉아 차를 마시는 동안 그는 정신이 반쯤 나간 사람처럼 멍한 표정으로 앉아 있기만 했다. 그러다가 문득 생각난 것처럼 희미하게 웃으며 이렇게 중얼거렸다.

"지금까지 인생을 헛살았다는 걸 알았어. 그래서 돌아온 거야. 가능한 빠른 시일 안에 이 커피전문점을 정리하고 다시 떠날 거야. 이제 진짜 인생을 살러 가야지."

"여행을 또 간다는 거야?"

어이가 없다는 표정으로 나는 물었다.

"여행이 아냐. 이제는 잃어버린 나를 찾아가는 거야."

그 순간 나의 뇌리에 불꽃이 일었다. 요가 선생이 말한 '참자아'와 막내삼촌의 '잃어버린 나'가 같은 맥락으로 해독됐기 때문이다.

"잃어버린 외삼촌이 어디에 있는데?"

"스페인의 산티아고로 갈 거야. 그 영혼의 순례길 800킬로미터를 걸으며 내 병든 영혼을 치유하고 돌아오면 지금까지와 아주 다른 삶을 살 수 있을 것 같아. 그래서 하는 말인데……"

"……"

뇌리를 스쳐가는 불길한 예감.

"너도 이제는 정신 좀 차리고 살아라. 여행 떠나기 전에 네가 부럽다고 했던 말, 오늘 날짜로 취소하마. 여행하면서 생각해보니까 연애지상주의라는 것도 정신병의 일종 같다는 생각이 들더라. 연애중독, 알코올중독, 뭐가 다르냐?"

막내외삼촌의 어이없는 충고를 듣고 같이 술 한잔하려던 생각이 한 순간에 휘발되고 말았다. 내가 커피전문점을 지켜준 덕에 여행 잘하고 왔으면 덕담이라도 한마디 할 것이지 연애와 알코올중독을 동일시하는 어불성설을 늘어놓다니 도저히 더는 못 참겠다는 생각이 들어 빈 물컵을 거꾸로 세워놓고 밖으로 나와버렸다. 하지만 밖으로 나온 뒤에도 덫에 걸린 것처럼 기분이 쾌연하지 않아 이곳저곳을 배회하지 않을 수 없었다. 두어 시간 배회하는 동안 나의 뇌리에는 막내외삼촌 대신 요가 선생이 들러붙어 무시로 길을 잃게 만들었다.

길을 잃은 게 아니라 그런 것처럼 위장하여 나는 결국 마음에 둔 곳으로 걸음을 옮겼다. 내 자신은 여전히 견고하지 못했지만 이제 더이상 커피전문점에 올 일이 없어졌으니 어떤 식으로든 마음의 정리를 할 필요가 있었다. 가는 길에 오피스텔 단지 입구의 화원에서 향이 짙은 수선화 한 묶음을 샀다. 수선화와 그녀의 이미지가 자연스럽게 겹쳐 별달리 고르고 자시고 할 필요도 없었다. 수선화 향을 맡으며 힐링 요가로 가는 동안 비로소 마음의 안정감이 느껴지고 저간의 부자연스러웠던 마음이 봄눈 녹듯 잦아들었다. 하지만 그렇게 찾아간 힐링 요가에서 내가 발견한 것은 어이없는 부재와 상실, 그리고 고요뿐이었다.

힐링 요가가 있던 4층 복도 끝의 오피스텔에는 더이상 배너가 세워져 있지 않았고 아크릴 간판도 나붙어 있지 않았다. 혹시나 싶어 벨을 눌렀지만 아무도 응답하지 않았다. 수선화 다발을 든 채 1층으로 내려와 육십대쯤으로 보이는 경비에게 묻자 아주 잘 알고 있다는 표정으로 양손을 흔들며 이렇게 대답했다.

"아, 그분 인도로 가셨어요. 진즉에 가시려 했는데 오피스텔이 팔리지 않아 애를 태우다가 한 달 반쯤 전에 갑자기 팔려 말끔히 정리하고 가셨죠. 참 좋은 분이셨는데……"

　연애도 아닌 것이 연애보다 더 깊게 각인되어 마음을 아리게 한 경우는 그때가 처음이었다. 뒤도 돌아보지 않는 쿨 매너, 대상을 마음에 두지 않는 일관성을 미덕으로 알고 살아온 나 같은 인간에게 그것은 또다른 상처가 되어 깊은 여운을 남겼다. 뭔가를 찾고 싶었지만 명분이 없었고 생각을 정리하고 싶었지만 건더기가 없었다.

　그녀의 부재를 확인하던 그날 밤 이후 나는 인생의 대의명분을 상실한 인간처럼 한없이 몽롱한 시간을 보냈다. 마약을 한 것도 아닌데 마약을 한 것처럼 비현실적이고 몽환적인 시간이 흘렀다. 그러던 어느 날 밤, 인도의 갠지스 강변을 걷고 있는 나를 꿈에서 보고 깨어나 불벼락을 맞은 것처럼 정신이 명료해지는 걸 느꼈다. 화들짝 놀란 몸짓으로 침대에서 뛰어내려와 새벽 세 시에 인터넷 인도여행 전문 사이트에 접속했다. 그러자 눈앞이 환해지며 내가 모르던 길, 내가 경험해보지 못한 미지의 영역이 무한대로 환하게 펼쳐졌다. 인도, 티베트, 히말라야, 설산, 오체투지…… 나는 여러 날 밤을 지새우며 새로운 인생의 루트를 설계해나갔다. 그리고 가을비가 추적거리던 어느 일요일 밤, 999번째 메모를 지웠던 자리에 새로운 메모를 남겼다. 그녀가 나에게 들려준 말, 곧 그녀의 말이었다.

999

　연애의 대상을 찾아 세상을 방황하지 마라. 방황하면 할수록 영혼은 황폐해지고 결핍감은 부풀어오른다. 자학과 가학, 쾌락과 소모적 신경전에 익숙해질수록 진정한 인생은 자취를 감춘다. 그러니 밖에서 대상을 찾지 말고 내면으로 눈을 돌리고 참자아를 찾아보라. 참자아를 만나면 나 이외의 모든 것들로부터 우주적 일체감을 느끼게 될 것이다. 내가 완전한 존재라는 걸 발견하는 일, 세상에 그보다 더 매력적인 연애가 어디 있으랴.

다음날 아침, 나는 999번까지 기록한 연애 메모 파일을 모두 삭제했다. 평생 연애만 하고 살겠다는 각오를 하던 날부터 떠오르는 대로 기록한 그것에도 어느덧 10년 가까운 시간의 더께가 얹혀 있었다. 하지만 999번째의 메모가 앞의 기록 전체를 소멸시키고 있었으므로 그것들은 더이상 보존할 필요가 없었다. 삭제하기 전에 연애 메모 파일의 최초 기록을 읽어보니 나도 모르게 웃음이 나왔다.

1
연애에 대한 무의식적 갈망이 삶의 바탕을 이룬다. 자신을 남과 다르게 만들고자 하는 모든 욕구의 바탕에 연애에 대한 무의식적 갈망이 깔려 있기 때문이다. 호흡처럼 생명의 바탕을 이루는 연애, 그것에 대한 갈망이 없는 삶은 이미 죽은 삶이다.

구월 셋째 주 월요일 아침, 나는 인도로 가는 비행기에 올랐다. 긴 미망에서 깨어나 아기 걸음마를 내딛는 듯한 기분이 들었다. 인도에 가도 요가 선생은 만날 수 없을 테지만 그녀의 말은 훌륭한 길라잡이가 되어 나의 어린 영혼을 새로운 미지로 안내할 터였다. 인도는 미지에 대한 강력한 상징처럼 미래에 대한 나의 두려움을 말끔히 제거해 주었다. 막내외삼촌이 스페인의 산티아고에 홀린 것처럼 나도 또한 마음이 가는 대로 가고 있을 뿐이었다. 그런 식으로 인생을 산다면 연애를 하지 못한다고 해도, 아니 연애를 하지 않는다고 해도 인생이 얼마든지 흥미진진할 것 같았다.

비행 고도 1만 미터, 내 겨드랑이에 낯선 날개가 돋고 있었다.

작가의 말

진흙 소를 타고 피리를 불고 가는 사람에게 화두를 던졌다.

"이보시게, 색즉시공 공즉시색의 마니아님, 그대는 연애가 뭐라고 생각하시나?"

화두를 던진 순간, 진흙 소를 타고 피리를 불고 가던 대상이 사라졌다.

선문답 같은 연애 상상.

생이불여사(生而不如死)인 지구인의 나날에 연애라니, 참 기도 안 찰 노릇이다. 그런데 더욱 기막힌 것은 대부분의 지구인이 무의식적인 연애 갈망에 시달리며 산다는 것이다. 연애와 사랑의 경계 같은 건 논외로 치더라도 그와 같은 결핍과 갈망이 인간의 존재기반을 좌우하고 행불의식을 좌우하는 가장 큰 요인이 된다는 건 부정할 수 없다. 연애가 어디 있나, 사랑이 어디 있나, 만나는 사람에게 물어봤지만 그것의 실체를 보여주는 사람은 아무도 없었다. 지구에 태어난 모든 인간이 시뮬레이션 같은, 허구 같은, 홀로그램 같은 자기 찾기의 과정을 사랑이나 연애로 착각하고 있었을 뿐이다. 그러니까 뭐, 연애 같은 것, 사랑 같은 것, 바람 같은 것, 구름 같은 것…… 그런 건 다시 색즉시공이고 공즉시색이다. 참으로 현명한 석가모니 멘토님. ㅋㅋ

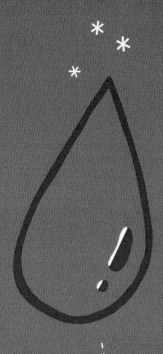

박혜상

사랑의 생활

박혜상

2006년 단편소설 「새들이 서 있다」로 『문학과사회』 신인문학상 당선.
소설집 『새들이 서 있다』가 있다.

케이가 일곱번째 연애를 끝내고 집으로 돌아왔다. 나는 이번에는 웃어주지 않았다. 케이는 침울한 얼굴로 티셔츠를 벗어 어이없게도 내게 내밀었다. 마치 경기를 끝낸 선수가 상대팀 선수와 셔츠를 교환하려는 것 같았다.

"나는 벗어줄 수가 없는데. 뭐, 어깨라도 두드려줄까?"

"힘이 하나도 없어. 이것조차 들 힘이 없다고."

케이의 목소리는 약에 취한 모기 같았다.

케이의 배를 힐끔 보았다. 배꼽 밑으로 이어지는 검은 털들이 눈에 들어왔다. 땀에 절어 찰싹 배에 붙어 있는 긴 털들에 나는 눈살을 찌푸렸다. 그동안의 연애 행각이 고스란히 배어 있을 것 같은 그것들은 더럽고…… 더럽게도 성적이었다.

케이가 샤워를 하는 동안, 나는 마당에서 귀뚜라미 울음소리를 들었다. 열흘이 넘게 열대야가 이어졌지만 어김없는 입추였다. 뜨릇뜨릇, 가을이 오는 소리가 깊은 밤의 마당을 조용히 흔들고 있었다. 나는 쪼그리고 앉아 한 마리 풀벌레처럼 몸을 까닥거렸다. 자꾸 입이 벌어져, 결국 나는 조그맣게 소리내어 웃었다.

민소매 셔츠와 반바지로 갈아입은 케이가 마당으로 나왔다.

"귀뚜라미 소리를 들으니까 눈물이 날 것 같네. 지독하게 더운 여름이었어."

케이의 목소리는 명랑했다. 케이는 회복도 빠르다. 배낭만 들면 당장 휴가라도 떠날 사람 같다.

"아직은 매미들 세상인데."

나도 울 뻔했다고 말하고 싶지만, 나는 케이에게 맞장구를 쳐주지 않는다. 매력 없는 짓이라는 걸 나는 알고 있다. 케이에게 잘 보이기 위해서가 아니다. 케이로부터 나를 지키는 방식이다.

"농사는 잘 지었니? 몸에 좋은 거 잘 먹고 잘 살았겠어."

케이는 상추와 깻잎, 고추, 토마토를 심은 텃밭 상자들을 기웃거렸다.

올봄에 완두콩을 심었다. 케이의 도움 없이 내가 처음으로 심은 작물이었다. 케이는 완두콩 화분을 그냥 지나쳤다. 완두콩을 따서 밥을 지어 먹는 맛이 어떤지 얘기해주고 싶은데 케이는 기회를 주지 않는다.

케이와 나의 관계에서 주도권은 케이에게 있다. 집주인이기 때문만은 아니다. 이 집에 발을 들여놓은 순간부터 나는 케이에게 선수를 빼앗긴 사람이다. 이를테면, 나란히 걷다가 기막힌 풍경을 보고 길가에 털썩 주저앉는 일은 케이만이 할 수 있다. 같은 감정을 느껴도 나는 케이의 뒤에 말없이 서 있거나 딴청을 부린다. 나는 그것을 감정의 주도권이라 부른다. 감정을 교감하는 일이 드문 나 같은 외톨이에게 타인의 감정을 인정하기란 쉬운 일이 아니다.

케이는 나와 비슷한 감수성을 지녔다. 뛰어난 감수성이라고는 말하지 않겠다. 케이는 인정하기 싫을 테지만, 케이와 나는 마음의 주파수, 즉 마음이 동하는 지점이 비슷하다. 선수를 빼앗긴 심정은 달리 말하면 사랑일 것이다. 케이를 향한 감정의 표현은 처음부터 차단되었다. 제대로 외톨이로 성장한 사람은 이 말을 이해할 것이다. 사랑하기 위하여, 외톨이는 사랑하지 않으려 기를 쓰고 산다. 내가 할 일은 케이의 반대편에 서 있는 것. 나라는 존재는 케이의 반대말이 된다. 케이는 표출하고 나는 은폐한다. 케이는 떠나고 나는 남는다. 케이는 돌아오고 나는 돌아가지 않는다.

"사람은 한순간이더군."

나는 무슨 말인지 묻지 않았다. 한순간에 틀어진 사랑, 혹은 사람 이야기일 테지.

"좀 있으면 우리 명자 아가씨가 꽃을 피우겠구나."

케이는 잎이 무성한 명자나무 가지를 손으로 스쳤다.

이 집에 처음 온 날, 내 얼굴을 붉게 만든 것은 명자나무였다.

명자…… 가끔 혼자 마당에 서 있다보면, 누군가의 이름을 부르듯 내 입에서는 명자가 한숨처럼 흘러나왔다.

함께 집을 돌볼 사람을 찾습니다. 그 봄에 내 눈에 들어온 게시글의 제목이었다.

마을버스를 타고 종점에서 내려 비탈진 골목길을 조금 걸어 올라가면, 길을 잘못 들었나 싶은 생각이 들 겁니다. 낭패한 심정으로 되돌아갈까 하다,

몸을 살짝 틀면 언뜻 물빛을 보게 될 것입니다. 날이 화창하면 파란 바다 빛깔일 것이고 흐린 날이라면 흰 강물 빛깔이겠지요. 그 순간을 놓친 사람이라면 함께할 자격이 없으니, 오던 길 그대로 내려가시면 됩니다. 물빛의 하늘을 보신 분은 그쪽으로 발을 내디디십시오. 크게 다섯 걸음을 떼면 하늘 길의 끝자락이 보입니다.

과연 공지대로, 길이 끊어졌나 싶어 뒤를 돌았을 때 나는 걸음을 멈추었다. 내가 본 것은 물빛이 아니라 불빛이었다. 관목의 가지들 사이를 메운 환한 불빛을 본 찰나, 나는 어디선가 불이 난 줄 알았다. 그토록 붉은 노을은 처음이었다. 녹황색 담벼락의 모퉁이를 돌자, 탁 트인 넓은 축대와 계단 길이 나타났다. 진한 감빛의 노을 위에 누군가 쏟아부은 것처럼, 빨강이 번져가고 있었다.

나는 양 축대 가운데로 제단처럼 하늘을 향해 뻗어 있는 계단 길을 넋을 놓고 올랐다. 층층이 축대를 쌓아올려 그 위에 지은 남향집들은 장방형의 아담한 마당들을 지녔다. 전체적인 분위기는 낙후된 동네였지만 달동네는 아니었다. 서울에서 가장 집값이 싼 지역이라는 소문이 믿기지 않았다.

두어 시간이나 걸려 그 집 마당에 들어섰을 때까지 나는 잠시 모든 것을 잊었다. 공부를 계속할 것인가, 과외비를 가져오지 않는 녀석에게는 어떻게 말해야 할까 따위의 잡념은 물론이고, 거기까지 온 목적조차 잊어버렸다. 어두워지기 전에 집을 보고 싶었다. 나는 집주인에게 전화를 걸어 당도했음을 알렸다.

하늘은 분홍과 보랏빛으로 변해갔다. 파스텔 편지지에 누군가를 향

한 연서라도 쓰고 싶은 봄 저녁이었다. 저녁이 당도한 고요한 마당에
는 꽃나무 두 그루와 비스듬히 벽에 기대선 자전거, 웃자란 풀들, 그
리고 식탁 앞에 놓여 있었을 식구들을 잃은 의자 하나가 있었다. 저
붉은 꽃나무의 이름은 뭘까. 현관문을 열고 누군가가 나왔다. 포치에
매달린 전등에 살짝 머리가 닿았다. 케이였다.

마음껏 둘러보세요. 케이는 별다른 설명 없이 집을 안내했다. 함께
집을 돌볼 사람을 찾는다고 한껏 멋 부린 글을 올린 사람답지 않았다.
내놓은 방이 어디냐고 물었을 때 케이는 미간을 살짝 찌푸렸다. 두 칸
의 방과 거실, 주방과 화장실의 단순한 구조였다. 주인과 함께 부엌과
화장실을 써야 한다는 사실. 이미 알고 있었지만 케이를 본 순간 실감
이 났다. '잠만 잘 분'처럼 보증금 없이 월세가 싼 이유였다. 그 점에
대해 케이는 세입자를 설득할 만한 아무런 말도 하지 않았다.

함께 지낸다고 생각하시면 돼요.

케이의 말에 나는 해야 할 질문들을 생각했다.

실례지만……

나는 뒷말이 막막해 침을 삼켰다.

아무것도 하지 않을 때가 많아요.

케이가 느닷없이 말했다.

식구들은요?

있다 없다 해요.

더이상 물을 말이 없었다. 어색하게 인사를 하고 돌아선 내게 케이
가 말했다.

쟤 이름이 명자예요. 아가씨나무라고도 하는데.

붉은 꽃들이 탐스럽게 매달린 가지를 가리키며 케이가 빙긋 웃었다. 순간 얼굴이 붉어졌다.

*

정오가 다 돼서야 일어난 케이에게 밥상을 차려주었다. 밥상은 간소했다. 완두콩밥에 오이냉국, 열무김치, 된장에 풋고추와 상추가 전부였다. 케이에게 해주려고 냉동실에 넣어둔 마지막 완두콩이었다. 본래 나는 밥상에는 계란 프라이 같은 기름진 찬이 하나는 있어야 한다고 생각한다. 케이가 돌아오자, 나는 아껴 먹고 있던 소시지를 냉장고 깊숙이 감춰두었다. 케이가 괘씸해서가 아니라 케이가 제일 싫어하는 음식이기 때문이다.

케이가 설거지를 하는 동안, 나는 원두를 갈아 커피를 내렸다. 오랜만에 맛보는 원두 향에 마음이 들떴다. 케이가 카페 친구에게서 얻은 원두였다. 텀블러에 진한 커피를 담았다. K 이니셜이 잔뜩 프린팅 된 텀블러는 케이의 여섯번째 애인이 만든 것이다. 여섯번째 연애를 끝내고 케이는 텀블러, 티셔츠, 액자 따위의 커플용품들을 가방 가득 채워 왔다. 케이와 나는 아무렇지도 않게 그것들을 사용한다. 가끔 커플티를 입고 함께 산책을 나가기도 한다.

여섯번째 애인은 영세한 홍보물 제작 회사에 다녔다. 갓 사회에 진출한 새내기는 그 회사가 얼마나 형편없는 사람들이 모인 집단인지 떠들어댔다. 얘기 도중 앞머리를 긴 손가락으로 쓸어 넘기며 떼꾼한 눈을 치켜뜰 때마다 나는 적의를 느끼곤 했다. 자신이 얼마나 부당한 대우를 받고 있는지 호소했지만 내가 보기에 그 사람은 엄살쟁이였다. 무엇이 케이의 마음을 혹하게 했는지 모를 일이었다. 케이는 홍보물 제작이야말로 아이디어 시장이라며 관심을 보였다. 기어코 둘은 연인이 되었다.

커플들을 대상으로 돈 벌 일은 너무 많아. 처음엔 주문 제작으로 하다가 커플용품 전용 숍을 내는 거야. 아이템이 얼마나 많은지 놀랄걸.

케이의 입에서 주절주절 나온 아이템들은 내가 듣기엔 성인용품에 가까웠다.

케이는 어린 애인과 1년을 버티지 못했다. 제작비용이 들어가는 만큼 수요가 많지 않았다. 케이는 자신이 별로 할 일이 없는 게 가장 큰 어려움이었다고 했다.

사랑에 빠진 사람들은 남의 얘기를 듣지 않더군.

고객들은 케이의 의견을 무시했다. 기껏해야 어떤 상품이건 핑크색 하트를 그려 넣거나 사진 따위를 끼워 넣는 게 전부였다. 케이는 자신이 생각해낸 일 중 가장 유치한 일이었다고 시인했다.

연인들을 대상으로 일을 도모하는 것은 가장 어리석은 일이야. 그들은 가장 이기적이고 감정적이거든.

여섯번째 연애가 끝났을 때 케이는 무척 말이 많았다. 아마도 내 돈이 들어간 것에 대한 미안함 때문이었을 것이다.

그 시기에 나는 지니고 있던 유일한 통장을 헐었다. 케이는 되는 대로 달라고 했다. 전세금이라기보다 아주 적은 보증금에 가까웠다. 돈이 있다면 더 내놓고 싶을 정도였다. 이미 나는 한 식구처럼 케이와 살고 있었기에 아무런 저항이 없었다. 다만 일을 함께할 애인이 내 맘에 들지 않았다. 월세에서 해방된 나는 케이와 완전한 식구가 되었다. 처음부터 케이는 주변 사람들에게 나를 세입자로 소개하지 않았다. 함께 집을 돌보는 사람이었다. 그러나 식구의 심정을 느낀 것은 그때부터였다.

케이는 부모님이 물려주신 집을 지키는 게 삶의 원칙인 것 같았다. 썩 훌륭한 원칙이다. 케이는 이 집에서 태어나고, 자라고, 살고 있다. 평생을 한 집에서 산다는 것은 나로서는 실감나지 않는 이야기였다.

설거지를 끝낸 케이는 커피를 들고 내 앞에 앉았다.

케이의 앞자락은 깨끗했다. 나는 설거지를 하면 앞자락이 흠뻑 젖는다.

"세상일을 설거지하듯이 하면 참 좋을 텐데."

케이는 내 말에 별 반응을 보이지 않는다.

"집이 그렇게 덥진 않았지? 시원한데. 편하게 지냈겠어."

"무슨 소리야? 얼마나 더웠는데. 이제 겨우 살 만한 거지."

여름 내내 나는 문이란 문은 모두 열어두고 지냈다. 파란 방충망 너머로 들려오는 매미들의 울음소리에 나 역시 짝 없는 한 마리의 매미가 된 것 같았다. 이러다 방바닥에 눌어붙어 허물만 남는 건 아닐까. 내 허물을 발견하는 케이의 모습을 상상하는 것이 그나마 낙이었다.

"사람도 딱 시기를 정해서 일제히 짝을 찾으면 좋을 텐데. 봄 여름 가을 겨울 시도 때도 없이 연애질하는 사람은 참 힘들겠다. 도대체 연애가 뭘까?"

나는 정말 궁금하다는 듯이 물었다.

"사랑의 생활이지."

케이는 단박에 대답했다. 연애의 달인답다.

"그러기 위해서는 일을 해야지. 뭐든 새로운 일을."

케이는 연애의 달인보다는, 창업의 달인이 더 맞을지도 모르겠다. 케이는 사람을 만나면 무슨 일이든 함께하려고 했다. 새로운 사람에 대한 관심은 자연스럽게 일로 연결되었다. 그러다보면 그들은 이미 연인이었다.

"집은 왜 나가는 거야? 도대체 가출이랑 연애랑 무슨……"

가출이라는 대목에서 케이와 눈이 마주친 나는 입을 다물었다. 문득 내가 세입자라는 사실이 떠오를 때가 있다.

"돌아오기 위해서지."

케이는 대답도 잘한다. 답변의 달인이다.

나는 케이의 일곱번째 연애의 끝이 궁금했다. 이번에는 아무런 말이 없었다. 뭔가 더러운 꼴을 당한 것 같았다. 애견 카페와, 그러니까 첫번째 연애를 끝내고 돌아왔을 때의 모습과 비슷했다.

애견 카페는 케이의 아이디어였다. 지금이야 흔히 볼 수 있지만 당시에는 드문 업종이었다. 케이의 역대 애인들 중에 가장 형편이 좋았던 사람이었다. 두 계절을 개들과 함께 지내고 돌아온 케이의 모습은 한 마리의 유기견 같았다.

나는 동물을 좋아하지 않는 사람이더군. 집중을 할 수 없으니까 생활이 되지 않아.

케이는 그렇게 말했지만 나는 케이가 개만도 못한 취급을 받았다는 것을 눈치챘다.

있는 집 개들은 말도 하더군. 나란히 넷이서 식탁에 앉아 밥을 먹다

보면 개들이 말하는 소리가 들려. 가끔 내가 그 개 소리를 못 알아들으면 그 사람은 나를 바보 취급하지.

그 시절 케이의 모습이 떠올라 웃음이 나왔다. 케이도 피식 웃었다.

"네가 있으니까 가는 거지."

케이의 말에 나는 조금 서운했다. 네가 있어 돌아오는 거라고 말하면 뭐 그렇게 의미가 다를까. 하긴 너 때문에 나가는 거라고 말하지 않는 게 다행이다.

*

나는 거의 외출하지 않는다. 외출은 일주일에 두 번, 과외교습이 있는 날만 했다. 케이의 집에 살면서 그렇게 되었다. 교통이 좀 불편한 이유도 있고, 나갈 일이 없었다.

내가 이 도시에서 생존할 수 있는 방법은 남들과 다르게 사는 것이다. 스펙을 쌓기 위해 투자하는 것을 포기하고 가급적이면 경제활동을 하지 않는다. 케이의 집에 살게 된 후, 비로소 생활인이 된 것 같았다. 저녁이 와도 죄책감이 들지 않는다. 이것저것 계산할 항목이 없기 때문일 것이다.

나는 약간의 돈을 벌고 약간의 음식을 먹고 약간의 전원생활을 한다. 버는 돈이 적은 대신 나는 돈을 쓰지 않는다. 어지간해서는 걸어다니고, 술을 마시지 않고, 여행을 가지 않는다. 돈이 없으면 쓰지 않으며, 쓰지 못한다는 사실에 저항하지 않는다. 아무리 마음을 고쳐먹으려 해도 돈을 벌자는 마음이 들지 않는다. 왜 그런지 이유를 알 수 없다. 다른 사람들은 어떻게 돈을 벌 마음을 먹게 되는지 궁금하다.

나와 달리 케이는 돈을 벌고 싶어한다. 그렇다고 돈을 벌기로 마음 먹은 사람 같지는 않다. 케이의 계산 방식은 세상의 것과는 다르다. 사람에게 신뢰를 주는 방식도 케이는 달랐다.

집을 보긴 했지만, 사실 나는 케이의 집에 살게 될 줄은 몰랐다. 여러 정황상 맞지 않았다. 하지만 어렴풋한 꿈처럼, 그냥 흘려보내고 싶지 않은 꿈처럼 내내 그 집을 생각했다. 붉은 노을, 봄 저녁의 마당, 명자나무의 여운 때문이었을까. 인상적인 외모였음에도 분명하게 생각나지 않는 케이의 얼굴 때문이었을까. 결국 나는 다시 그 동네를 찾아갔다. 주인을 꼭 만날 필요는 없다고 생각했다. 있으면 들어가고 아니면 멀리 산책이라도 나온 셈 치면 그만이었다. 산책이라고 하기에는 날이 궂었지만.

대문이 활짝 열려 있었다. 마당에 나와 있던 두 사람이 집을 기웃거리던 나를 발견했다. 그들은 내게 수줍게 인사를 했고 나 역시 얼떨결에 인사를 나눴다. 방을 보러 온 사람들인가 생각했다. 안에서 나온 케이가 나를 보았다. 첫날과 다르게 무척 반가워했다. 여기 이분은 함께 살게 될 사람. 케이는 나를 그렇게 소개하며 집 안으로 데려갔다. 빗방울이 떨어지기 시작했기 때문이었다.

거실에는 예닐곱 명의 남녀들이 밥상에 둘러앉아 있었다. 어쩌다보니 그 틈에서 나도 숟가락을 들게 되었다. 식사가 끝나고 나는 둘러앉은 사람들 뒤의 구석에 앉았다. 밥만 먹고 가기 민망했고, 케이를 따로 불러낼 요령도 없었다. 빗줄기는 점점 굵어졌다.

그들은 커피전문점, 카페 얘기를 하고 있었다. 나는 흔히들 생각해봤을 '카페 차리기'에는 관심이 없었다. 그런 쪽의 이야기라면 그저 친한 친구가 카페 사장이었으면 좋겠다는 바람 정도다. 내 자세는 점점 흐트러졌다. 뭔지 모를 실망감과 편안함이 공존했다. 나는 아예 등을 기대고 한쪽 다리를 뻗고 있었다. 사람들은 모두 케이를 바라보고 있었고 나는 케이의 등을 보고 있었다. 그중에는 케이의 첫번째 애인도 있었다. 그 생각을 하면 내가 아득하게 작아지는 기분이 든다. 나는 둘이 그런 관계가 될 줄은 몰랐다.

내가 케이의 이번 연애를 일곱번째라 하는 것은 그때를 기준으로 삼기 때문이다. 그 이전의 연애사까지 알고 싶지 않다. 하지만 내가 모르는 케이의 연애가 이 세상 어디선가 진행되고 있을지도 모른다는 생각을 하면, 잃어버린 소지품이 뒤늦게 떠오르는 것 같은 낭패감이 들 것이다. 여하튼 그날 나는 이따금 내 쪽을 돌아다보는 케이에게 엷은 미소를 지어 보였다. 고개를 돌려 어깨너머로 나를 향하는 케이의 얼굴은 상당히 예민해 보였다.

고백하건대, 나는 그 표정에 사로잡힌 셈이 돼버렸다. 어쩌다보니 차가 끊긴 시간이 돼버렸지만 나를 그 자리에 끝까지 남게 한 것은 케이의 그 얼굴이었다. 케이는 나라는 존재를 마음에 걸려 하고 있었다. 나는 옵저버의 마음으로 그 자리를 떠나지 않았다. 내세울 것 없는 사람의 허세이자 일종의 오기였다. 사람들이 하나둘씩 돌아가고, 남은 사람들이 얼기설기 잠들었을 때 케이는 나를 마당으로 불러냈다. 비로소 한 가지 일을 마친 듯한 기분이 들었다. 비는 멈춰 있었고 새벽 하늘은 청회색을 띠고 있었다.

케이는 불편한 자리였냐는 따위의 판에 박힌 말은 하지 않았다. 나를 다 파악했다는 듯이 웃고는, 나를 마당 한가운데로 세웠다.

자, 어깨를 펴고 깊이 심호흡을 해봐요.

케이는 내 어깨를 양손으로 잡아 눌렀다.

나는 그날 어처구니없게도 케이와 등배지기 스트레칭을 했다. 처음 만난 사람과 입을 맞추는 것보다, 두 번 만난 사람을 자신의 등에 태워 흔드는 것이 얼마나 인상적인지 케이는 알고 있었다. 그것도 모자라 케이는 내게 어떤 말이든 한마디씩 하라고 했다. 오래전, 얼굴도 기억나지 않는 사람과 섹스를 했을 때, 야한 말을 해달라는 예상치 못했던 부탁을 들었을 때처럼, 나는 우스꽝스럽게도 하늘을 볼 차례가 될 때마다 꾸역꾸역 말을 하고 말았다. 케이는 그저 나를 등에 태워 살짝 흔들 뿐이었는데, 무턱대고 내 입에서는 변명이 흘러나왔다.

잘 모르겠어요. 지금까지 왜 그러고 앉아 있었는지.

그냥 처박혀 있는 기분이에요. 사는 내내.

비가 많이 와도 집은 괜찮네요.

좋은 사람들인 것 같아요.

케이와 나는 함께 숨고르기를 했다. 나는 마지막 긴 숨을 내뱉으며 말했다. 여기서 살고 싶어요.

*

"혹시, 어제 먹은 밥에 있던 콩이 여기서 난 거야?"

케이가 완두콩 화분을 가리켰다.

지지대랑 잎 쪼가리들만 남아 있는데도 케이는 완두콩을 알아보았다.

"봄에 심었어. 어제 그게 마지막 완두콩이었는데. 그 화분 들고 오느라 애먹었어. 내년엔 좀더 심어야겠어. 생각보다 쉽던데? 잘 자라고."

"어쩐지 씨알이 좀 작더라. 맛있었어."

지금껏 해본 작물 중에 완두콩 재배가 제일 흥미로웠다. 물에 불린 콩을 심었더니 금방 싹이 돋았다. 지지대를 휘감아 올라가는 넝쿨손을 보는 재미가 쏠쏠했다. 작은 종처럼 매달려 있다 어느새 벌어지는 흰 꽃의 관능. 꽃이 질 즈음에 깍지가 비죽이 고개를 내밀었다. 깍지 속이 궁금해 하루에도 몇 번씩 딸까 말까 망설였다.

케이의 집에 살면서 터득한 가장 유익한 일은 텃밭을 가꾸는 생활이다. 도시에서 자란 케이가 그런 일을 잘하는 것도 연애 때문이다. 한때 케이는 지리산 근방에서 거의 두 해를 지냈다. 그때의 내 심정은 이랬다. 그래, 넌 떡을 치고 난 글을 쓰는 거지. 그러나 케이가 없는 케이의 집에서 나는 아무것도 되지 못했다.

지리산에서 돌아온 케이는 며칠 내내 잠만 자더니 잠꼬대처럼 말했다.

섹스를 하지 않는 사랑은 불가능 해.

나는 그 말에 코웃음을 쳤다.

마음이 식었다고 말해.

내 말에 케이는 빙긋 웃었다.

몸이 지쳐버렸어. 마음이 식기도 전에.

무척 오래전 일이다. 차라리 케이야말로 스님이 되었더라면 어땠을까.

스님을 모시고 있었다지만 내게 그 시기는 케이의 세번째 연애였다. 그 스님이 여자인지 남자인지는 소문처럼 확실하지 않았다. 두 스님들이 케이를 예뻐했던 것은 분명했다. 훗날 나는 케이가 없을 때 번갈아가며 찾아오는 스님들을 며칠씩 공양해야 했다. 스님들이 아니라면, 어쩌면 케이는 장삼 자락에 숨어 어여쁜 보살님과 혹은 고독한 불목하니와 연애를 했던 것인지도 모른다. 그것도 아니면 그 모두와 연애를 했던지.

가끔 케이는 사람들이 마음에 들면, 정말 안타까운 얼굴로, 저이들과 모두 다 같이 연애를 할 수는 없을까라고 탄식을 하기도 했다. 말 같지도 않은 수작에 혀를 차는 것으로 대신했지만, 그 말이 저이들과 다 함께 생활할 수는 없을까라고 나왔을 때는 기겁을 하고 말았다.

다섯이 함께 지낸 시절이 있었다. 케이의 바람과는 달리 한 달을 채우지 못했다. 나를 제외한 셋이 케이와 연애를 했는지는 모르겠지만, 한 명씩 말없이 집을 떠나는 걸 보면, 케이에게는 가능한데 그들에게는 가능하지 않은, 함께 눈을 마주칠 수 없는 일이 있었음은 분명했다. 나는 진정한 상대가 누구였는지도 짐작할 수 있었다. 제일 늦게 나간 사람. 나는 그 사람을 케이의 다섯번째 애인으로 목록에 올려놓았다. 첫 콩깍지를 열었을 때, 나란히 누운 다섯 알의 초록 완두를 보고 그 시절이 생각나 웃었다.

"무슨 생각을 하니?"

"올가을에는 무얼 심을까."

내 말에 케이는 웃음을 터뜨렸다.

"자나 깨나 먹는 생각뿐이군. 좋은 생각하고 사는구나."

케이는 그렇게 말하면서 내 머리를 쓰다듬었다.

"가을엔 무를 심어도 좋은데…… 아, 이것도 괜찮을 거 같아. 마당을 다 텃밭으로 만들어서 본격적으로 유기농 재배를 해서 그걸 직접 파는 거야."

"또 시작이야. 좀 쉬어. 너무 빠르지 않아?"

"세상에는 너무 늦은 일도 없지만 너무 빠른 일도 없지."

케이는 자신만만하게 말했다.

"결국 만두가게는 폐업하는 거야?"

"무슨 소리야…… 곧 오픈해. 잘하면 체인점 모집도 하게 될 거야."

"속 좀 쓰리겠다."

괜찮다고, 케이가 다정하게 말했다.

케이는 참, 다정한 사람이야. 누군가에게 케이를 설명할 일이 있으면 나는 그렇게 말할 것이다. 그러나 그런 일은 없었다. 아무도 내게 케이에 대해서 묻지 않았고 나 또한 케이를 말해줄 대상이 없었다. 케이의 친구들은 모두 케이를 잘 알고 있는 것처럼 굴었다. 아마도 그것은 저마다 케이와의 특별한 기억을 지니고 있기 때문일 것이다. 케이는 모르는 일방적인 감동의 순간 말이다. 나처럼 그 순간을 견디는 인간이 있는가 하면 케이의 일곱번째 애인처럼 바로 사랑에 빠져버리는 인간도 있다. 그 사람은 그 순간을 여러 사람들 앞에서 말해버렸다. 나는 그들의 연애가 좋지 않게 끝나리라 짐작했다. 그런 순간은 대놓고 말하면, 아무것도 아닌 일이 되어버린다. 공감은커녕 쉽게 사랑에 빠지는 사람의 시시한 변명으로 들리기 십상이다.

나는 만두를 좋아해.

케이가 철지난 바닷가에서 문득 그렇게 말했을 때 그 사람은 사랑에 빠졌다고 했다.

마치 느닷없는 사랑 고백을 받은 것처럼 말문이 막혔어요. 다른 사람들은 바다만 바라보고 아무 대꾸가 없었는데, 나는 그 말에 어찌할 바를 몰랐어요. 학창 시절 내 별명이 만두였기 때문만은 아니에요. 케이가 딱히 내게 한 말도 아니었어요. 케이는 우리 집이 만두가게를 한다는 사실조차 알지 못했으니까. 그걸 말하지 않은 건 부끄러움 때문이 아니에요. 그건 아버지를 부끄러워하지 않지만 아버지 이야기를 하지 않는 것과 마찬가지죠. 하지만 우리 집 식구들의 별명이 모두 만두였을지도 모른다는 생각을 하면 좀 슬퍼요.

이 고백을 할 때 즈음에 이미 둘은 연인이었다. 케이는 여름 내내 임시 휴업중인 만두가게에서 지냈다. 애인네는 새로 들어온 만두가게 때문에 곤란을 겪고 있었다. 식구들은 도대체 알 수가 없었다. 안에 뭐가 들어 있기에 사람들이 만두를 먹으려고 30분씩 줄을 서는지. 이러한 사정을 애인은 케이에게 털어놓았다. 그날부터 케이는 만두가게를 돌아다니며 정성을 쏟았다. 케이에게는 만두 맛이 다 거기서 거기였다. 대신 케이는 새로운 메뉴를 개발했다. 다섯 가지 맛 왕만두. 케이가 개발한 만두는 고기맛, 김치맛, 카레맛, 치즈맛, 고구마맛 다섯 가지가 한꺼번에 들어 있는 새로운 만두였다. 케이가 좋아하는 '여럿이 함께' 스타일이었다. 케이는 자신이 개발한 메뉴였기에 당연히 자신의 이름으로 특허를 신청하려 하였으나 애인의 아버지는 생각이 달랐다. 케이에게 모든 것을 제공하였기 때문에 회사로 치면 케이는 직원이었다. 가업을 이을 애인 또한 아버지의 생각에 동의했다. 한동안 케이는 부모의 반대에 부딪힌 연인 같은 얼굴을 하고 다녔다.

"기본적으로 생활방식이 다른 사람들이었어. 상당히 가족중심주의적인 사고를 지니고 있더군. 그건 성기 중심의 사고를 지니고 있는 거나 마찬가지야."

"잘 끝낸 거지? 또 뭐 찾아온다거나 그런 건 아니겠지?"

"다른 건 몰라도 만두가 구질구질한 인간은 아니지."

깔끔하지 못한 연애의 최악은 애견 카페였다.

애견 카페는 케이의 마음을 돌리려 매일 집에 찾아왔고, 케이는 두번째 애인과 함께 줄행랑을 쳐버렸다. 케이의 두번째 연애는 도피나 다름없었다. 함께 줄행랑을 친 사람이 두번째 애인이 되었다고 해야 맞았다. 애견 카페를 피하기 위해서 누구의 손이라도 잡고 달아날 판이었다. 그 사람은 공무원이었다. 하필 도피 행각을 벌인 시기가 을지훈련 기간이었다. 경유서까지 제출해야 했던 6급 주사는 승진 대상에서 누락되었다. 케이는 주사의 주사에 얻어터지기도 했다. 나는 한동안 술에 취해 번갈아가며 케이의 집을 찾아오는 두 엑스들의 술주정을 받아주어야 했다.

그랬다. 케이는…… 혼자서는 달아나기는커녕 잠도 자지 못하고 밥도 먹지 않는다. 그래서 지금까지 나를 남겨둔 것이다. 잠시라도 혼자 남아 있는 게 싫어서. 이 생각이 들면 나는 케이를 깔고 앉아 흠씬 두들겨주고 싶어진다.

*

케이는 잠에서 막 깨어난 아이처럼 앉아 두리번거렸다. 그러더니

아, 하고는 다시 드러누웠다. 나는 잠을 깨워 미안하다고 사과했다.

"잘했어. 얼마나 힘들었는데…… 다행이다. 집이라서."

"꿈꿨어?"

"어…… 집으로 오는데 계속 엉뚱한 길이 나오고, 아무리 가도 집이 안 보여. 잠깐만 이리 와봐. 다리 좀 이리로 해봐."

나는 케이에게 다가앉았다. 맨살이 장판에 닿을 때마다 쩍쩍 소리가 났다. 나는 다리 한쪽을 케이에게 내주었다. 마음 같아선 등이라도 쓸어주고 싶었다.

"그나마 집칸이라고 물려받았으니 나름 품위 유지하고 사는 거지. 넌 이 집이 아니면 아무것도 아냐."

케이의 부모님은 현명했다. 케이에게 집을 지키라는 유언을 남겼다. 케이는 착한 아들이었다. 집을 담보로 잡는 일 따위는 하지 않았다. 어떤 이는 바보라 하고 다른 어떤 이는 훌륭하다고 했다.

위기는 있었다. 네번째 애인과의 일이었다. 그들은 식당에서 혼자 밥을 먹다 만나게 되었고 사랑에 빠졌다. 둘은 혼자 밥 먹는 사람들을 위한 레스토랑을 개업했다. 애인은 형편에 맞지 않는 대출을 받았다. 규모는 작지만 길목이 좋아 장사는 되는 편이었다. 애인은 대출금의 이자를 줄이기 위해 케이가 일부를 부담할 것을 제의했다. 주방을 맡고 있던 케이는 고민 끝에 그 제의를 거절했다. 집을 담보로 대출을 받을 수 없다는 케이의 말을 수완 좋은 네번째 애인은 이해하지 못했다.

동업자가 되고 싶지는 않아. 그러면 사랑은 깨져.

케이는 그렇게 말했다. 사랑이 깨질까봐 사랑을 깬 아이러니였다.

진정한 사랑이 아니었을 거라고, 나는 케이에게 흔해빠진 위로를 건 넸다.

네번째 연애를 끝내고 케이는 한동안 '혼자서도 잘하는 사람들' 모임에 들락거렸다.

혼자서도 잘하는데 왜 혼자 있지 못하고 혼자인 사람들이 모이는 걸까.

사람들은 고독도 전시하려고 하더군.

케이의 대답이었다.

케이는 그 모임에서 세 명을 집으로 데려왔다. 혼숙 시절의 다섯 명 중에 셋이 그들이었다. 콩 같은 사람들이었다.

"갑자기 모든 게 너무 피곤해. 올겨울은 어떻게 지내게 될까……"

"날도 추운데, 세입자를 하나 받는 건 어때? 아님 하숙을 치던가."

케이가 돌아누우며 말했다. 방이 없잖아.

구부정한 케이의 몸은 열린 괄호 같았다. 나도 케이의 등을 향해 모로 누웠다. '⟨⟨' 두 개의 열린 괄호 모양이 되었다.

"내 방."

케이가 나를 향해 다시 돌아누웠다. 케이와 나는 서로 마주보았다. '⟨ ⟩' 온전한 괄호가 되었다. 우리는.

"그럼 너는?"

"난 네 방."

내 말에 케이는 처량하게 물었다.

"그럼, 난?"

"너야, 아무 데서나 아무하고나 잘 자잖아."

"나, 집주인 맞니?"

"응. 너는 집을 지켜야 하는 집주인이고 나는 집을 돌보는 사람이지."

케이는 한참 말이 없더니 고개를 끄덕이며 중얼거렸다.

"빨리 함께 일할 사람을 찾아야겠구나. 어떻게든 벌어먹고 살아야 할 텐데."

"그런 생각을 하긴 하는구나. 넌 벌어먹지 않는 스타일이잖아."

"그렇다고 빌어먹는 것도 아닌데. 그럼, 넌 뭐니?"

"나는 아주 조금 벌어 조금 먹고, 그냥…… 가만히 있잖아."

내가 실없이 웃자, 케이도 웃었다.

"만약 내가 없으면, 아니, 이 집이 없어지면 어떡할래?"

케이의 능청스러운 궁상에 휘말리지 말 것. 그러나 나 역시 노인네처럼 중얼거렸다.

"집이 사람보다 수명이 짧나……"

나는 최대한 심드렁하게 말하려 애썼다.

"이 집이 사라지게 되면 뭐, 결국은 네 손에 돈이 들어오겠지. 우리가 할 계산은 별로 없겠지만. 그래도 뭔 수가 나지 않을까. 너야말로 집이 없어지게 되면 어떡할 건데?"

"집을 지키기 위해서 일단은 뭐든 하겠지."

"그때야말로 네가 하고 싶은 창업을 해야지. 그럼 다른 사람하고 같이 안 하고 혼자 하면 되잖아."

"넌 아직도 나를 잘 모르는 것 같아."

알고 싶지 않다고 해야 평소의 나일 것이다. 그러나 나는 모처럼의

'마주보기'를 놓치고 싶지 않았다.

"나는 내 말에 귀를 기울이는 사람이라면 누구든지 한 팀이 될 수 있어. 거기에 사랑이 있다면 더할 나위 없이 좋은 거 아냐? 함께 일하고 사랑하고 살면 되는 거야."

내가 케이의 곁에 오래 있게 된 것은 창업의 의지가 없기 때문이다. 가진 자산이 없다는 말과 다름없지만 나는 언제나 뒤로 빠져 있었다. 만약 적극 끼어들었다면 케이는 한때나마 나를 사랑했을지도 모른다. 그리고 나는 이 집을 떠나야 했을 것이다.

"그게 네 문제라는 거야. 그렇게 사랑이 쉬워?"

"사랑이 어려울 이유가 있을까? 사람들은 어떤 식으로든 계산을 하니까 사랑이 어려운 거야."

"결국은 다 실패했잖아."

케이는 내 말에 벌컥 화를 냈다.

"그럼 성공이야?"

내 목소리는 절로 움츠러들었다.

"연애하는 데 실패랑 성공이 어디 있어? 그저 다한 것뿐이지. 네가 말하는 성공한 연애는 뭐야?"

케이는 방으로 들어가버렸다.

케이와 나는 땅거미가 질 때까지 각자의 방에 있었다. 나는 밥상을 차리지 않았다. 케이는 점심을 굶었고 나는 냉장고에 숨겨둔 소시지를 꺼내 먹었다.

*

저녁 무렵, 한 무리의 사람들이 찾아왔다. 케이와 나는 마당으로 나가 손님들을 맞았다. 만화가와 시인과 사진작가와 기타리스트와 처음 보는 얼굴. 만화가의 손에는 슈퍼 비닐봉지가, 사진작가의 손에는 담배가, 기타리스트의 손에는 기타가 들려 있었다. 시인의 손에는 접은 양산과 핸드백이 들려 있고, 처음 보는 얼굴의 손에는 닭장이, 닭장 안에는 수탉 한 마리가 들어 있었다.

검정에 흰 깃털이 섞여 있는 닭은 전체적으로 네이비블루였다. 알을 품듯 웅크리고 앉아 이따금 고개를 드는 닭의 얼굴에는 근심이 가득해 보였다.

"그거, 먹을 거예요?"

케이의 말에 모두 웃음을 터뜨렸고, 시인이 말했다.

"이 둘을 한꺼번에 소개할게요. 얘는 아파트 베란다에서 살던 놈인데 주민들 항의로 쫓겨났어요. 고민을 하다가, 딱 케이가 생각난 거예요. 여긴 마당이 있으니까. 그래서 내가 혼자 못 들고 올 거 같아서, 이 친구를 부른 거예요. 뭐, 초면이지만…… 우리 원래 다 초면이었잖아요?"

"오늘 새로운 분이 오신다더니 바로 이, 수탉님이시군요."

내 농담에 처음 보는 얼굴이 닭을 가리키며 대꾸했다.

"네, 이분 이집트에서 오신 분이고 저는 요 아랫동네에서 왔습니다."

"닭한테 끼어 오신 거네."

기타리스트가 경상도 억양으로 말했다.

"이젠 난 몰라. 싫다고 해도 여기다 두고 갈 거야. 잡아먹든 버리든 맘대로 해요."

시인이 앙탈을 부리듯 말했다.

"닭하고 기념사진이라도 박을까요?"

사진작가의 말에 만화가와 나는 뒤로 빠졌다.

케이는 닭을 마당에 풀어놓자고 하고, 나는 텃밭 상자들이 염려되어 말렸다.

"그래도 먼 길 왔는데 좀 풀어서 쉬게 하는 게 좋지 않을까?"

케이가 다정하게 말했다. 나는 마땅찮은 얼굴로 먼저 집 안으로 들어갔다.

거실 창 너머로 케이와 친구들의 웃음소리가 들려왔다. 케이의 사람들은 참 잘 웃는다. 나는 힐끔 밖을 내다보았다. 닭장 문을 열어도 수탉은 움직이지 않았다. 나올 생각이 없는 모양이었다. 집을 좋아하는 녀석이라니, 다행이었다. 잠시 후 닭의 비명이 들렸다. 사람들이 소란을 떨며 닭을 쫓아다니고 있었고 닭은 마당을 가로질러 훌쩍 대문을 넘었다. 한참 뒤에 케이와 친구들은 집으로 들어왔다. 웃고는 있었지만 진땀깨나 뺀 얼굴이었다. 수탉은 닭장 속으로 돌아갔다.

케이는 처음 보는 얼굴에게 내 소개를 했다. 우리 집, 사람.

모두 웃었는데 처음 보는 얼굴은 웃지 않고 되물었다.

"진짜요?"

폐교와 땅, 공동체, 정착자금 지원 따위의 익숙한 말들이 오갔다. 나는 벽에 기대어 앉아 오징어 다리의 단물을 빨았다. 케이의 여덟번째 애인이 누가 될지 짐작이 갔다. 밤이 깊어갔다. 내 귀에는 이따금

닭이 뒤채는 소리가 들렸다.

수탉이 울었다. 거실에서 잠든 사람들이 닭처럼 머리를 들고 주변을 두리번거렸다. 그들은 다시 고개를 처박고 잠을 청했다. 수탉은 날이 훤히 밝아올 때까지 줄창 울어댔다. 더이상 잠을 잘 수 없었다. 케이와 친구들은 남쪽, 버려진 집들이 있는 곳으로 떠났다.

그들이 떠나고 나는 마당에 서서 가벼운 맨손체조를 했다. 매미의 허물을 밟았다. 이 매미는 짝을 찾은 것일까. 짝을 찾지 않아도 때가 되면 허물이 절로 벗겨지는 것인지 궁금했다. 나는 그것을 주워 수탉에게 내밀었다. 쪼는 힘이 무척 셌다. 순식간에 매미의 허물을 먹어 치웠다. 그렇게 울어댔으니 배가 고플 만도 했다. 나는 닭장 문을 열었다.

태풍 예보는 거짓말 같았다. 높고 푸른 하늘에는 커다란 깃털 구름들이 한가롭게 떠 있었다. 매미의 울음이 길게 이어지다 끊어졌다. 올해의 마지막 매미일 거라고 생각했다. 수탉과 나는 마당을 서성거렸다. 올가을엔 무얼 심을까.

수탉이 완두콩 화분에 올라앉았다. 수탉은 거만한 표정으로 나를 쳐다보았다.

작가의 말

우리 주변에는 일반적인 잣대와는 조금 다른 생활을 하고 있는 사람들이 있다. 그 방식을 가능하게 하는 것이 사랑이라는 생각이 든다. 평범한 삶을 살든 남과 다르게 살든, 사랑에 빠진 사람들은 대부분 자신들의 연인을 이렇게 표현한다. 내겐 특별한 존재야. 누구에게나 사랑은 특별하다. 그리고 그 특별함은 일상을 함께하는 즐거움에 있다. 어쩌면 사랑은 인간의 것이 아닐지도 모른다. 우리는 그저 사랑이라는 단어를 통해 겨우 사랑한다고, 혹은 사랑하라고 말하는 것이 아닐까. 연애는 사람이 관계를 통해 사랑을 경험하는 그들만의 이야기다. 비록 그것이 지극히 합당한 사랑의 본질에는 못 미치더라도, 우리는 그 시간을 통해 사랑이라는 것의 정체를 흐릿하게나마 느껴보는 것이 아닐까.

사랑을 그다지 믿지 않는 사람이 연애 이야기를 쓰다보니, 누군가의 사는 이야기가 되었다. 누군가의 거짓말 같은 사랑이 다음 이야기에서는 뿌리내리기를 바란다.

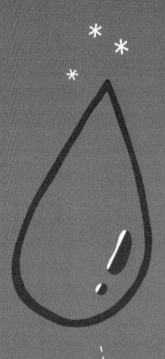

이시은　베토벤 키스

이시은
2010년 단편소설 「손」으로 중앙신인문학상 당선.

키스를 예술행위라고 말하는 베토벤. 곱슬거리는 머리카락 때문에 붙여진 별명일 뿐 음악가인 베토벤과는 아무런 연관이 없는 사무실의 신출내기야. 김현이란 이름보다 벤으로 더 익숙해져 있지. 벤을 부를 때면 베토벤의 현악 4중주가 떠올라. 12번은 내가 가장 좋아하는 곡이지. 청력을 완전히 잃어버린 상태에서 작곡한 것이라 사색적인 깊은 울림과 예술혼을 느낄 수 있다는 따분한 이유가 아니야. 바이올린과 첼로가 뜨거운 정사를 벌이고 있는 것 같기 때문이지.

*

전혀 예감하지 못한 약속이었어. 세상일이라는 게 그렇잖아. 심각하게 생각했던 일이 아주 쉽게 풀리고, 쉬울 것 같은 일은 오히려 생고생을 하게 만드는 경우가 많지. 전출 직원 송별회식이 잡혀 있었는데, 갑자기 취소가 되고 말았어. 윗사람들의 약속이 겹친 탓에 밀린

거지. 창밖의 아름드리 느티나무에서는 매미가 자지러질 듯 울어댔고, 여름 볕이 아침부터 소나기처럼 쏟아지고 있었어. 회의를 마치고 사무실로 오던 중 휴게실을 힐끗 봤어. 눈이 반짝 떠지더군. 같은 과에 근무하는 벤이지만, 혼자 있는 벤을 만나기란 개밥바라기를 보는 것만큼 잠깐이지. 개밥바라기는 내 가슴에 벤을 들어오게 한 메신저야. 메신저 얘기부터 하지 않을 수가 없네.

석 달 전, 그날도 회식이었어. 그러고 보니 우리 회사는 회식이 많은 것 같아. 생일자 회식부터 진급자, 게임벌칙자, 신입직원환영, 출장자 따위의 소소하고 시시한 회식들이 일주일 내내 있는 것 같기도 해. 회식이 나쁘다는 얘기는 아니야. 크게는 소비를 통해 경제를 살리는 측면도 있고 작게는 인화 단결까진 아니더라도 스트레스는 풀 수 있잖아. 마른안주보다 더 감칠맛 나게 씹히는 게 상사 흉보기니까.

그날은 진급자 축하 회식이었지. 나는 보기 좋게 진급에서 탈락됐어. 옆에 앉은 김이 자꾸만 술을 따라주는 바람에 좀 취했던 것 같아. 떨어지기는 마찬가지이면서 남 걱정을 하는 오지랖 넓은 김을 생각하면 눈물겨워. 걸음을 뗄 때마다 높은 굽의 구두가 휘청댔어. 그때 벤이 강아지처럼 쪼르르 달려와 겨드랑이께를 파고들더라고. 느낌이 그랬다는 거야. 벤은 나보다 훨씬 키도 컸고 유산소운동과 근육운동으로 단단한 몸을 가진, 초원을 단숨에 질주할 말에 가깝지. 셔츠 속에 빨래판 식스팩을 숨기고 있기도 해. 집까지 바래다주겠다고 했어. 나는 벤의 팔을 뿌리쳤어. 나는 팀장이야. 끝까지 남아 장렬하게 죽을 거야. 술 취한 사람들이 그렇듯 아주 호기를 부려댔던 것 같아. 맥줏집으로 몰려가는 과원들의 뒤를 따랐어. 맥줏집은 먹자골목 끄트머리

126

에 있었지. 어둑한 모퉁이를 돌 무렵이었어. 개밥바라기이다. 벤이 소리를 질렀어. 벤이 손짓하는 곳으로 방심한 눈이 따라갔지. 눈썹달이 검은 하늘에 떠 있더군. 그 옆에 반짝이는 개밥바리기를 본 것은 벤의 입술이 내 입술을 덮친 후였어.

"우리 밥 먹자."

벤이 휴게실의 커피머신에서 막 내린 커피를 한 모금 마시려던 차였어. 왠지 밥 먹자는 말이 어색하게 공기 속을 떠도는 것 같았어. 섹스하자고 들이대는 헤픈 여자 같은 느낌이 들었거든. 벤의 눈동자가 흔들리는 것을 놓치지 않았지. 창밖에는 짙푸른 나뭇잎이 바람에 이리저리 눕고 있었어. 소나기 바람이었지.

은사시나무 밑에 세워진 캐딜락은 비를 맞고 있더군. 한차례의 소나기가 지나가고 난 뒤의 보슬비였어. 은사시나무 군락 뒤로 요란한 음악 소리가 울려 퍼지고 있었지. 호수 변을 따라 즐비하게 늘어선 보트장과 경마장 따위의 위락시설에는 현란한 조명이 호객행위를 하듯 번쩍댔어. 나는 우산도 없이 자갈밭을 걸었어. 발을 뗄 때마다 자갈 부딪는 소리가 머리를 맑게 했어. 자갈 위로 삐죽삐죽 나온 그루터기를 피해 걸었지. 구두 굽이 까질까 걱정됐어. 구질구질한 데이트를 할 수는 없잖아. 아찔할 정도의 높은 굽은 한껏 부풀어오른 내 마음을 더 들뜨게 만들었지. 복숭아밭을 밀고 주차장을 만든 것 같았어. 넓은 주차장에는 띄엄띄엄 차들이 주차되어 있더군. 담벼락 쪽에 납작하게 엎드려 있는 내 차를 물끄러미 바라봤어. 어쩐지 은밀하게 숨겨놓은 듯한 느낌이 들었어. 사람들은 이곳을 불륜의 은신처라고들 해. 외곽으로 나가는 길목이라 세상의 눈을 피할 수 있는 곳으로 이만한 공간도 없을 것 같았지. 이곳 주차장에 대한 얘기를 들었을 때 베트남 사파의 '사랑시장'이 생각났어. 1년 중 딱 하루, 그날은 누구와도 사랑을 나눌 수 있다고 하지. 1년을 참게 하는 하루의 열정, 고통을 견디게 하는 달콤한 기대가 집중된 듯하잖아.

캐딜락의 문을 열자 운전석에 앉아 있던 벤이 활짝 웃었지. 얇은 입술 속에 숨어 있던 가지런한 치열이 드러났어. 껍질을 벗겨낸 옥수수알 같았지. 할까 말까 망설일 때는 무조건 하는 쪽, 저질러놓고 보라는 김의 말을 잘 들은 것 같았어. 김은 입사동기야. 중학생 아들을 둔, 음담패설을 명작처럼 읊어대는, 섹스를 아주 많이 한 아줌마지. 여자 나이 마흔이 넘으면 이상형 만나 결혼하는 건 복권에 당첨될 확률보다 낮아. 사십 년 묵은 여우쯤 되면 남자를 척 보면 웬만큼 알잖아. 가지기엔 비린내 나고 적당히 즐기기엔 맞춤인데. 조심해. 곧 진급심사인데 삼진 아웃 할 수는 없잖아. 낮에 귀에 대고 속삭였던 김의 말이 귓가에 맴돌더군. 처녀 총각이 만나는 게 진급에 결격사유가 된단 말인가. 십 년의 나이 차이면 원조교제로 취급하는 걸까.

의자 깊숙이 엉덩이를 밀어넣었어. 에어컨이 켜진 차 안은 적당하게 시원했지. 최고급 가구와 악기의 소재인 사펠리 천연목 재질의 시트는 쾌적한 느낌을 주었어. 쿨링으로 맞춰져 있었거든. 허브향의 방향제와 콘솔박스 옆으로 가지런히 놓여 있는 껌과 사탕 통을 하나씩 둘러보며 벤의 섬세함을 느꼈어. 툭하면 결재서류를 빠뜨리고 어린애들 낙서 같은 글씨를 쓰고, 농담과 싱거운 소리를 잘해 모든 것이 데면데면할 줄 알았거든.

금방 면도를 한 듯 턱밑이 파르스름한 벤을 바라봤지. 반듯한 이마와 선명한 입술 선, 올곧게 뻗은 콧날과 달리 눈은 작았어. 파티션 안에서의 벤은 차가웠지. 컴퓨터를 볼 때면 날카로운 콧날에서 냉기가 뿜어지는 것 같았거든. 강으로 맞춰진 에어컨에서 쉴 새 없이 서늘한 바람이 나오는데도 이상하게 벤이 뿜어내는 것 같았지. 법전처럼 두꺼운 매뉴얼을 넘길 때는 공기마저 숨죽이는 것 같았어. 그러나 동료들이 다가와 어깨를 툭 치면 순식간에 냉기가 사라져버려. 눈부터 웃었지. 숱 많은 눈썹이 꿈틀거렸고, 미간 사이에 다리가 놓이듯 주름이 생기고, 입은 코끝에서 떨어진 날렵한 한 마리의 물고기 같았어. 더 정확히 말하자면 헤엄치고 있는 물고기의 지느러미 같다고 할까.

평소에 입던 와이셔츠를 벗고 파스텔 톤의 면티셔츠를 입고 있는 벤은 싱그럽고 풋풋해 보였어. 뭘 입어도 잘 어울릴 나이란 생각이 들자 나도 모르게 배에 힘을 주게 되더라고. 운동을 시작했지만 뱃살은 더디게 빠졌어. 김은 청승살이라고 했지. 나이가 들면 아무리 운동을 해도 빠지지 않는 살이라나. 벤의 몸에서 나는 비누 냄새에 나도 모르게 픽 웃고 말았어. 나처럼 벤도 설렜을까.

급작스럽게 약속을 잡은 터라 조퇴를 할 수밖에 없었어. 과장의 눈꼬리가 올라갔지만 그러든 말든 나는 오늘 저녁을 위해 이제껏 살았던 사람처럼 부리나케 사무실을 빠져나왔어. 목욕탕으로 향했지. 풀코스를 선택해 몸을 맡기고 얼굴 마사지까지 받았지. 옷장 문을 여니 마땅하게 입고 나갈 옷이 없는 거야. 내친김에 원피스와 구두도 샀어. 가장 신중하게 고른 것은 속옷이었지. 앞부분을 많이 도려낸 반쯤 엉덩이를 감싸는 비키니 타입의 인디안 핑크색의 팬티와 가슴의 볼륨을 양껏 살린 브래지어. 거울 앞에 서 있는 내 모습은 한 마리의 암내 풍기는 고양이 같았어. 겨드랑이 털을 제거하고 머리를 드라이하며 콧노래를 불렀지.

"신경 좀 쓴 것 같은데······"

나는 벤을 슬쩍 건드려봤어. 녀석의 마음을 좀체 알 수 없었거든.

"저의 신조가 군신유의잖아요."

뭐야, 의리 때문에 나온 거야. 김이 팍 새는 것 같았지만 마음을 달랬어. 내가 큰 것을 바란 것은 아니니까. 왜 만나자고 했지? 그 생각을 하니 머릿속이 하얘지더라고. 키스를 왜 했는지 따져 물어야 할까. 성추행이었다고 사과를 받아내야 할까. 아니면 고백을 해야 하는 건가.

사실을 고백하자면 벤의 키스는 치명적인 바이러스였어. 내 영혼을 쉴 새 없이 교란시켰거든. 부드럽고 따뜻했던 혀의 느낌과 달착지근한 침이 혈관 속을 뜨겁게 타고 흘렀어. 몸속에 피가 흐르는 게 아니라 욕망이 흐르는 것 같았지. 미끈거리는 뱀의 몸뚱이가 되어 풀밭을 뒹굴고 싶더군. 그런데 녀석은 틈을 주지 않았어.

은사시나무에서 떨어진 빗방울이 차의 지붕을 때리는 소리가 침묵 속으로 끼어들었어. 일정한 리듬으로 떨어졌지. 대개의 사람들이 그렇듯 벤도 침묵을 못 견뎌 하는 것 같았어. 오디오의 플레이 버튼을 누르더군. 나는 벤의 길고 굵은 손가락을 빤히 쳐다봤어. 동글동글한 모양의 손가락 끝은 막대사탕 같았어. 정갈하게 정리된 손톱에는 눈썹 달이 선명하게 떠 있더군. 순간 막대사탕 같은 손가락을 빨고 싶었지.

오디오에서 흘러나오는 음악은 베토벤의 현악 4중주 12번 2악장이었어. 좀 놀랐어. 벤이 클래식을 좋아했던가. 나처럼 클래식 마니아가 아니라면 베토벤의 후기 작품을 감상하긴 어렵잖아. 더군다나 차에 CD를 싣고 다닐 정도라면……

"검도 연습을 할 때마다 이 곡을 틀어놓고 해요."

그랬나, 고개가 갸웃거려지더군. 체력단련장에서 흘러나오던 음악은 늘 요란한 댄스곡이었거든.

"멋지다."

클래식에 칼부림. 그로테스크할 뿐 멋진 것과는 거리가 멀지. 그런데도 나는 과장되게 추켜세웠어.

"바이올린과 첼로의 선율을 가만히 듣고 있으면……"

눈이 반짝 떠지는 순간이었어. 긴장하며 벤의 입술을 쳐다봤지.

"무림에서 최고의 고수들이 휘두르는 칼 소리를 듣는 것 같아요."

곤두섰던 촉수가 푹 꺾이는 듯했어. 뜨거운 정사를 떠올린다는 말을 기대했기 때문일 거야. 벤의 목소리를 삼키며 첼로의 선율이 힘차게 흘렀어. 어느 순간 바이올린이 간절하고 집요한 음으로 가슴을 헤집고 들어왔어. 내장을 다 까발리는 것 같았지.

호흡 조절을 하며 창밖을 쳐다봤지. 저녁 어스름이 깔리고 있었어. 담벼락에 세워진 내 차를 보자 괜한 짓을 했다는 생각이 들더군. 굳이 이곳에 차를 세워놓고 함께 동승할 필요는 없는 일이었거든. 곧장 약속 장소로 오라고 할걸 하는 후회가 들었어. 길을 잘 모르는 벤 때문이라기보다 사실은 베트남의 사랑시장 같은 이곳의 기운을 느끼고 싶었는지도 몰라. 그런데 마음이 자꾸만 버석거리는 것 같았어.

한 무리의 아이들이 은사시나무 숲에서 나오고 있는 게 보였어. 하나같이 바지와 치마가 몸에 착 달라붙는 교복을 입고 있었어. 남학생

셋과 여학생 둘이었지. 서로 가방을 뺏고 던지며 깔깔거리는 아이들을 보던 눈을 거두고 고개를 돌렸어. 벤이 손을 내밀었기 때문이야. 진도가 너무 빠른 거 아닌가 싶었지. 그런데 벤의 손에는 껌이 쥐어져 있었어.

질겅질겅, 민트향이 입안을 가득 채웠어. 밥도 먹기 전에 껌을 씹고 있으니 그냥 집으로 가고 싶더군. 소파에 누워 텔레비전 리모컨을 이리저리 돌리거나 요리를 하고 싶었어. 참치 샐러드나 모차렐라 치즈를 얹은 피자 같은 입안을 감미롭게 하는 요리를 하고 싶었지. 피망을 썰고, 삶은 고구마를 으깨고, 토마토 소스를 식빵에 바르고…… 완성된 요리가 나오는 동안의 시간을 좋아해. 마음의 시간이라고 해야 할까. 이리저리 사방으로 흩어져 있던 감정들이 한곳으로 모아지는 듯하거든. 거실의 오디오에서 흘러나오는 베토벤의 음악은 꽃망울을 터뜨리는 봄볕 같아서 온몸을 홧홧하게 만들곤 하지. 그럴 땐 산책을 하곤 해.

이 도시에는 산책로가 아주 발달되어 있어. 서울을 떠나 이곳으로 왔을 때 가장 먼저 한 일도 산책하는 일이었지. 어둑한 밤길을 걷는 기분도 괜찮아. 면이 아니라 선으로 연결된 산책로는 거미줄 같았어. 집에서 가까운 대학 캠퍼스 뒤편으로 연결된 오솔길을 걸어 나오면 국민생활체육관으로 향하는 길과 개천 옆으로 조성된 자전거길, 명봉으로 가는 등산길, 묘지로 향하는 농로가 있어. 이 길 저 길을 걷고 있노라면 커다란 거미가 된 기분이 들곤 해. 먹잇감을 얻기 위해 촘촘하게 줄을 치는 것 같거든. 꽃잎을 벌린 밤의 꽃들은 농밀한 향기를 내뿜고, 무성한 나뭇잎들은 서로의 몸을 비비고, 벤치에 앉은 여인들은 서로의 머리를 맞대고 끝없이 속삭이고…… 정념이 끓어오르는 산책 길에서 내가 할 수 있는 일은 아무것도 없었어. 그저 걷는 일밖에.

*

"그거 아세요? 팀장님에게는 퇴화된 관능이 있어요."

팀장이라는 말이 귀에 거슬렸어. 코스 요리를 앞에 두고 깎아둔 밤처럼 군다는 게 싫었어. 하필이면 '라이라이'란 음식점을 선택했는지 모르겠어. 오후에 목욕탕을 가기 전에 예약을 해둔 곳이었지. 나름 분위기와 거리, 주변 경관 따위를 세밀하게 따지느라 머리가 터질 지경이었거든. 오라는 뜻의 중국어가 어쩐지 영어로 읽혔어. 거짓말! 송이버섯과 누룽지가 섞인 걸쭉한 수프를 입에 넣고 거짓말을 하는 것은 아니겠지. 퇴폐적 관능도 아닌 퇴화된 관능이라니!

"뭔 말이야?"

"무의식 층에 굉장한 관능이 있다는 말이죠. 그러니까 관능이 솟아나오려 하면 자꾸 이렇게 짓눌러버리죠."

벤이 힘줄이 불거진 팔을 들어 올려 심폐소생술을 하듯 이렇게이렇게, 를 반복하며 가슴을 꾹꾹 눌러댔어. 바이올린과 첼로가 앞서거니 뒤서거니 상냥하고 부드러운 선율로 심장 뛰는 소리를 숨기는 것 같았지. '라이라이'에는 쇼팽의 녹턴이 흐르고 있었지만 내 귀에는 베토벤의 음악으로 들렸어.

"끽연가답군. 많이 연구했네."

키스연구가를 조잡하게 줄여 '끽연가'란 별명을 붙여준 사람은 미스 송이었어. 나는 그 닉네임을 별로 좋아하지 않았어. 내게는 오직 벤이었지. 나는 그저 줄담배를 피우듯 키스를 즐기는 사람쯤으로 생각했을 뿐이었어. 그때의 벤은 내 밑의 부하직원에 불과했거든.

회의실 책상 위에 뒹굴고 있던 벤의 수첩을 무심히 넘겨본 날이었어. 업무 수첩 안에는 업무 내용보다 키스의 백과사전이라 할 만큼의 내용이 빽빽하게 씌어 있었어. 딸기키스, 사탕키스, 항아리키스, 접시키스, 자물쇠키스…… 온갖 키스의 종류와 방법에 대해 적혀 있더군. 어느새 옆에 온 송이 호들갑을 떨어댔지. 변태라고. 나는 깨알 같은 글씨를 천천히 읽었어. 읽으면 읽을수록 묘한 느낌이 들었어. 포르노 잡지 같기도 하고 의학서적 같기도 했거든.

입술은 제2의 성기라 그 모양만으로도 성적 흥분을 느낄 수 있고, 키스 중 뜨거운 입김을 불어넣거나 가끔씩 내는 소리는 상대를 더욱 흥분하게 하는, 성행위와 같은 것이라고 했지. 그쯤에서 내 다리가 꼬이는 것은 무슨 이유였을까. 다음 문장에서는 고개를 흔들고 말았어. 키스를 하면 충치를 유발하는 박테리아를 없애주고, 다이어트에도 효과가 있다는 거야. 한 번의 키스에 12칼로리의 열량을 소모시킨다고 했어. 소량의 모르핀 주사만큼이나 강력한 엔도르핀을 생성한다고 했지. 스트레스를 자극하는 글루콜티코이드라는 호르몬의 생성을 억제해 스트레스를 해소시키는 역할을 한다고 했어. 무엇보다 타인의 침을 서로 받아먹는 키스는 인간의 마음을 가장 편안하고 충만하게 한다는 거야. 이별을 할 때도 반드시 키스를 해줘야 한다는 거지. 그것이 인간에 대한 예의라나. 이별 후 애도 기간을 가질 때 덜 힘들다는 것이지. 너무 진지하지 않아? 요즘처럼 이별이 흔한 세상에 애도 기간이란 것도 있을까. 나는 연애를 편의점에 파는 삼각 김밥쯤으로 생각해. 배가 고플 때는 맛있게 먹지만 그렇지 않을 때는 아주 냉정하지. 야무지게 비닐 랩을 말아 쓰레기통으로 던져버리거든. 나와의 키스는 어디에 해당돼? 내 눈이 줄곧 벤을 따라 다니며 물어댄 것은 개밥바라기를 보고 난 뒤였지. 그날 이후 녀석은 한 번도 곁을 주지 않았어. 아무 일 없었다는 듯이 결재서류를 내밀고 커피를 마시고 담배를 피웠지. 나는 블랙박스에 앉아 무심한 척 벤을 바라보았어. 내 자리는 유리로 가림막이 쳐져 있는데, 직원들은 다들 블랙박스라고 해. 그래서인지 그곳에 하루 종일 앉아 있으면 비밀 칩이 된 느낌이 들 때도 있어. 하긴 업무적인 정보 공유보다 직원들의 사적인 정보를 수집하고 평가하는 곳이기도 하지. 저 직원이 주식을 투자해 집을 말아먹었다는 둥, 이 직원은 스와핑을 했다는 둥, 사실 확인도 하지 않은 채 블랙리스트와 엔젤리스트를 작성하는 곳이기도 하지.

블랙박스 안에서 입사 2년차인 벤을 시선 안에 넣는 일은 쉬웠어. 외국 바이어들과 실랑이를 벌이고 있는 벤, 화장실을 다녀오며 검을 휘두르는 듯 팔을 휘젓는 벤, 사무실 앞 느티나무 밑에서 담배를 피우는 벤. 수많은 벤들이 내 눈 안에 걸려들었어.

"혹시 오늘 연구하러 나온 거 아니지?"

"아, 배고파!"

녀석은 내 말을 못 들은 척했어. 대신 다 먹은 깐풍기 접시에 젓가락을 대고 두드렸지. 신호라도 되는 듯 웨이터가 팔보채 접시를 내밀었어.

갓등 아래서 보는 벤의 얼굴은 난해한 시 같았지. 아무리 읽어도 무슨 말인지 알듯 말듯 그러면서도 묘한 맛을 내는 시 말이야. 벤은 겨자 소스를 끼얹은 팔보채를 집어 먹고, 화빵에 고추잡채를 쌈 싸먹고, 튀김만두를 간장에 찍어 먹었지. 날렵한 물고기의 지느러미 같은 벤의 입속으로 쉼 없이 음식들이 들어갔어. 분홍빛의 혀가 음식들을 이리저리 굴리며 희롱하는 것을 상상하니 목이 말랐어. 옆에 따라둔 고량주를 홀짝홀짝 마셨어. 벤은 운전을 해야 하기 때문에 사양했지. 어쩌지, 어쩌지, 애가 타서 자꾸만 술만 마시게 되는 거야. 목으로 넘어간 독한 술이 몸을 후끈하게 했어. 벤의 모습이 흐릿해지더군. 눈이 점점 침침해졌어. 그 순간이 좋았어. 때로는 아무것도 보지 않으려고도 하지. 눈을 뜬 채로도.

벤은 알까. 퇴근하는 벤의 캐딜락을 따라가고, 벤이 사는 아파트 주차장에서 불 켜진 방을 오랫동안 쳐다봤다는 사실을. 회사 내 체력단련장을 일없이 기웃거리고 땀이 밴 러닝을 훔쳐왔다는 것과 벤의 고향인 남해까지 다녀왔다는 사실을⋯⋯

"좀더 가까이 와!"

4분의 2박자의 리듬으로 손가락을 까닥였어. 테이블이 넓어 벤이 너무 멀리 있는 것 같았거든.

"부딪치면 폭발할 텐데⋯⋯ 제 몸이 행성이거든요. 하하."

녀석은 너스레를 떨며 과장되게 웃었지. 옆 테이블에 앉은 젊은 남자가 힐끔 쳐다볼 정도였으니까. 그러면서도 녀석은 가까이 오지 않았어. 접은 부챗살 같은 눈으로 웃기만 했지. 왠지 장난꾸러기 아이 앞에 앉아 있는 선생님 같은 느낌이 들었어. 젓가락으로 말아 올린 자장면을 벤 앞으로 내밀었어. 녀석은 새끼 새처럼 입을 쫙 벌리더니 젓가락까지 삼킬 듯 날름 받아먹는 거야. 그 모습은 어쩐지 기시감이 들었어. 아, 보리암의 박새.

*

서울 남부터미널에서 남해행 고속버스에 앉았을 때 나는 헛웃음을 쳤었지. 벤의 고향이 남해라는 프로필을 검색한 후 티켓을 예약하고 짐을 쌌던 일이 내가 행한 일이 아닌 것만 같았거든. 남해대교를 건너 보리암으로 가는 길은 멀었어. 시내버스에서 내려 보리암까지는 걸어가야 했어. 토요일 오후의 봄볕은 막 몽우리 진 꽃잎을 폭죽처럼 터뜨렸지. 물푸레나무와 노각나무 사이로 핀 개나리와 벚꽃, 살구꽃이 눈을 시리게 했어. 기암괴석 위에 세워진 보리암에는 박새가 참 많았어. 해수관음상 앞에 가만히 서 있자 발밑으로 작은 새들이 연신 포르르 날아들었지. 입장료를 받는 곳에서 새 먹이인 좁쌀을 팔던 게 생각났어. 한 봉지를 샀지. 좁쌀을 쥔 손을 쫙 펼쳤어. 작은 새들이 쉼 없이 날아와 앉는 거야. 손바닥에 닿는 새의 부리는 작으면서도 아주 단단했어. 콕콕 좁쌀을 집어 먹는 작은 부리를 오래도록 쳐다봤지. 생명을 유지하게 하는 유일한 도구잖아. 애잔한 느낌이 들더군.

그때까지만 해도 고즈넉한 암자에서의 하룻밤을 꿈꿨지. 풍경 소리를 들으며 벤이 태어나고 자란 땅의 기운과 공기를 맡아보고자 했어. 알 수 없는 마음의 실체를 확인하고 싶었는지도 몰라. 공양실의 문을 열어보았을 때 꿈을 접어야겠구나 싶었어. 마을 회관처럼 넓은 방에 구석구석 사람들이 자리를 차지하고 누워 있더군. 지하철역의 노숙자들을 보는 듯했어. 창문을 흔들어대는 세찬 바람 소리, 산처럼 쌓여 있는 밥상이며 전기밥솥, 스텐용 거치대 들은 순진한 꿈을 비웃는 것 같았지. 무엇보다 견딜 수 없는 것은 사람들의 눈빛이었어. 모두들 호기심 가득한 눈으로 힐끗힐끗 쳐다보더군. 여자 혼자 등산 가방을 메고 들어서는 게 이상했던 모양이야. 그도 그럴 것이 며칠 밤을 새워 일한 탓에 얼굴이 초췌했거든.

세면장과 화장실은 너무 멀리 있었지. 대웅전을 돌아 계단을 타고 내려가 다시 해수관음상을 돌아 작은 돌계단을 밟고 내려가야 화장실이 나왔어. 새벽에 사단이 벌어지고 말았지. 도저히 참을 수 없는 요의로 밖으로 나왔거든. 군데군데 등불이 밝혀져 있었지만 바다 안개는 앞을 분간할 수 없게 했어. 안개가 이끄는 데로 발을 놓았지. 뭉클뭉클 움직이는 생물처럼 안개는 나를 희롱하는 것 같았어. 계단을 오르락내리락했지만 늘 그 자리에서 뱅글뱅글 돌고 있었거든. 아랫배 깊숙이 차고 올라오던 오줌 줄기는 곧 터질 듯했어. 손발이 떨리고 머리가 어지러워 쓰러질 지경이었지. 그때 화장실이 보이더군. 변기에 앉아 소변을 보지는 못했어. 재래식 화장실을 변조한 해우소는 물을 사용하지 않았지. 양변기만 있을 뿐 내용물을 아래로 떨어지게 하는 원리였어. 물 대신에 자동 소독제를 사용했는데, 변기에서 올라온 거품은 괴물 같았어. 부글부글 치솟은 거품이 천장에 닿을 듯했지. 하는 수 없이 뒤편의 대나무 숲에 쭈그려 앉았어. 서걱대는 댓잎 소리에 발자국 소리가 끼어들었어. 이어 손전등 불빛이 댓잎 속으로 파고들었지. 놀란 나는 누던 오줌을 멈추고 얼른 바지를 올렸어. 새벽 예불을 드리던 스님들과 잠을 자던 사람들까지 모두 숲으로 몰려온 것 같았어. 자살한 줄 알았잖아요. 내 옆에서 잠을 자던 여자가 왠지 기대를 저버린, 실망감이 밴 목소리로 한마디를 던지더군. 한 시간이나 지났는데도 내가 돌아오지 않자 여자가 사람들에게 말한 것 같았어. 종종 이곳에서 자살하는 사람들이 있다고 했지. 자살, 그 말을 들으니 정말 자살하러 온 기분이 들더라고. 어린 날의 기억을 장례 지내고 싶었어.

*

"이제 뭐 할까?"

찻잔을 빙글빙글 돌리며 내가 무심하게 물었지. 술이 깰 때까지는 시간을 보내야 할 것 같았어. 요즘 음주운전 단속이 심하잖아.

"예술 해야죠!"

벤의 농담에 맞장구를 치고 싶지 않았어.

"농담 아니에요. 이렇게 힘든 연애는 처음이에요."

연애? 순간 농락을 당하는 기분이었어. 뭐랄까, 갑자기 오물을 뒤집어쓴 느낌이었지. 시종일관 장난으로 받아들이는 벤의 태도가 불쾌했어. 벤을 노려봤지. 한심한 생각이 들더라고. 어린애를 앞에 두고 뭐하는가 하는 생각도 들고. 보리암 해우소의 소독제처럼 뱃속이 부글거리는 것 같았지. 잘됐다 싶었어. 마음을 정리하는 데는 이만한 약도 없다는 생각이 들었어. 옆에 있던 물컵을 집어 들었지. 물방울이 맺힌 컵은 미끄러웠어. 싱글싱글 웃고 있는 벤의 얼굴로 냅다 부어버렸어. 웨이터가 수건을 들고 금방 달려오는 거야. 그림이 나오지 않는 장면이지.

"놀리는 거 아니에요. 진짜라구요."

벤은 얼굴의 물을 닦지도 않고 자리에서 벌떡 일어서더군. 우악스럽게 내 손을 덥석 잡았어. 반항하는 학생을 혼내려 끌어내려는 형국이었어. 나는 질질 끌려가다시피 했지. 그 와중에도 계산을 해야 한다는 책임의식이 발동하는 거야. 힘껏 벤의 손을 뜯어내고 지갑을 열었지. 카운터에 서 있던 남자가 빙그레 웃으며 이미 계산을 했다고 말하는 거야. 조금 전 화장실에 다녀온다고 했던 벤이 계산을 한 것 같았어.

"반칙하지 마. 난 네 상사야."

"예스 예스, 팀장님. 제가 삼강오륜맨 아닙니까불이. 헤헤헤."

베토벤의 현악 4중주 12번 3악장이 흘러나왔어. 피아니시모로 시작한 선율은 어느새 폭넓은 포르티시모로 넘어갔지. 선율은 활짝 열린 차창으로 들어온 부드러운 밤바람에 실려 웃자란 풀숲으로, 단내를 풍기며 익어가고 있는 복숭아밭으로 넘실댔어. 벤의 손가락이 내 입술에 닿았어. 또 껌이었지. 벤의 껌 씹는 소리는 에로틱하게 들렸어. 쫀득쫀득한 점성이 단단한 이 사이에서 붙었다 떨어졌다, 딱딱 소리를 낼 때 온몸이 저릿해지는 것 같더군. 불현듯 벤을 안고 싶었어. 벤의 얘기를 듣고 난 뒤였거든.

바짝 마른 꽃잎 같았어요.

내가 처음 벤에게 화를 낼 때 입술만 쳐다봤다고 했어. 아버지의 장례를 치르고 난 뒤였던 터라, 거의 화장을 하지 않고 다녔을 때였지. 덴마크로 보낸 수출품이 컴플레인을 먹었다는 연락을 받은 날이었을 거야. 벤이 부직포 포장 방법을 작업장으로 하달할 때 오류를 낸 건이었어. 수천만 원의 손해를 보는 터라 다들 사색이 되어 있었는데, 녀석은 내 입술만 보고 있었다니 참으로 어이가 없었어.

보통의 여자들은 한 번의 키스로 넘어왔는데, 나는 고래심줄 같았대. 넘어올 듯 말듯 하면서도 늘 제자리였다는 거야. 퇴근하는 자신의 차를 따라와 주차장에 차를 파킹 할 때 녀석은 아파트 베란다 창에 기대어 숫자를 셌다고 했어. 분명 엘리베이터를 타고 올라온다고 확신을 한 거지. 백까지 셈했는데도 올라오지 않았다고 했지. 베토벤의 시디도 사실은 사무실의 블랙박스 안에서 내가 즐겨 듣는 것을 보고 막무가내로 구입했다는 거야. 처음에는 대체 무슨 재미로 이런 음악을 듣지, 라며 구석에 처박았대. 내가 생각날 때면 먼지 묻은 시디를 꺼내 오디오에 넣었다고 했어. 자꾸 들을수록 묘한 매력이 있더래. 나를 더 황당하게 했던 말은 땀이 밴 러닝을 고의적으로 벗어두었다는 것이었어. 한창 호구를 쓰고 찌르기, 때리기, 몸 받기 따위의 검도를 하고 있는데 얼핏 호구 안으로 내가 들어왔다는 거야. 미끼를 던지듯 땀에 흠뻑 젖은 러닝을 체력단련장에 벗어두었다나.

이제까지 사귄 어느 여자보다 무디고 나이 많고 고집쟁이라고 말할 때 나는 벤의 날렵한 입술에 입을 맞추었어. 숨 가쁘게 바이올린이 첼로를 따라잡고 있는 것 같았어. 스케르찬도 비바체로 치닫고 있었지.

벤의 긴 손가락이 내 머리카락 사이로 파고들어왔어. 벤의 입속은 따뜻했지. 부드럽고 말랑한 혀는 감미로운 음식을 입에 넣고 있는 듯했어. 그때였어. 아버지의 모습이 불쑥 떠오르는 거야. 어릴 적 아버지와 함께 있을 때 나는 늘 방문을 잠그고 있었지. 낭패감이 밀려들었어. 밑에서부터 올라오던 불기운이 사그라지고 마는 거야. 키스에 집중할 수가 없었어.

"몸의 신호를 잘 접속하세요."

나는 벤의 입술에 묻은 침을 닦아줬어. 부끄럽기도 하고 미안하기
도 했지. 들킨 치부를 만회하기라도 하는 듯 껌을 더 세차게 씹었어.
단물이 빠져나간 껌은 질긴 고무줄 같았지. 내 곁을 스쳐간 많은 남자
들이 잠을 자고 나면 하나같이 떠났던 일이 생각났어. 나무토막을 안
고 있는 것 같아. 그들의 한결같은 말이었어.

*

비가 그친 밤하늘에는 별이 떠 있었어. 개밥바라기는 없었지. 자정
을 넘은 시간이었으니까. 벤과 악수를 한 손이 아직도 촉촉하더군. 담
벼락 밑의 내 차에 올랐어. 물 냄새가 차 안으로 밀려들어오는가 싶었
는데, 불쑥 벤이 따라 들어왔어. 화들짝 놀랐지. 먹던 삼각 김밥을 버
리듯 감정의 찌꺼기까지 말끔하게 삭제하려던 차였거든. 사위는 조용
했고, 수초를 핥는 물소리만 들렸어.

벤이 급습하듯 내 입술을 빨았어. 벌어진 이 사이를 비집고 거칠고
난폭하게 혀가 들어왔지. 맹렬하게 파닥거리던 물고기를 어항 속에
풀어놓은 듯 막상 입속으로 들어온 혀는 말랑하고 부드럽고 매끈했
어. 그때까지도 입속에 있던 껌이 걸리적거렸어. 벤이 요령껏 말더군.
껌은 물개의 등피로 뒹구는 공처럼 혀와 혀 사이로 굴러다니며 재주
를 부려댔지. 순간 벤의 혀가 내 혀를 뽑을 듯 빨아당기는 거야. 왈칵,
뭔가 지층을 뚫고 솟구쳐 오르는 것 같았어. 팬티가 척척했지.

내 혈관 속으로 들어간 벤의 침이 피돌기를 빠르게 할 때였어. 은사시나뭇잎이 흔들리며 물방울이 후드득 떨어졌지. 곧이어 자그락자그락 자갈 밟는 소리가 들리더군. 여러 개의 발소리였어.

"카섹스라. 시발, 영화 찍고 있네."

교복 입은 아이들이었어. 용돈이 궁한 아이들이 종종 이곳에 출몰한다는 얘기가 생각났어. 마침 차 키를 꽂고 창문만 열어둔 터라 얼른 시동을 걸었지. 아이들이 핸드폰 불빛을 쏘며 차를 에워쌌어. 질세라 나는 쌍라이터를 켰지.

"헐! 완전 원조교제잖아. 아줌마야, 이모야, 고모야!"

아이들의 야유가 어쩐지 내리친 검에 정곡을 찔린 기분이 들었지. 창문을 올리고 기어를 넣으려 할 때 벤이 내 손목을 꽉 잡더군. 그러곤 천천히 문을 열고 나갔어. 앞섶을 풀어 헤치고 나가는 폼이 정말 영화배우 같았어. 아이들이 커터 칼을 뽑아 드는데도 나는 입을 틀어막거나 벌벌 떨지 않았어. 벤은 무림의 고수처럼 아이들의 머리통을 쓰다듬고 팔을 만졌어. 헤드라이트 불빛에 비친 아이들은 벤의 손이 스칠 때마다 경기를 일으켰어. 코피가 주르르 흐르고 팔이 꺾이고 다리가 휘었어. 마무리도 아주 깔끔했지. 뒷주머니의 지갑을 열어 택시비를 쥐여주더라고. 작업 방해하지 마, 아이들의 엉덩이를 한 방씩 차며 보냈어. 활짝 열린 창으로 들어오는 밤공기가 아주 상쾌했지.

베토벤의 현악 4중주 12번 4장악 피날레. 거실의 오디오에서 흘러나온 음악이 집 안으로 퍼져나갔어. 나는 실팍하게 물이 오른 한 그루의 나무가 된 것 같았지. 벤의 혀는 내 몸 구석구석을 핥아댔어. 연주를 하는 것 같았어. 발가락과 정강이, 무릎으로 올라오던 혀가 허벅지 안쪽으로 들어올 때 더이상 뜨거움을 참지 못한 나는 벤의 팬티를 벗겨냈어. 아까부터 부끄럼 많은 아이처럼 벗지 않으려던 팬티였지. 나도 모르게 눈을 흡떴어. 튼튼한 다리 사이에 매달려 있는 벤의 성기는 덜 자란 열매 같았어. 벤은 알 수 없는 표정을 지었지. 나는 무릎을 꿇고 경배하듯 벤의 성기에 입술을 갖다댔어. 여름날의 태양빛처럼 뜨겁고 부드러운 입김을 불어넣고 작은 열매를 입안에 넣었어. 차츰 벤의 신음 소리가 첼로의 선율에 섞였지.

나는 진열장에서 꺼낸 와인을 튤립형 글라스에 따랐어. 달콤한 와인 향기가 코를 간질였지. 소파에 우두커니 앉아 있는 벤을 향해 윙크를 날렸어. 쟁, 벤과 내가 부딪친 크리스털 잔의 맑은 소리가 공기 속으로 스며들었어. 우리는 한 모금의 레드와인을 입에 문 채 키스를 시작했어. 베토벤 키스를.

작가의 말

　내가 자주 찾는 도서관은 도시의 외곽에 있다. 2층의 열람실에 앉으면 호수가 내려다보이고 가끔 경운기 소리도 들린다. 도시와 멀리 떨어져 있다보니 찾는 사람들도 뜸하다. 호젓함을 즐기기엔 그만이다. 그래서인지 책을 읽는 시간보다 창밖의 풍경에 눈을 주는 시간이 더 많다. 주변이 온통 과수원이라 복숭아, 자두, 매실, 배, 수박, 참외 따위가 싹을 틔우고 꽃을 피우고 열매를 맺는 풍경도 빼놓을 수 없다. 수확기를 맞을 때면 향긋한 과육 냄새가 창을 통해 연신 들락거린다. 정신을 몽롱하게 만들고 만다. 저릿한 행복감에 세상이 그지없이 아름답게 보인다. 도파민 주사를 맞은 듯하다.

　연애도 그렇지 않을까란 생각을 하며 글을 쓰기 시작했다. 향긋하고, 부드럽고, 달콤한 연애는 모든 감각을 발기시키고 분별력 없는 광기로 몰고 간다. 어쩌면 연애는 자기를 잃고 놓아버리는 게임일지도 모른다.

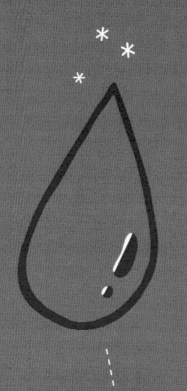

이지영

저기 누가
간다

이지영

2006년 단편소설 「구두」로 『작가세계』 신인문학상 당선.

느껴지지 않는다. 나를 매만지던 손길이 사라지고, 아스라한 불빛이 몸을 훑고 지나간다. 그건 신호등일 수도 있고, 간판 네온일 수도 있고, 자동차 헤드라이트일 수도 있다. 혹은 모든 것이 뒤엉킨 것일 수도 있고, 모든 것이 아닐 수도 있다. 중요한 것은 모든 것이 빠르게 지나가고 있다는 것이다. 어디쯤일까. 나는 고개를 들어본다. 한낮 동안 빛을 빨아들인 구름이 비를 방울방울 떨어뜨리고 있다. 미열에 달뜬 환자처럼 불편해진 몸을 이리저리 뒤채보지만 뒷좌석에 내가 있다는 걸 알 턱 없는 택시기사는 라디오 볼륨을 한껏 높이더니 노래까지 흥얼흥얼 따라 부르기 시작한다. 와이퍼가 빗물을 쓸어내린 자리에 돔 모양이 그려졌고, 그것을 바라보는 나는 자꾸만 불안해진다. 아무려나, 그가 나를 찾을 수 있어야 할 텐데. 택시가 속도를 높이는가 싶더니 차선을 휙 꺾으며 급정거를 한다. 빗방울이 모래바람처럼 허공으로 흩날리며 창을 때린다. 나는 불길한 예감에게 추월당하지 않기 위해 주문처럼 흥얼흥얼 그를 불러본다. 지금 내가 할 수 있는 일이란, 고작 이런 것밖에 없다.

*

그를 처음 만난 건 6년 전이었다. 내가 세상에 나온 지 한 달도 채 되지 않았을 때였다. 세상의 모든 슬픔을 대변하듯 매미가 온 힘을 다하여 울고 있던 날이기도 했는데, 에어컨 바람을 맞으며 나는 앙칼진 울음소리를 의아하게 듣고 있었다. 그도 그럴 것이 나에게는 아무런 기억이 없었다. 되레 매미가 벗어놓은 허물에 가깝다고 할까. 찢겨나간 흉터는커녕 어떤 손길조차 허용치 않았으니 인큐베이터 상태에 놓여 있었다는 것이 더 맞겠다. 어쨌거나 그는 손톱에 분홍 매니큐어를 바른 여자애와 두어 걸음 차이로 매장으로 들어섰다. 그때까지도 그는 나의 안중에 들어오지 않았다. 매장 출입문이 열리면서 틈새로 흘러들어온 8월의 혹한 공기와 매미 울음소리가 신경에 거슬렸을 뿐이었다.

그가 이마에 맺힌 땀을 훔쳐내는 동안, 매장을 빠르게 돌아본 분홍손톱이 진열장 유리를 노크하듯 톡톡, 톡 두들겨댔다. "이것도 마음에 들고, 저것도 예쁜 것 같고, 아니 그거 말고 요거요, 요거!" 점원은 진열대 안으로 오른팔을 집어넣은 채로 분홍손톱이 가리키는 곳을 더듬거렸다. "요거요, 요거?" 애매한 손가락질 때문에 점원이 잘못 꺼낸 것까지 포함하여 도합 다섯 개의 휴대폰이 분홍손톱 앞에 놓여졌다. 젠장, 난 안 보이나. 그렇다고 내가 분홍손톱을 원했던 건 아니었다. 단지 자존심이 상했을 뿐이었다. 나는 진열대 중앙에 놓여 있는 아크릴 부스에 디스플레이 되어 있었는데, 휴대폰 한 개만 세워놓을 수 있는 크기인데다가 고객들의 눈에 잘 띄는 자리였으므로 신상 중에서도 가장 으뜸만이 차지할 수 있었다. 일주일 만에 내게 자리를 내주던 치는 허망하고 부질없다는 표현을 쓰며 "너도 마찬가지"라는 시샘 어린 악담을 남겼다. 하지만 예상은 보기 좋게 빗나가고 말았다. 한 달이 다 되도록 나는 누구에게도 자리를 내주지 않았다. 그동안 신제품이 나오지 않았던 것도 아니었다. 그런데 이게 뭔가! "이것과 저것과 요거"의 대열에도 끼지 못하다니.

나는 분홍손톱의 큐티클을 쏘아보며 그녀의 촌스럽고 조악한 안목을 탓했다. 그나마 위안이 되었던 것은 내게 악담을 퍼붓던 치도 "그거 말고"로 가볍게 제껴졌다는 건데, 왠지 그것만으로는 자존심이 회복되지 않았다. 만약 그가 나를 선택하지 않았다면, 진열대 아래에서 와글거리는 조롱과 비난을 상상해가며 매미 울음소리에 참담한 심정을 기대었을지 모르겠다. 분홍손톱 어깨너머로 다섯 개의 휴대폰을 건성으로 훑어보던 그는 "이걸로 주세요"라고 나를 가리키며 말했다. 그럼 그렇지. 점원의 표정도 덩달아 환해졌다. 쉽게 결정하지 못하는 분홍손톱에게 짜증이 일었던 모양이다. 가뜩이나 매상을 들먹거리며 여름휴가를 취소해버린 점주 때문에 예민해 있던 참이기도 했다. 점원은 구세주라도 만난 듯이 그를 바라보며 "아!" 하고 탄성을 터뜨렸다. 거기에는 "탁월한 선택이십니다"라는 말도 포함되어 있었다.

그런데 손님, 이건 한 제품밖에 남질 않았어요. 블루라벨 한정판이라.

점원이 희소성을 강조하며 나를 한껏 치켜세워주었다. 그제야 분홍 손톱이 이편을 넘겨보았다. 이제야 알겠는가, 나의 가치를. 단박에 의기양양해진 나는 인큐베이터 같았던 아크릴 부스에서 벗어나 그의 소유가 되었다. 아주 잠깐이었지만 분홍손톱이 그의 애인인 줄 알았던 내가 어찌나 한심스럽던지. 진열대로 하향되지 않았다는 것만으로도 꿈만 같은 일이건만 그는 나에게 〈창〉이라는 이름까지 붙여주었다.

나는 그 순간을 절대로 잊지 못한다. 신이 인간에게 숨을 불어넣었듯이 그가 나를 향하여 〈창〉이라고 호명하는 순간, 나는 특별한 존재로 다시 태어나게 된 것이다. 그 은밀하고도 기묘한 떨림은 주술사의 암호처럼 닫혀 있던 내게 환한 세상을 열어주었고, 아직까지도 그 어느 순간보다도 강렬한 장면으로 머릿속에 각인되어 있다.

모든 것이 착각이었다 해도 할 말은 없겠다. 그가 이름을 붙여준 것은 비단 나뿐이 아니었기 때문이다. 그는 냉장고와 세탁기, 침대, 심지어는 커피포트에도 이름을 붙여놓았다. 하연, 두연, 세연처럼 돌림자를 쓰고 있는 것으로 짐작건대 가구나 가전을 가족이라는 테두리로 묶어놓은 듯했다. 하지만 나는 달랐다. 나는 그의 연인이나 다름없다. 유일하게 돌림자를 쓰고 있지 않은 노트북이 마음에 걸리긴 했지만 어찌나 낡고 노쇠하던지 질투를 느끼기도 미안할 정도였다. 게다가 얼마나 답답하면 〈벽〉이라고 이름 붙였을까.
이조차도 착각이라 할지 모르겠지만, 사랑은 어차피 착각에서 비롯되는 법이니까. 나만이 특별한 존재라는 착각. 상대의 모든 것을 알고 있어서 사랑하는 게 아니라 사랑하기에 모든 것을 알고 싶은 것처럼 특별한 존재가 되고 싶다는 갈망이 그를 둘러싸고 있는 모든 것을 오히려 시시하게 만들어버렸는지도 모르겠다. 내면 깊숙한 곳에서 은밀하게 꿈틀대고 있는 욕망은 권력욕이나 지배욕과도 크게 다르지 않았다. 나만이 장악해야 하고, 나만이 감당해낼 수 있다는 착각. 나는 그가 사귀던 세 명의 애인들이나 비정기적으로 섹스를 나누었던 여자들까지도 별것 아니라는 식으로 폄훼해왔다. 그러면서도 끊임없이 그녀들을 의식해왔던 것 같다. 그 과정에서 자존심과 우월의식이 작용했다는 것도 부인할 수 없겠다. 아니 실제로 그랬다. 적어도 그에 대해서라면 그녀들보다 내가 더 많이 알고 있다고 자신할 수 있었다. 얼마 지나지 않아 나의 머리와 가슴은 온통 그의 관한 것으로 채워졌고, 잠시라도 내가 없으면 그는 아무것도 하지 못하는 지경에까지 이르게 되었다. 결국 그를 점령하게 되었던 것이다. 그 누구도 아닌, 내가! 이것만큼은 절대로 착각이 아니었다.

그런데 왜 연락이 없는 걸까?

앞서 말했듯이 그는 내가 없이는 일상생활이 불가능했다. 아침마다 나는 드보르작의 신세계 교향곡으로 그를 깨웠다. 그중 피날레는 기상곡으로 안성맞춤이었다. 조금 진부하긴 하지만 익숙한 멜로디인데다가 오카리나로 연주한 음원은 새가 지저귀는 것처럼 상쾌하게 들릴 터였다. 기상곡이 울릴 때마다 그는 꿈에서 채 빠져나오지 못한 표정으로 베개맡을 더듬곤 하였다. 그러면서 "조금만" 하고 손바닥을 내 몸에 가만히 포개놓았다. 그럴 때면 내게 심장이 없다는 것이 얼마나 다행인지 몰랐다. 만약 심장이 있었다면 달뜬 감정을 쉽사리 들켜버렸을지도 몰랐다. 그건 나에겐 부끄러운 일이었고, 행여나 노출증이나 욕망에 젖은 여자처럼 저급하게 비쳐질 가능성도 있었다. 나는 어린 새처럼 유약하고 얌전한 자태로 그가 일어나기만을 기다렸다. 10분 남짓 침대에서 뭉그적거리다가 부스스하게 상체를 일으킨 그가 가장 먼저 들여다보는 것도 나였는데, 그때마다 나긋나긋하게 기상 시간이 지났음을 알려주었다. 만약 30분까지 일어나지 못하면 달팽이관을 후비는 것처럼 자극적인 기계음으로 무장한 팡파르를 울려야 했다. 그 역시 나로서는 내키지 않는 일이었다. 그에게만은 날카로운 발톱보다 부드러운 깃털을 내보이고 싶었다. 누룽지처럼 잠에 눌려 있음에도 불구하고 그는 우유병을 물리듯 나에게 충전기를 꽂아주는 일을 잊지 않았다. 나는 갓난아이처럼 꼴깍꼴깍 전기를 삼키며 물소리가 새어나오는 욕실에서 눈을 떼지 못했다. 고작 몇 분도 안 되는 샤워 시간도 더디게 여겼던 내가 어쩌다가.

와이퍼가 빗물을 부지런히 쓸어내고 있다. 당장이라도 끊어질 듯 가늘어져가는 전파를 부여잡은 손에 습기가 차오른다. 속수무책으로 기다려야만 하는 시간이 길어질수록 점령자는 내가 아니라 그였을지 모르겠다는 자각이 스며들고 있다. 나에게 〈창〉이라는 이름을 붙여준 것도 자신을 통해서만 세상을 보라는 점령자의 명령은 아니었을까. 아닌 게 아니라 나의 기억은 모두 그를 향해 열려 있다. 나에게 감정을 불어넣고, 좌지우지했던 것도 다름 아닌 그였으니. 그가 사라진다면 나는 아무것도 아닌 존재인 것이다. 누가 나를 〈창〉이라 불러줄까. 이대로라면 중국인지, 홍콩인지, 필리핀인지, 장기적출을 하듯이 메인보드만 쏙 빼내어 팔아치운다는 브로커에게 넘겨지는 건 시간문제이고, 그들에게조차 고물취급 당할 게 빤하다. 중고폰으로 내놓을 수도 없고 대포폰이나 막폰으로 쓰기에도 별로 내키지 않는, 그저 그런 고철덩어리. 거기까지 생각이 미치자 머릿속이 아득해진다.

　그래, 택시기사가 승객을 세 번이나 태웠음에도 불구하고 나를 발견한 사람은 아무도 없었다는 것도 이상하다. 한 번은 앞좌석에 탔기 때문이라 치더라도 뒷좌석에 탔던 사람이 두 번이나 나를 못 보고 지나쳤다는 게 말이 되나. 설마 보고도 못 본 척한 건 아닐까. 숄더백에 한참이나 눌려 있던 내가 숨통을 트기도 전에 우산으로 툭 밀쳐버린 걸 보면 최신형 스마트폰이나 두툼한 지갑이 아니라는 것을 못내 아쉬워했을지도 모를 일이었다. 우산살에 걸려 택시 바닥으로 떨어질 뻔했던 그 순간, 나는 아찔한 현기증을 느꼈다.

*

　갖가지 망상에 시달리다보니 급속도로 기운이 떨어지고 있다. 진득한 어둠에 포박당한 기분이다. 가까스로 부여잡고 있는 전파도 자꾸만 손아귀에서 빠져나간다. 다시 잡아보려 했지만 아슴푸레해진 전파는 백일몽처럼 잡힐 듯, 잡힐 듯 잡히지 않는다. 도무지 멈출 기미가 보이질 않는 빗줄기 탓인지도 모르겠다. 창에 아롱하게 번지는 불빛을 응시하고 있지만 머릿속은 그에 대한 생각으로 일렁이고 있다. 빳빳하게 처들고 있던 기다림도 점차 쇠잔해진다. 차라리 눈을 감자. 불확실한 것은 불안만 초래할 뿐이니. 그래도 희망을 걸어볼 수 있는 건 그가 신상이라면 환장하는 치들과는 달라도 아주 다르다는 점이다. 태양계로 치자면 해왕성보다 거리가 멀다 해도 과언은 아닐 것이다. 오죽하면 이름까지 붙여줬을까. 그는 사람보다 사물과 더 깊은 교감을 느낀다고 했다. 그런 사연을 귀띔해준 것은 다름 아닌, 〈벽〉이었다. 그 사연이 사실인지 아닌지는 모르겠지만.

당시 나는 가벼운 우울증을 앓고 있었다. 그는 내가 알고 있는 세 명 중에 첫번째 애인과 헤어지는 중이었다. 나는 그녀가 마음에 들지 않았다. 그녀는 매장에서 마주쳤던 분홍손톱보다 피곤한 스타일이었다. 이를테면 아침부터 잠들 때까지 수십 통의 전화를 거는 것도 모자라 틈틈이 문자메시지나 사진을 전송해야 직성이 풀리는 성격이었다. 갖가지 포즈로 셀프카메라를 찍어대는 것까지는 애교로 봐준다 하더라도 띄어쓰기를 하지 않고 온통 붙여 쓴 문자는 맞춤법도 엉망인데다가 준말과 외계어 일색이었다. 그것도 모자라 혀 짧은 소리까지 내는 건, 정말이지 참기 힘들었다. 마치 내가 개미핥기라도 된 기분이었다. 질문도 어찌나 많던지 점심 메뉴나 커피 종류는 물론, 스타킹 색깔이나 헤어스타일, 심지어 자신이 근무하는 회계사무실을 계단으로 올라가야 할지, 엘리베이터를 타야 할지까지도 그에게 물어보았다. 통화가 안 되거나 대답이 시큰둥하다 싶으면 사랑을 들먹거리며 토라져버리기 일쑤였다. 결국에는 자기 맘대로 할 거면서 말이다. 이미 정답을 정해놓고 질문을 하는 꼴이었다. 변덕은 또 어찌나 심하던지.

하루에도 몇 번씩 열이 오르락내리락하는 나와는 달리 그는 무덤덤했다. 내가 뜨거워졌다 싶으면 귀에서 조금 떼어내거나 방향을 트는 것이 반응의 전부였다. 그때마다 나는 분노의 화살을 그에게 돌렸다. 나를 대신하여 그녀에게 짜증을 내주길 바랐던 모양이다. 목소리 톤조차 변하지 않는 그가 감정을 거세당한 사이보그처럼 느껴지기도 했다. 그녀의 이별 통보에도 마찬가지였다. 이유도 묻지 않고 도와 레 정도의 나지막한 목소리로 "그래"라고 대답했을 뿐이었다. 마치 기다리기라도 했다는 듯이.

어쩌면 그녀의 이별 통보는 당연한 거였다. 내가 그녀의 전화를 몇 번이나 삼켜버렸기 때문이었다. 그녀의 성격을 모르는 건 아니었지만, 나도 지칠 대로 지친 상태였다. 녹초가 되어버린 내게 콧소리 섞인 외계어와 이모티콘이 뒤범벅된 문자메시지를 보낸 것이 화근이었다. 인내심이 와르르 무너져버린 나는 안테나가 층층이 열려 있었음에도 불구하고 그녀의 전화를 삼켜버렸다. 한계점은 나도 예측하지 못한 거였다. 이성을 잃어버린 나는 잘근잘근 씹어델 틈도 없이 문자메시지도 연달아 꿀꺽덕꿀꺽덕 목구멍으로 쑤셔넣어버렸다. 얼마나 삼켜버린 걸까. 부재중으로 넘길 정신도 없었으니 그가 까맣게 몰랐다는 것도 거짓말은 아니었다. 하지만 그녀는 그의 말을 믿지 않았다. 그녀의 분노는 고속 엘리베이터보다 빠르게 치올랐다. 이미 전화를 걸었을 때부터 코맹맹이 소리를 섞어가며 투정을 부리던 모습은 온데간데없었다.

무서웠다. 맹세컨대, 나쁜 의도는 없었다. 그런 사소한 일로 헤어지게 될 줄은 꿈에도 생각하지 못했다. 이후에도 그녀는 불쑥불쑥 전화를 걸어왔는데, 수화기 너머에서 흘러나오는 모욕적인 언사와 갖은 욕설을 들으며 나는 죄책감에 몸을 떨어야 했다. 다행히 그는 나를 의심하지 않았다. 이미 연락이 닿지 않았던 문제에서는 아득하게 멀어져 있었다. 오히려 그녀가 품은 의심과 집착이 문제였는데, 어느 순간부터는 그조차도 멀어져버린 것 같았다. 그럼에도 불구하고 새벽마다 걸려오는 그녀의 전화 때문에 노이로제에 걸릴 지경이었다. 그녀는 이별할 준비가 되어 있지 않은 것 같았다. 이별 통보는 투정이나 협박에 불과했나보다. 그건 "정말 화가 났단 말이야" 혹은 "빨리 잘못을 빌어!"라는 말과 크게 다르지 않았다. 하지만 늦었다. 돌이킬 수 없다는 걸 알면서도 그녀는 그와 나누었던 통화 횟수와 문자메시지를 채워줄 〈그 무엇〉을 찾지 못한 건지도 몰랐다. 특별했던 위치에서 평범한, 아니 그보다 더 보잘것없는 위치로 떨어져야 한다는 것도 그녀를 못 견디게 했을 것이다.

하지만 그는 시종일관 무덤덤한 표정과 침묵으로 일관했다. 나는 귀밑 솜털이 닿을락 말락한 거리에서 입김처럼 따뜻했던 그의 모습을 그려보았다. 열이 오른 나를 소매로 닦아주고 손바닥으로 곳곳을 짚어주던 모습과 기운이 떨어져가는 나를 거머쥐고 편의점으로 달려가던 모습과 낯선 충전기에 꽂혀 있는 나를 불안스레 쳐다보던 모습들이 차례로 떠올랐다. 그러자 수심을 알 수 없는 물속으로 침잠해 들어가는 것처럼 기분이 까부라졌다. 애원과 분노를 동시다발적으로 터뜨려대는 그녀보다 그 와중에도 태연스럽게 축구 중계를 보거나 지루하다는 듯이 하품을 해대는 그의 행동이 나를 더욱 소스라치게 했다. 그건 내가 그동안 애틋하게 여겨왔던 모습이 아니었다. 그는 누구보다 섬세하고 다정다감한 사람이었다. 표현이 서툴긴 했지만 국어사전에 등재된 단어로는 부족할 정도로 다양한 감정을 지니고 있다고 믿었다. 하지만 그 믿음이야말로 착각에 불과했던 모양이다.

어쩌면 그에게 있어서 그녀는 구멍이 숭숭 뚫려 있는 스펀지보다 가벼운 존재였는지도 모르겠다. 그건 당사자인 그녀는 물론 그도 알아차리지 못했을 일이었다. 이별로 인한 마음의 파장만이 사랑의 무게를 가늠케 할 수 있으니까. 연애를 하는 동안에는 자신이 메가톤급 바위보다 무거울 거라고 착각했을지언정 말이다. 그래서 그녀도 당황하고 허둥거리는 것이다.

돌이켜보니 그는 그녀에게 자신의 이야기를 한 적이 한 번도 없었다. 그저 그녀가 원하는 시간에 전화를 걸었고 문자메시지와 사진을 전송했으며 그녀의 질문에 충실하게 대답을 해주었을 뿐이었다. 하지만 그의 대답은 언제나 과녁을 비켜갔다. 그녀가 정답을 가르쳐주었던 질문마저도 그는 매번 틀렸다. 그것도 프로그래밍 되어 있는 것처럼, 단 한 번도 거스르는 법이 없이. 효력이 떨어진 질문을 무력하게 반복해대던 그녀는 너무 괴로워서 잠이 안 온다는 말 대신 "맥주를 마셔야 하나, 수면제를 먹어야 하나?"라고 물었고, 그는 "커피를 줄이던가"라고 아예 틀린 말은 아니었으나, 과녁을 빗나가도 한참 빗나간 대답을 했다. 거기에 그녀는 "콱 죽어버렸으면 좋겠어!"라고 고함을 지르며 전화를 끊어버렸다. 그녀는 맥주를 마셨을까, 수면제를 먹었을까. 아니면 맥주로 수면제를 삼켰을까. 나 같았으면 악에 받쳐서라도 커피포트 스위치를 올렸을 텐데. 어쨌건 간에.

지난했던 헤어짐의 절차는 커플요금제 해지와 함께 어이없이 끝이 났다. 결말이 허무한 공포영화를 본 것처럼 맥이 탁 풀렸다. 뭔가 허전했다. 그녀에게 더이상 전화가 걸려오지 않는다는 건 분명 홀가분한 일임에도 불구하고 속이 텅 비어버린 것처럼 헛헛했다. 나는 수시로 전화벨이 울리는 환청에 시달렸으며 새벽에도 화들짝 놀라 잠을 깨기 일쑤였다. 그래서인지 항상 피로에 짓눌려 있었고, 만사가 귀찮아졌다. 마치 내가 이별 후유증을 겪고 있는 듯했다. 몽롱한 상태에 젖어 있는 나를 보다 못한 〈벽〉이 불쑥 참견을 해왔다. 원래 그런 거야. 가래 섞인 허스키한 목소리로 〈벽〉이 말했다. 몸에 배인 기억들부터 빡빡 씻어버려. 습관이 무서운 법이니까. 내가 어떻게 씻어야 하느냐고 묻자 〈벽〉은, 순진한 거야, 멍청한 거야? 라고 알 수 없는 말을 기침처럼 내뱉었다. 하긴, 나한테는 잘된 일이잖아. 춤을 추어도 시원치 않을 판에. 그렇게 뇌까리면서도 몽유병 환자처럼 대리운전이나 대출 정보, 단란주점, 백화점 세일 행사 같은 스팸문자에 팔을 뻗고 있는 스스로를 발견하곤 했다. 나는 섹스 동영상이나 음란 사이트, 도박성 게임이 링크 되어 있는 스팸문자까지 닥치는 대로 주워섬겼다. 스스로도 이해하기 힘든 행동이었다. 아무리 생각해봐도 그녀에게 미련이나 연민을 느끼는 건 아니었다. 벽의 말마따나 그녀의 피곤한 스타일에 길들여진 걸 수는 있었으나, 딱히 그 이유만도 아닌 듯했다. 나에게도 〈그 무엇〉이 필요했다. 비단 그녀만 그에 대한 착각에서 벗어난 건 아니었으니까. 나는 온갖 스팸문자를 퍼부어대며 그가 짜증이라도 내주길 바랐다. 나를 집어던져도 좋다고도 생각했다. 그러면 오히려 속이 시원해질 것 같았다. 그것 말고는 불쑥불쑥 치솟는 화를 다스릴 방도가 생각나질 않았다. 그녀와 헤어진 이후부터 그가 나를 소원하게 여긴 것도 사실이었다.

그 무렵, 그에게 달라진 점이 있다면 〈벽〉을 바라보는 시간이 늘어났다는 거였다. 〈벽〉이 무거운 몸으로 느릿느릿 기지개를 펴거나, 물방개처럼 버퍼링만 돌리고 있거나, 문서를 띄어놓은 화면이 진짜 벽처럼 느껴질 때에야 나를 한번 쓰윽, 돌아볼 뿐이었다. 말 그대로 쓰윽— 예전에도 그런 경우가 없었던 건 아니었다. 어느 유명 교수를 대신하여 산문집을 쓸 적에도 종일토록 〈벽〉만 바라보고 있었다.

〈벽〉의 설명에 따르면, 그는 자신의 이름으로 출간한 적은 없었지만 꽤 잘나가는 유령작가였다. 사람들의 자서전이나 산문집은 물론이거니와 필요에 따라서는 논문, 연설문, 기고 칼럼까지 대신 써주는 일이었다. 그러다보니 어떠한 책이나 글에도 자신의 이름을 내걸지 못하는 건 어쩌면 당연한 일이었는데, 그는 의뢰인에게까지 〈작가, 누〉라는 닉네임을 사용하고 있었다. 간혹 작가라는 건 알겠는데 〈누〉가 무슨 의미냐고 묻는 사람들이 있긴 했지만 아무도 그의 본명을 궁금해하진 않았다. 누는 신이 창조한 마지막 동물이라는 아프리카 전설에서 따온 것이라고 했다. 모든 동물을 창조하고 남은 부분들을 조합해서 만들었다는 거였다. 머리가 지나치게 크고, 상체와 하체의 밸런

스가 맞지 않는 우스꽝스러운 신체 구조 때문에 생겨난 전설인 듯했다. 그의 설명을 들은 사람들은 "재미있군요" 정도의 심드렁한 반응을 보였다. 그것이 우스꽝스러운 동물을 향한 건지, 아니면 그런 동물의 이름을 닉네임으로 사용하는 그를 향한 건지는 알 수 없었으나 더이상의 호기심은 보이지 않았다. 그렇다고 그의 외모가 누를 닮은 건아니었다. 키가 조금 작긴 했지만 머리도 크지 않았고 어깨 넓이나 다리 길이도 적당한 편이었다. 하지만 아무래도 상관없었다. 자신들의유령 노릇을 자처하는 그에 대해서는 굳이 알고 싶지도 않고, 알 필요도 없다는 투였다.

집필에 관련된 모든 일은 전화와 인터넷으로 이루어졌다. 의뢰인의입장에서는 그의 얼굴이나 이름을 모르는 편이 스스로에게 최면을 거는 데 도움이 될 터였다. 자신의 것으로 덮어씌워야 하는 마당에 그의실체가 눈앞에서 어른거릴 수도 있으니 말이다. 괜한 불안과 죄책감을 불러일으킬지도 모르는 일이었다. 그는 그런 의뢰인의 심리를 누구보다 잘 꿰고 있었다. 글의 완성도와는 별개로 자기기만이 성패를좌우하는 일이었다. 그래서 통화를 할 적에도 발신자 제한 표시로 하라고 당부해놓았고, 자료는 이메일 대신 웹하드로 주고받았다. 수신이나 발신을 개별적으로 보관하고 있지 않겠다는 다짐이었다. 그래도안심이 안 된다면 자신처럼 닉네임이나 가명을 사용해도 좋다고 했다. 불미스러운 의혹에 휘말려서 IP추적을 당한다면 그런 것마저 소용없게 될지 모르겠지만, 의뢰인들은 그가 제시하는 비밀스러운 접견과 조심스러운 태도에 안심하는 눈치였다. 거기에는 나지막한 목소리도 한몫했다. 그의 목소리는 10킬로그램 정도의 아령을 왼손으로 들어올리는 것처럼 부담스럽지 않으면서도 긴장감을 주는, 게다가 은근한 무게로 상대를 압박하는 힘도 지니고 있었다. 그러나 대필 흔적을 남기지 않으려는 일련의 행동들이 비단 의뢰인을 위한 것만은 아니었다. 자서전이야 그렇다 치더라도 불법적으로 대필에 참여했다는 것은 그에게도 치명적인 일이 될 터였다. 더군다나 그는 자신만의 이름을 내건 책을 내고 싶다고 하였다. 왠지 책보다는 이름에 방점을 찍었을 것 같다는 생각이 들었다. 〈벽〉은 〈누〉라는 닉네임도 의뢰인들의 요구에 따라 우스꽝스럽게 조합되어버린 자신을 조롱하는 것이라며 그의 비밀 폴더에 담겨 있는 글들을 내게 보여주었다. 하지만 나는 〈벽〉이 말하는 사연들이 사실인지 아닌지 종잡을 수가 없었다. 그의 글에 담겨 있는 내용이 맞긴 했지만, 그가 단순히 일기를 쓰고 있을 거란 생각이 들지 않았기 때문이다. 더군다나 그의 글은 어딘가 모르게 과장되고, 꾸며놓은 흔적이 있었다. 나보다 그를 오래 봐왔고, 그의 갖가지 글맵시를 꿰고 있을 〈벽〉이 그런 걸 모를 리가 없었다. 능청을 떨어대는 것도 아닐 텐데. 정말 순진한 거야, 멍청한 거야?

꽤 잘나가는 작가치고는 문장이 투박하고 타분했지만 몇몇 글을 읽으면서 그가 사람보다 사물에게 애착을 보이게 된 이유를 어렴풋하게나마 이해할 수 있었다. 그의 글 속에는 초원을 전속력으로 내달리다가 우뚝 멈춰 서기를 반복하는 우스꽝스러운 누가 아니라 물속의 혼돈을 의미하는 누가 살고 있었다.

*

택시는 한남대교를 건너 강변북로로 들어서고 있다. 빗줄기가 가늘어졌는지 와이퍼가 한 박자 더디게 움직인다. 거기에 추임새를 놓듯 엇박자로 전파가 명멸하고 있었지만 시선은 룸미러에 매달려 있는 가족사진에서 더 나아가질 못한다. 이참에 전파를 붙잡아놓아야 한다는 생각과는 다르게 몸을 움직일 수가 없다. 기운이 떨어져서인지 기다리는 일조차 귀찮아진다. 천방지축으로 머릿속을 들락거리던 상념들도 눈치가 보이는지 까치발로 문지방을 넘는 아낙처럼 서붓서붓 다가오고 있다.

엄마와 아내가 동시다발적으로 떠났다. 엄마는 심장마비였고, 아내는 발인까지만 남아 있겠다고 했다. 그럴 필요가 없다고 하자, 아내는 내게 자신 외에 다른 가족이 없다는 것을 친절한 목소리로 일깨워주었다. 아! 그제야 나는 주변을 휘둘러보았다. 내게 남겨진 거라곤 편백나무로 만든 책상과 침대, 정수 기능이 망가진 냉장고가 전부였다. 하지만 아내는 괜한 걱정을 한 것이다. 나는 그들만으로도 족했다.

그가 썼던 글의 한 토막이 어슴푸레하게 떠오른다. 직장과 가족을 동시에 잃은 사내가 사물을 탐닉하게 된다는 내용이다. 뭐, 탐닉까지야. 내가 좀 과장된 것 같다고 하자 〈벽〉이 느닷없이 흥분을 해댔던 기억이 난다. 그 이야기를 사실이라고 여기는 데는 노트북에게 사랑을 느낀다는 대목 때문이었다. 설령 그것이 사실일지라도 과거를 놓고 왈가왈부하고 싶지는 않았다. 노트북과 섹스를 한다는 대목도 설마. 야동 틀어놓고 마스터베이션을 했다면 모를까. 페니스가 USB도 아니고 말이다. 내가 보기엔 그건 섹스 판타지에 불과했다. 하지만 〈벽〉에게 대놓고 말하진 못했다. 그러기엔 표정이 너무도 아련했다. 나는 비적비적 흘러나오려는 웃음을 가까스로 참으며 고개를 끄덕여주었다. 그가 연애를 하는 목적도 바로 섹스에 있었으니까. 그건 내가 그의 애인들을 인정할 수밖에 없는 부분이기도 했다. 욕실 서랍에 그럴싸한 이름을 붙여놓은 마스터베이션 기구를 감춰놓고 있다 하더라도 나는 할 말이 없었다. 기분이 썩 좋을 리야 없겠지만은 내가 그의 성적욕구까지 만족시켜줄 수는 없지 않은가. 섹스 동영상이나 음란성 포토만으로는 한계가 있었다.

그런 면에서 두번째 애인은 최적의 파트너라고 할 수 있었다. 그녀 역시 그를 마스터베이션 기구 정도로 생각하는 듯했다. 그녀는 그의 첫번째 애인처럼 상대를 옭아매려하지 않았다. 연락도 만나자는 약속을 할 때만 주고받았다. 그것도 짤막한 문자메시지가 고작이었다. 거기에는 의례적인 안부나 날씨 이야기조차 담겨 있지 않았다. 그래서 그녀에 대해서는 특별히 기억나는 게 없었다. 그들은 만나서 한 시간 정도 소주를 마시다가 수순처럼 모텔로 향했다. 그곳에서 다시 병맥주를 홀짝거리면서 옷을 한 꺼풀 한 꺼풀 벗었다. 마치 욕실로 향하는 순서까지 합의를 본 것처럼 별다른 대화 없이 자연스레 진행되었다. 그녀는 소주를 마시면서도, 모텔에 들어서면서도, 병맥주를 홀짝거리며 옷을 벗으면서도, 브래지어와 팬티 차림으로 사이드 테이블에 앉아서도, 스마트폰만 들여다보고 있었다. 하다못해 섹스라고 말하기도 못한, 배설 시간을 마치고 용암처럼 배꼽에서 흘러내리는 정액을 휴지로 닦아낼 때도 물론이었다. 그렇다. 그건 배설에 불과했다. 그녀의 최신형 스마트폰은 사이드 테이블에 아무렇게나 던져져 있는 나와는 달리 그녀가 팔꿈치를 완전히 펴지 않아도 닿을 수 있는 거리에 새초롬하게 놓여 있었다. 한입 베어진 사과가 타투처럼 새겨져 있는 모습을 마주할 적마다 내가 얼마나 낡고 볼품없는 존재로 전락해가고 있는지 새삼스레 깨닫게 되었다. 나는 김빠진 맥주와 방부제만 남은 조미 김과 담배꽁초가 수북한 재떨이 틈바구니에 오도카니 누워서 그가 USB처럼 꽂고 있는 페니스를 분리시켜 어서 나에게 돌아오기만을 바랐다. 한 뼘 정도 열린 창문 사이로 바람이 스밀 때마다 가슴 한구석이 찌르르하게 떨렸다. 바람이 닿는 곳곳마다 검지와 약지의 감촉이 되살아나는 듯했다.

그때까지만 해도 나는 그와 헤어지게 되리라는 것은 상상하지 못했다. 손길이 조금 거칠어지고 예전만큼 이름을 자주 불러주지는 않았지만, 나는 그에게 유효한 존재라고 믿었다. 그것도 유일하게. 낡았다는 것은 그만큼 그에 대하여 많은 기억을 안고 있다는 증거이기도 하니까. 그렇게 최면이라도 걸고 싶었나보다.

다행히 그녀와의 관계는 섹스만큼이나 빠르고 싱겁게 끝이 났다. 섹스를 할 때만큼이나 별다른 교성이 오가지도 않았다. 그건 더이상 내가 모종의 열등감에 시달리지 않아도 된다는 것을 의미했다. 그녀가 스마트폰만 들여다보고 있을 적에도 그는 나를 흘깃 쳐다보기만

했으며 가끔씩은 내가 창피한 듯이 테이블에 꺼내놓지도 않았다. 가방이나 재킷 속주머니를 주물럭대며 내가 있다는 것만 확인할 뿐이었다. 만약 그들이 헤어지지 않았더라면 매끈하고 도도한 그녀의 스마트폰을 떠올리며 내가 먼저 그를 떠나려 했을지도 모를 일이었다. 설령 그것이 죽음일지라도 나는 결연히 감행했을 것이다. 그저 미수에 그쳤을지라도 말이다.

그들이 연애를 하는 동안에 무슨 대화를 나누었는지는 기억이 나지 않는다. 대화는 고사하고 눈을 마주쳤던 적은 있었던가. 흔히들 연애는 같은 계절에 시작해서 다른 계절에 끝난다고들 하지만 그들만큼은 같은 계절에 끝났을 거란 생각이 든다. 어쩌면 계절은 단절되지 않은 채로 계속 흐르고 있는지도 몰랐다. 다시금 변비와 설사에 시달리게 된 그가 비정기적으로 다른 여자와 섹스를 나누다가도 가끔씩 그녀를 찾아가기도 했으니까. 그때도 그녀는 단물이 빠진 풍선껌을 씹고 있는 표정으로 그를 맞이했다. 애초부터 계절 따위는 존재하지 않았다는 듯이. 늘 짜증나고, 늘 권태로워했던 것 같다. 딱 한 번이었지만 엉망으로 술에 취한 그녀가 그를 찾아온 적도 있었다. 그도 역시 그녀를 밀쳐내지도 않고, 당기지도 않았다. 그래서인지 그들의 섹스는 어떠한 자장도 없이 무중력 상태에서 이루어지고 있었다. 언제 바꾸었는지 그녀의 곁에는 다른 브랜드 로고가 새겨진 스마트폰이 늠름한 자태로 놓여 있었다. 그것을 보며 나도 모르게 안도의 한숨을 내쉬었다.

어리석게도, 참으로 어리석게도.

혹시 알고 있었던 건 아닐까. 그의 글에 관심을 보이며 비밀 폴더를 정신없이 헤집어대는 내게 〈벽〉이 물었다. 갑자기 왜 그래? 호기롭게 내보여주던 글에도 사실 여부를 따져가며 괜한 의심을 품어왔던 터라 의아하게 생각하는 것도 무리는 아니었다. 하지만 구구절절 설명하고 싶지 않았다. 그러게요. 나는 겸연쩍은 말투로 대답을 눙쳤다. 사실상 어디서부터 말을 시작해야 할지도 모르겠다. 다만 혼란스러운 마음을 가라앉히고 상황을 객관적으로 바라보고 싶었다. 그때로써는 활주로를 막 벗어난 비행기에 안전벨트를 매고 앉아 있는 듯한, 뭔가 무기력하고 붕 떠 있는 심정이었다. 나는 그의 글을 훑어보며 〈벽〉에게 이것저것 물어봤지만 속 시원한 대답을 얻진 못했다. 〈벽〉은 그의 글에 흐르는 면면을 곧이곧대로 받아들이고 있었다. 그가 의뢰인들의 자전적인 글을 많이 써온 탓이기도 했다. 인터뷰와 자료를 바탕으로 하였다 하더라도 그것들을 꿰매고 붙이는 작업을 하다보면 어느 정도 허구가 들어갈 수밖에 없다는 말도 〈벽〉은 이해하지 못했다. 내가 아는 건, 그가 꽤 잘나가는 유령작가라는 것과 가족이 동시에 떠났다는 것, 그래서 우리에게 애착을 갖고 가족처럼 여긴다는 거야! 내가 별 대꾸가 없자 〈벽〉은, 사실은 꽤 잘나가는 것까지는 모르겠어. 그건 내가 지어낸 말이라서. 하지만 가족들이 동시에 떠났다는 건 맞아. 물론 징후야 있었겠지. 그걸 알아채지 못했거나, 알아채고 싶지 않았거나, 알아채도 어쩔 수 없는 일이었을 거야. 원래 헤어지는 데 이유 같은 건 없으니까. 헤어질 만하니까 헤어지는 거라고. 이별의 이유란 징후를 덮기 위한 알리바이일 뿐이야, 라는 말을 변명처럼 덧붙였다.

하기야……, 나는 그가 가족은 물론 친구들과 통화하는 것을 들어

본 적이 없었다. 그가 통화하는 사람은 의뢰인 아니면 애인이었다. 그도 아니면 고객센터 안내원이나 조선족 사투리가 심한 보이스피싱이거나. 그런 전화들은 하루에도 몇 번씩, 심심찮게 걸려왔다. 통화 버튼을 누르기 무섭게 기계 안내 멘트가 흘러나와도 그는 모질게 끊어버리지 못했다. 그러고 보니 생일이나 명절날에도 카드사, 백화점, 인터넷 유료 사이트 따위에서 보내오는 축하 메시지가 고작이었다. 집에서 혼자 술을 마시던 그가 고맙다는 답문을 보냈던가. 방어벽에 부딪혀 메아리처럼 사라져버릴 문자를 전송하면서 낯부끄러워졌던 기억이 난다. 설마, 문자메시지를 보내는 전산장치에도 이름을 붙여준 건 아니겠지. 그가 번번이 헤어질 줄 알면서도 번번이 애인을 만들려는 심정을 조금은 알 것 같았다. 왜 그렇게 쉽게 체념해버렸는지도.

혼자였으니까. 내가 함께 있다고 생각하는 순간에도 그는 늘 혼자였던 것이다.

왠지 안쓰러웠다. 그래서인지 세번째 애인이 생겼을 적에는 나까지 덩달아 그녀의 전화를 기다리게 되었다. 그녀는 도회적이고 매력적인 분위기를 풍겼다. 화장을 과하게 하지 않아도 피부에서 광채가 났고, 유행을 따르는 옷차림이 아닌데도 어딘가 모르게 세련되어 보였다. 그녀는 대화중에 머그잔을 만지작거리는 버릇이 있었는데, 살구빛이 감도는 그녀의 가느다랗고 기다란 손가락을 볼 때마다 자꾸만 분홍손톱이 떠올랐다. 정확히 말하자면 그와 처음 만났던 순간이기도 했다. 벌써 까마득한 일이 되었음에도 불구하고 모든 풍경과 상황이 선연하게 그려졌고, 수백 번을 돌려보아도 지루하지 않을 것 같았다. 그래서 그녀와 만남이 은근히 기다려지기도 했다. 하지만 그녀는 아이가 있는 유부녀였기에 약속도, 전화도 자유롭지 못했다. 그들은 굳이 헤어지자는 말을 입에 올리지 않아도 언젠가는 헤어져야 하는 관계였다. 다시 말해 헤어짐이 전제된 만남이었다. 기실 모든 만남이 그렇지 않은가. 그녀는 다이아몬드가 촘촘히 박힌 피아제 손목시계를 자주 만지작거렸고, 헤어짐에 대한 예행연습이라도 하듯 며칠씩 연락이 없다가 말끔한 얼굴로 다시 나타나곤 했다. 그녀는 항상 무언가에 쫓기고 있는 듯했다. 아니면 지킬 것이 많은 여자인지도 몰랐다. 그런 불안과 긴장이 그녀를 더욱 도회적이고 매력적인 여자로 만들어주었다. 슬쩍슬쩍 내비치는 서늘함은 섹시하기까지 했다. 그래서였을까.

빗소리가 꿈결처럼 잦아들고 있다.
그래서였을까, 그래서였을까…… 그래서……
이상하다. 생각이 제자리에서 맴맴, 맴, 맴돌고만 있다.

*

퍼뜩 정신을 차려보니 해가 중천이다. 갑작스럽게 쏟아지는 빛 때문에 주변을 가늠하기가 어렵다. 등짝부터 퍼지는 아릿아릿한 전류에 나도 모르게 진저리쳐진다. 눈앞에서 라이터 불꽃이 머뭇거리다 사라지는가 싶더니 어어, 엇! 하는 탄성이 공명을 일으킨다. "거봐요. 이러면 된다니까요." 펑퍼짐하게 퍼져 있던 경계가 한데로 모아지면서 주변 사물이 조금씩 가늠되기 시작한다. 익숙한 공간. 편의점이다. "거참, 신기하네." 나를 건네받은 사내는 그가 아닌, 택시기사다. "누가 아직도 이런 구닥다리를 써요." 편의점 알바는 연신 라이터돌을 굴려댄다. 그것을 보자 다시 등짝이 뻐근해진다. 아마도 배터리 부분을 불로 그을린 모양이다. 빌어먹을. 나에게 맞는 충전기는 편의점에서 사라진 지 오래였다. 택시기사는 알바생의 말을 귓등으로 흘리며 내 몸을 더듬는다. 추행을 당하는 것처럼 불쾌한 기분이 들었지만 어쩔 도리가 없다. 그에게 되돌려주기만 한다면 더한 모욕도 참을 수 있을 것만 같다. "버린 거라니깐요. 아니었으면 벌써 전화했죠." 한참 동안 통화 목록을 살피던 택시기사가 고개를 갸웃거린다. "어라, 이것 좀 보게. 온통 발신자 제한 표시야." 낭패다! 자서전 의뢰를 마무리하는 과정에서 통화가 잦아진 탓이었다. 의뢰인은 정계 진출을 노리는 기업인이었는데 밤낮없이 전화를 걸어대며 말을 바꾸는 통에 골머리를 앓는 중이었다. 다른 전화번호를 밀어 올릴 틈도 없이 나는 알바에게 넘겨진다. 통화목록을 끝까지 살펴보던 알바가 엄지와 검지를 턱에 가져다대며 흐음, 하고 길게 콧숨을 내뱉는다. 무슨 탐정놀이 하는 것도 아니고.

머리를 굴려대던 탐정, 아니 알바가 나를 경찰서로 보내자고 한다. "이런 구닥다리 찾아줘도 얼마 못 받아요. 스마트폰이라면 모를까. 그보다는 현상금을 노리는 게 나을 것 같은데, 수상한 점 없었어요?" 생각하는 수준이 탐정보다는 놀이에 가까운 듯하다. 자꾸만 나를 구닥다리라고 부르는 것도 못마땅하다. "무슨 경찰서는." 택시기사가 알바와 나를 번갈아 쳐다본다. 말꼬리를 흐리는 것을 보아서는 그에게 연민 비슷한 것을 느끼는 것 같다. 배터리가 나가버린 나를 편의점까지 데리고 온 걸 봐도 그렇다. 나는 틈을 놓칠세라 세 명의 애인 전화번호를 끌어다가 발신자 제한 표시 사이사이에 배치해놓는다. 어젯밤 빗속에서 전파를 잡았을 때만큼 절박한 심정이었다. 게다가 임시방편으로 배터리를 라이터불로 그을려놓은 터라 오래 버티지도 못할 것이다. 다행히 택시기사는 그의 세 명의 애인에게 차례로 전화를 건다. 하지만 첫번째 애인은 앙칼진 목소리로 "잘못 거셨어요!" 하고 끊어버리고, 두번째 애인은 "연락하겠죠. 아니면 할 수 없고"라고 심드렁히 대답을 하고, 세번째 애인은 아예 전화를 받지도 않는다. 예상하지 못한 건 아니었으나 기운이 쭉 빠진다.

무슨 오기가 발동했는지 택시기사가 계산대 구석에 놓아둔 라이터를 집어 든다. 알바가 "거참, 쓸데없이" 하고 말려보지만 택시기사는 막무가내로 전화번호부를 뒤지고 있다. 하지만 라이터불로 등짝을 그을려가며 얻어낸 결과는…… 말하기도 민망할 정도이다.

택시기사는 전화번호부에 저장되어 있는 214명들 중에 무작위로 전화를 걸었다. 하지만 모두들 두번째 애인과 엇비슷한 반응을 보였다. 그러는 동안에 몇 번이나 까무러쳤다가 깨어나기를 반복했는지 모르겠다. 그을려질 대로 그을려진 등짝은 이제 아무런 감각도 느껴지지 않는다. 나는 그만하라고 소리치고 싶었다. 간혹 "어! 오랜만이야" 하면서 반색하던 치들도 있긴 했지만 금방 말투를 바꾸며 "별로 친한 사이도 아니고요, 저는 휴대폰 번호밖에는 몰라요"라고 슬그머니 발뺌해버렸다. 택시기사가 "그래서 대신 받아주지도 못 하겠다는 거요?"라고 빽 소리를 지르자 본인도 찾아가지 않는 것을 왜 내가 대신 받아야 하느냐고 맞받아치기도 했다. 틀린 말은 아니었다. 그들에 겐 그런 의무가 없다. 설령 내가 아니라 그가 죽어간다 하더라도 가족을 대신하여 시신을 거둬야 할 의무는 없단 말이다. 소식이나 알면 다행이게. 그러자 슬퍼할 일도, 억울할 일도 없다는 생각이 든다. 단지 조금 서글퍼졌을 뿐이다.

도대체가 윤리감각이 없어!

택시기사가 빽 지르는 고함 소리와 함께 눈이 멀어버린다. 계산대 모서리에 부딪히면서 액정이 깨졌나보다. 오히려 잘됐다. 그와 동시에 그가 전화를 걸어올 거라는 실낱같은 기대도 날아가버렸는지 홀가분한 기분이 든다. 이제 곧 기억도 지워져버릴 터였다. 나를 잃어버렸다는 것을 뒤늦게 알아차린 그가 휴대폰 대리점으로 향하고 있을지도 모른다는 생각을 하니 웃음이 비어져 나온다. 택시운전사 입에서 흘러나온 윤리감각이라는, 그 생경스러운 단어도 감각을 잃어버린 등짝을 자꾸만 간질이고 있다. 해지 신청이 되기 전에 배터리가 닳아버렸으면 좋으련만. 새로운 스마트폰에는 어떤 이름이 붙여질까. 그러고 보니 나는 그의 진짜 이름을 모른다. 부를 일이 없어서였기도 했지만 누구에게도 들어본 적이 없다. 세 명의 애인들은 그의 진짜 이름을 알고 있을까. 나는 고개를 돌린다. 파도처럼 넘실거리는 어둠 속에서 한 떼의 누가 유영하고 있다. 망념이라는 것을 빤히 알면서도 나는 그 무리에서 시선을 떼지 못한다. 신이 마지막으로 창조한 동물이었다.

작가의 말

시간을 맞췄다. 비행기에서 내리자마자 수동시계 태엽을 돌리는 건 나에겐 오랜 의식(儀式)과도 같은 일이었다. 분침이 숫자판을 돌아가며 시침을 천천히 옮기는 동안, 나는 세상에 단 하나뿐인 시간으로 서서히 스며들어갔다. 나에게 '연애'란 그런 것이다. 나는 자주 시계를 들여다보았고 소리가 되지 못한 고백들을 한 글자, 한 글자 새겨가며 의식(意識)적으로 낯선 시간에 나를 맞추고자 했다. 그렇게 스스로를 재구성해갔다. 예정된 시간이라는 것이 더욱 간절하고 애틋하게 만들었는지도 모르겠다. 그건 불가피한 일이었다. 하지만 소리가 되지 못한 고백들은 어떠한 문장도 만들어내지 못했고, 초침 하나하나에 재깍재깍 축적된 기억만이 내 안에 기다림으로 익숙해진, 세상에 단 하나뿐인 낯선 시간을 흐르게 한다.

그 시간이 느껴질 때마다 나는
가만가만 울고 싶어진다. 언제나 그리운.

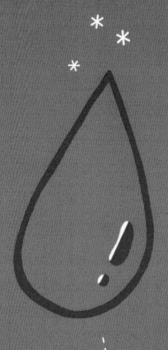

임수현

포도밭에서 너처럼
목이 말라

임 수 현

2008년 「앤의 미래」로 『문학수첩』 신인상 당선.
소설집 『이빨을 뽑으면 결혼하겠다고 말하세요』, 장편소설 『태풍소년』이 있다.

나는 밤으로 가고 있고, 너는 한낮에 남아 있다.

나는 내일로 돌아가고, 너는 어제인 오늘에 그대로다.

나는 그곳에 도착하자마자 남쪽으로 내려갈 것이고, 너는 거기 남아 북쪽으로 헤매는지 모른다.

그래놓고 우리는 화개(花開)에서 만나자, 만나기로 약속했다.

조갯국을 먹으러 섬진강에 가자. 그것은 우리가 정한 몇 번째 약속이었을까. 앞표지 오른쪽 아래 귀가 한입 베어문 것처럼 뜯긴 공책을 보고, 너와 내가 남쪽 강으로 가자는 약속을 했었다는 사실을, 열 손가락을 죄 꼽아야 할 만큼 다짐을 기록했다는 사실을, 그중 아무것도 실현하지 못했다는 사실을…… 거기를 떠나오는 지금에서야 기억한다. 의자 등받이에 붙은 모니터의 여행 정보에 따르면, 나는 그곳을 2,570킬로미터 떠나 있고, 비행 고도 11,277미터에서 비행 속도 931킬로미터로 멀어지고 있으며, 바깥 온도는 영하 53도이다. 그러니까 지금 내가 그곳으로 돌아갈 확률은 제로이다. 어쩌면 너와 내가 그곳에선 물론 다시 만날 확률 또한 그럴 것이다.

시애틀. 인디언 부족장의 이름에서 비롯한 에메랄드 도시. 왜 그곳을 에메랄드라고 불렀을까, 처음엔 의아했다. 내가 그곳으로 간다, 그랬을 때 대부분의 사람이 안개를 이야기했다. 그 도시의 직업은 안개인 것처럼, 중국 여배우의 낙엽색 코트 깃에, 닻처럼 갈라진 두 개의 꼬리지느러미를 거머쥔 세이렌 간판에, 담배연기처럼 흐느적거리는 음악에…… 어떤 방식으로든 시애틀을 알고 있는 사람들의 인유에는 죄 안개가 묻어 있었다. 그러나 내가 거기 머무는 동안 하늘은 파랬고, 공기는 투명했다. 오후에 깨 뒤뜰로 나가면 대지를 한 뼘 가린 검푸른 삼림 말고는 그저 하늘이었다. 나는 요구르트에 시리얼을 비벼먹으면서 오래오래 숲과 하늘을 쳐다봤다. 문득 기지개를 켜며 산뜻한 공기와 하늘이 황홀해 야생동물의 울음을 닮은 고함을 비집어내기도 했다. 나는 에메랄드를 본 적이 없지만, 아마 피부처럼 얇고 투명한 빛이라 짐작되는 취록색의 광물이 그 하늘빛과 닮아 붙여진 별칭이겠거니 생각했다. 그리고 이런 자연 앞에서라면 술을 마시지 않을 자신이 있었다. 정말이지 네가 단내를 풍기며 형의 집으로 오기 전까지, 나는 술을 한 모금도 마시지 않았다. 술을 그리워하지 않았다.

너는 인디언 식으로 표현하자면 '오른팔을 괸 명청한 눈의 계집아이'였다. 나는 당연히 너를 몰랐다. 퍼블릭마켓의 그늘진 벽돌담 앞에서 너를 처음 보았을 때, 너는 인디언의 눈에 비친 사람 형상의 이방인처럼, 무언가 낯이 익지만 맥락 없는 기시감으로 더 생소했고, 그래서 자꾸 더 눈이 갔다. 그래서 네가 똑같은 포즈로, 창을 내린 차창 턱에 팔꿈치를 괴고 형의 오른쪽에 앉아 있는 모습을 보았을 때, 나는 단박에 너를 알아보았다. 너는 홍갈색 벽에 따개비처럼 붙어 있는 껌들을 보면서, 중국 청년이 손질하는 생선과 월남 처녀가 손질하는 마른 꽃다발을 건드리면서, 녹색이 아니라 커피색 간판이 걸린 스타벅스 앞의 악대를 응시하면서 오른팔을 들어 턱을 괴고 있었다. 스페이스 니들 전망대로 올라가는 엘리베이터를 기다리는 긴 줄 저만치에서도, 수륙양용 관광버스 '오리'에 앉아서도, 파이오니어 광장으로 건너가는 횡단보도에서 흰색 신호를 기다릴 때도, 너는 오른팔을 괴고 턱을…… 긁고 있었다. 너를 발견할 때마다 항상 똑같은 포즈로 보였는데, 네게 골똘해질수록, 네 몸짓의 미세한 변화가 포착됐다. 너는 자주 눈을 오래 감았다 떴고, 입술을 핥았으며, 마른침을 삼켰다. 머리카락을 쓸어 넘겼고, 검지로 눈꼬리를 비비고, 질긴 하품을 했다. 반가사유상처럼 네 턱에 붙어 있는 것만 같은 다섯 손가락은 너의 살갗을 야금야금 잠식했고…… 나는 너와 가위바위보를 해서 술래를 정하듯 그 손에서 눈을 떼지 못했다. 너는 초조하고, 지루하고…… 목이 말라 보였다.

나는 네가 이곳에 도착한 지 얼마 되지 않아 시차에 적응하느라 애를 먹고 있다고 생각했다. 한순간 섬모처럼 일렁이던 희미한 동작마저 정지하고, 네가 다만 내 방향으로 고개를 돌려 이엠피 박물관 바깥의 흡연 층층대를 오랫동안 응시할 때, 나는 너를 추행하기라도 한 것처럼 얼굴을 붉혔다. 나도 모르게 주절거리는 말꼬리를 수습하느라 입맛을 다셨다. 노예로 구성된 합창단, 스칸디나비아 조미료, 집

사 너구리 도시락…… 스칸디나비아 노예, 너구리 조미료, 도시락 합창단…… 빌리 푸크너의 폴리에스테르 펭귄처럼* 시애틀을 배경으로 돌올한 너를 눈으로 삼키면서, 나는 나도 모르게 신물을 되새김질하듯 그런 말들을 흘리고 있었다. 나는 하나도 취하지 않았고, 대기는 빈 병보다 투명했다. 그런데 배드민턴 오럴 패키지, 눈보라 보라 살쾡이, 페스티벌 구루 그라나다…… 깜깜한 밤들을 헤엄치던 혀가 시차가 뒤바뀐 듯 한낮에 꿈틀거리며 깨어났다.

"밤새도록 도대체 무슨 말을 하는 거야, 딴사람 같아……" 애인은 내가 도무지 기억하지 못하는 지난밤의 독백이 궁금하다고 했다. 직장 동료였던 애인은 덩달아 귀가 시간이 늦어졌고, 이튿날이면 숙취에 시달리는 나보다 더 퍼석한 낯이 돼 연신 뻐끔거리는 입을 손으로 가렸다. 온종일 물고기처럼 둥글어 있는 군입에서는 잠이 모자란 사람의 구취가 났다. 나는 건성으로 입을 맞췄다. 반갑지 않은 점심이면 국물만 비운 뚝배기 바닥의 젖은 밥알들을 되작이면서 지난밤에 대한 후회를 들킬까봐, 애인의 얼굴을 똑바로 쳐다봤다. 삼킨 밥알만큼도 날짜가 흐르지 않았을 때, 애인은 내가 밥을 맛있게 먹는 모습을 한 번도 본 적이 없다고, 덩달아 입맛이 달아난다고 투정했다. 애인은 나와 함께 밥을 먹지 않았다. 지각과 결근이 반복되던 어느 밤, 애인은 고작 한잔 술에 벌게진 얼굴로 내 별명이 외계인이라고, 나를 둘러싼

---

* 오스트리아 사진작가 빌리 푸크너(Willy Puchner)의 실험 여행으로, 4년 동안 중국, 이집트 등 여행한 곳마다 명소에서 폴리에스테르로 만든 1미터 크기의 펭귄을 주인공으로 사진을 찍었다. 이후 그를 따라한 '마스코트 트래블'이란 여행 방식이 생겼다.

안개 저편을 고백했다. "더이상 널 괴롭히지 않을게, 널 피곤하게 안할게…… 무섭고, 부끄러워. …… 미안해." 두려움과 수치심이 안개와 뒤섞이면 삶은 새삼 눈부시도록 반성을 일깨우는지, 애인은 나를 제대로 바라보지 않고 맑은 술잔만 내려다봤다. 나는 얼룩얼룩한 빛깔로 앉아 있는 애인의 침묵에, 마치 붉은 신호등 앞에 멈춘 듯 일순간 어떤 감정과 동작이 정지됐다. 나는 일상의 금지에 무심히 순응하듯, 취한 애인과 얌전하게 이별했다.

배드민턴 합창단 눈보라 보라 도시락…… 나는 에메랄드빛 항구도시로 온 뒤, 안개처럼 흐릿한 그 밤들을 자주 복기했다. 내가 깨어 있는 한낮은 그곳의 새벽이고, 그곳의 낮은 내가 뒤척이는 밤이었다. 낮과 밤이 뒤섞이고 가끔 안개가 찾아오면, 어떤 기억이 전조등처럼 히뜩 지나갔다. "대체 무슨 말을 쉬지도 않고 씨불이니." "노이로제 걸릴 것 같아." "설마 우리 욕을 거꾸로 되감는 게 아닐까." …… 안개는 조석처럼 부풀었다 잦아들고, 밀려왔다 물러나고, 가까웠다 멀어져…… 나는 방역차의 구름에 홀려 길을 잃어버린 사내아이가 된 기분이었다. 한순간 미로에 떠밀려진 것처럼 덜컥 겁이 나 주위를 두리번거리지만, 안개의 입자를 골라내려 하지만…… 사방은 벼랑. 나는 안개를 헤맬수록 무섭고 쪽팔리고 미안하기는커녕, 죄인이 아니라 누명을 쓰고 있는 게 아닐까, 점점 억울해졌다. 나는 안개를 향해 질주한 기억이 없고, 그저 구름의 맛과 향기에 홀렸을 뿐이다. 아무렴 난 지금밖에 산 적이 없는데, 왜 깜깜한 어제를 설명할 수 없다는 게 부끄러워야 하는 걸까. 애인에겐 한낮처럼 또렷한 안개라면…… 내 안개는 오염된 것일까, 지워진 것일까. 나는 가려진 것일까, 생략됐던 것일까. 통조림처럼 입은 없는데, 그 속에 얼마나 많은 내용이 들어 있는 걸까⋯⋯

나는 술 한 모금 마시지 않았는데, 머릿속이 어지러워 혀가 다 아팠다. 부르튼 발처럼 혀가 아팠다. 닻줄을 잡아당긴 손바닥처럼 혀가 아팠다. 나는 벽돌처럼 딱딱해진 혀를, 사막처럼 메마른 입을 적시고 싶었다. 나는 너의 거울상이 되어 살갗을 긁었다. 너와 똑같은 동작으로 턱의 잔 수염을 뜯었다. 아래윗니를 달각거리며 입술을 잘근거렸다. 동작의 단면마다 전등을 켜고 끄듯 깜빡깜빡 너를 닮은 내가, 내가 닮은 네가 에메랄드빛 하늘을 배경으로 선명하게 보였다.

그러니까 졸음이든, 갈증이든, 가려움이든⋯⋯ 너도 나처럼 무언가를 참고 있는 사람이었다. 그래서 사흘 만에 재회한 너를 단박 알아보는 순간, 네 입에서 풍기는 익숙한 냄새와, 나는 여전히 목이 말랐기 때문에 그것이 매혹이라는 예감에 눈앞이 또 어지러웠다. 네가 차에서 내려 흔들흔들 가까워질수록, 이제 덩굴손처럼 웃자라 턱이 아니라 마른 입술의 보푸라기를 연신 매만지는 손가락으로 하이, 인사를 건넬 때 내 속의 사막은 더욱 넓어졌고, 나는 입술을 축이듯 젖고 싶어 조바심이 났다. 나는 형의 픽업트럭을 몰고 한 시간 넘게 시애틀로 달려간 것도 어떤 운명이 아니었을까, 네가 숨은 그림처럼 서 있는 한낮과 풍경을 자꾸만 되짚어봤다. ⋯⋯그러나 너는 나를 전혀 알아보지 못했다.

한 번이라도 경험했던 것을 금지하고자 노력하는 것은, 하지 않는 것이 아니라 참는 것이다. 나는 지금 딱 한 모금의 술을 마시고 싶을 때마다 우리의 약속이 적힌 그 공책을 천천히 넘겨서 본다. 어떤 대류 현상도 간섭할 수 없는 허공에서 손만 내밀면 포도주건 맥주건 위스키건, 딱 한 모금, 목을 축일 수 있다. 그러나 나는 참고 있다, 참을 것이다, 참을 수 있다. 너를 만나기 전 짧지만 찬란했던 여름날처럼, 나는 거듭나 또렷해지고 싶다, 더이상 술에 기대고 싶지 않다. 술잔과 입 맞추는 까닭이야 하늘의 별만큼 많았지. 내 인생에서 술은 충분했다, 아니 차고 넘쳤다, 지긋지긋했다. 마시고 즐기는 시간보다 기억이 깜깜한 시간이 길었다. 그 시간만큼 후회했다. 그러고도 수렁에 빠지듯 딱 한 모금을 건너가고 말았다. 나는 그곳으로 돌아가지만, 안개 속으로 되돌아가지는 않을 것이다. 딱 한 모금처럼 짧았던 시애틀의 여름처럼 산뜻해질 것이다. 맑게 거듭날 것이다. 한 모금의 술처럼 달콤했지만 흐리고 무거웠던 안개는 안녕, 나는 너의 기억을 완전히 잊고 살 것이다.

공책의 새 주인이 된 네가 홀연히 사라지지 않았다면, 내가 유일하게 다짐할 수 있고, 어쩌면 이룰 수 있는 단 하나의 약속은 기록됐을지도 모르겠다. 그것이 아쉬웠던 걸까, 나는 술을 마시고 싶을 때마다 불구의 공책을 벽장에서 끄집어냈다. 나는 너의 유실물을 형의 방에 놓인 내 트렁크에서 발견했다. 컨베이어벨트에서 흔하게 헷갈릴 수 있는 검은색 샘소나이트 가방은, 손잡이에 하늘색 손수건이 잡매져 있었다. 거기엔 너의 공책과 너의 브래지어와 너의 양말과 너의 머리카락과 조가비, 모래알…… 술병이 있었다. 형의 기분처럼 절반은 투명하고, 절반은 어두운 술병은 남은 건지, 모자란 건지 경계가 애매했다.

형이 너를 쫓아 어스레한 기찻길로 달려간 뒤, 나는 트렁크에 자물쇠를 채우고, 손수건을 풀어 벽장 속에 집어넣었다. 형은 세상의 모든 약속을 거절당한 사람처럼 돌아와 다시 트레일러하우스의 경계인 소파에 웅크렸다. 나는 형이 깡통맥주를 따고, 소파에 등허리를 깊이 파묻고, 전등 스위치를 내리는 소리를 들으면서 벽장에 고인 안개를 생각했다. 네가 사라졌어도, 안개는 네가 묻혀온 모래알처럼 형의 트레일러하우스 곳곳에 묻어 있었다. 나는 몰래 돈을 세듯 신경을 곤두세우고 있다가, 형의 기척이 잠잠해지면 벽장문을 열고 어스레한 잿빛 그늘에 가부좌를 틀었다.

표면적을 트렁크 크기로 최소화해 기능을 잃어버린 공책을 들여다보고 있노라면, 평생 공중부양을 꿈꾸며 해독할 수 없는 주술을 연구하는 구루가 된 기분이었다. 깜빡, 눈앞에 놓인 종잇장의 정체가 아뜩해지곤 했다. 그것은 어떤 맹세를 담기엔 조야했고, 다짐을 증명하기엔 수상했다. 나는 시집보다 얇고 글자가 드문드문한 공책의 갈피들을 문맹인 듯 천천히 넘겼다.

공책은 갈피가 달라붙어 더디게 넘길 수밖에 없었고, 위스키 색으로 얼룩진 종이를 만지면, 문득 시루떡의 켜를 간보듯 자꾸 침이 넘어갔다. 엄지와 검지에 침을 묻혀 낱낱의 갈피를 조심스레 떼어내다보면, 팥고물 같은 붉은 바스라기가 가슬가슬 흘러내릴 것 같아, 나는 다만 물질인 떡의 아물지 않은 상처를 벗겨내는 것 같은 섬망의 죄책감을 궁리할 만큼 소심해졌다. 입천장과 혀가 나프탈렌을 머금은 것처럼 바싹바싹 말랐다. 겨울옷을 감싼 비닐 커버처럼 목과 이마에 식은땀을 덧끼고, 나는 누구보다 성실히 그 공책을 연구하는 모습이었지만, 아마 나는 안개를 들여다보고 있었기 때문에, 그 약속들을 전혀 실감하지 못했는지 모른다. 그래서 누군가는 안개로 기억하는 도시를 떠나온 지금에서야, 부질없는 잿빛 약속들을 메마르게 삼키고 있다.

형은 그 약속을 기억하고 있을까. 네가 사라진 뒤 침묵 속으로 잦아든 걸 보면 형도…… 이 공책을 읽었을 것이다. 안개로 쓴 글씨인 듯 희미한 약속이었지만, 안개의 범위가 제아무리 넓다고 해도, 누구 하나는 등대처럼 약속을 분명히 가슴속에 새기고 있지 않을까. 모든 사람이 안개를 우산처럼 쓰고 살지는 않을 테니까.

형에게 안개를 물었을 때, 형은 내가 한여름에 머무는 덕분이라고, 구월부터 이듬해 초여름까지는 안개 때문에 아무것도 볼 게 없다고 대꾸했다. "게다가 넌 아침 안개가 다 걷힌 한낮에나 일어나잖아. 파란 하늘만 볼 수 있다는 건 럭키야." 행운을 말하는 형의 목소리는 자신의 감동을 제외한 영역만 발음해야 하는 여행노동자처럼 떫었다. 나는 한입 팬 풋감의 속살처럼 꺼칠한 형의 얼굴을 심드렁하게 쳐다봤다. 나도 형의 말을 액면으로 수긍했다. 낮이 길고 맑으니 취하지 않을 것이고, 나는 행운이다. 다만 형의 입에서 행운이란 단어를 듣게 되다니, 형에게 무슨 일이 있긴 있었던 모양이었다.

형은 어떤 우연을 믿지 않는 사람이었다. 흘린 땀만큼 성공한다고 믿었고, 늘 한쪽으로 기운 운명이란 저울을 어떻게든 평등하게 맞추려고 노력하는 부류였다. 그래서 그가 미국으로 이민을 가겠다고 했을 때 많은 사람이 그가 기회의 땅이라는, 세계 일국으로 가는 건 당연하다고 추어주었다. 형은 투자비자를 받아 빚과 저축으로 마련한

40만 달러를 들여 타코마에 테리야키 식당을 차렸다. 형은 명절과 기념일마다 40킬로그램이 넘는 소포를 부쳤다. 형의 초청으로 대학 시절 미국에 들렀을 때, 형은 아우의 희망을 선점해버린 사람의 표정을 지었다. 나는 형의 그림자가 드리운 자리에서 모조이거나, 서툴고 주눅이 든 제스처를 취해야 했겠지만, 어쩐지 형을 전혀 시기하지 않았다. 나는 형이 누구나 지어낼 수 있는 드라마처럼 심심했다. 나는 드라마의 조연이 되기 싫었고, 훈수를 둘 수 있는 관객의 처지가 훨씬 재미있고 안전하다는 걸 알고 있었다.

형은 내가 지루하지 않게 드라마의 기승전결을 충실히 살아냈다. 내가 형을 찾아올 때마다 그는 조금씩 나락으로 빠졌다. 파산과 이혼, 비만과 우울증으로 얼룩진 형의 존재는 소문 속의 시애틀 풍경과 점점 닮아 흐릿해졌다. 형은 야트막한 언덕 마을의 15만 달러짜리 단독주택에서 밀려나, 폐쇄된 기찻길이 지나는 종이공장 앞의 멕시칸이 주로 사는 트레일러하우스 마을에 틀어박혔다. 30년 상환해야 하는 집값은 채 2년도 갚지 못한 상태였다. 형은 새벽에 월마트에 가서 일주일치 술과 음식을 사다놓고 밤새 맥주를 마셨다. 어쩌다 마주친 사람들은 형이 볼 때마다 10파운드씩 늘어나, 조만간 애드벌룬이 될 것 같다고 수군거렸다. 형의 몸이 점점 불어나는 것과 반대로, 그가 사는 집은 점점 좁아졌다. 그는 동쪽에서부터 밀려나 서쪽에 틀어박힌 인디언처럼 가끔 두더지를 잡으러 나가거나, 페인트칠을 할 때 말고는 집 안에서 옴짝달싹하지 않았다. 형에게 남은 건 붉은색 픽업트럭과 폐쇄된 기찻길 옆 오막살이 한 채가 전부였다. 장로교회에서 가장 봉사에 성실했던 형은 워싱턴 주에 흩어진 교포 사회에서 유령이 된 뒤

가장 많이 언급되는 가십이 되었다.

그러나 카레 색의 이끼가 수북한 지붕과 페인트칠이 벗겨진 나무 벽을 보았을 때, 나는 어쩐지 형의 옛집을 방문했을 때보다 훨씬 안도했다. 형도 시탁(SEA-TAC) 공항으로 마중 왔을 때 밀입국자처럼 초조했던 내 긴장이 풀어진 걸 꿰뚫었는지, 팔월 말까지 편안하게 지내라고, 어떤 결말을 먼저 살아버린 사람처럼 심심한 표정으로 말했다. 휴대전화 알람을 맞출 필요도 없어진 나는 그 어느 때보다 맑은 눈과 깨끗한 혀로 꿈도 꾸지 않고 잘 잤다. 깨어 있는 시간이면, 나는 식탁의 의자 두 개를 붙이고 앉아 노트북을 허벅지에 얹은 채 동영상을 봤고, 형이 사다놓은 음식을 먹고, 형의 침대에서 잠들었다. 형은 소파에 파묻혀 허벅지에 칩과 소스를 얹고 텔레비전을 봤고, 오른손에 리모컨을 쥔 채 꾸벅꾸벅 졸았다. 입맛을 다시듯 호로록 깨면 냉장고를 뒤져 핫도그와 피자를 데워 우적우적 삼키면서 선잠의 틈새를 막았다. 거실과 욕실, 식탁과 형의 방에는 아무렇게나 널브러진 옷과 신발과 양말과 음식 봉지 들이 내장처럼 흩어져 있었다. 나와 형은 거대한 냉장고와 거대한 소파와 거대한 텔레비전의 부품이 된 것 같았다.

나는 형이 집을 비우면 어느덧 형의 영역을 침범해 소파에 드러눕고, 냉장고를 뒤지고, 텔레비전을 응시했다. 나는 형의 배에서 자고, 형의 목구멍으로 텔레비전을 응시하고, 형의 항문으로 밥을 먹는 기분이었다. 형과 나는 그 어떤 우연도 없이 조립된 거대한 햄버거 같았다. 어떤 행운과 일기도 침범하지 못할, 어제의 맛과 오늘의 맛이 같았고, 아마 내일의 맛도 어떤 기대는 없지만, 배신하지 않을 안전한 생활이었다. 서울의 자정이 되면 나는 포털사이트에서 '오늘의 운

세'를 읽었고, 형은 뉴스에서 '내일의 날씨'를 확인하며 하루를 마감했다.

　나는 형의 집에 방문하는 것을 여행이라 생각해본 적이 없는데, 대부분의 사람이 그것을 여행으로 이해했다. 약도를 그릴 수 있는 공간으로부터의 모든 이동을 여행이라 부른다면, 그것은 여행이 맞을 것이다. 나는 그곳의 지상에 뿌리내린 것을 이해하지 못했고, 흘러가는 기후와 풍경의 무늬를 근사하게 설명할 수 없어 야생동물을 닮은 탄성을 지어내기도 했으므로. 하지만 사람들이 고향을 연구하지 않듯이, 생활은 당연히 여행이 아니었다. 그러나 너와 형을 삼킨 트레일러하우스 문밖에 내쳐진 순간, 그토록 익숙하던 공간이 낯설고, 나는 어쩌면 그때부터 그 시간들을 여행으로 이해했는지 모르겠다.

　아직 해가 지지 않은, 이상한 나라에 사는 모자장수들이라면 차를 마실 시간이었지만, 형과 너는 낮이 두렵지 않은지 서슴없이 술을 마시기 시작했다. 나는 일곱 살짜리 계집아이가 술을 마시는 어른들을 쳐다보듯, 멀뚱히 너와 형의 몸짓을 따라갔다. 벽은 절반의 단절이 아니라 두 개의 공간으로 넓어지는 것인지, 트레일러하우스는 너란 벽을 경계로 두 개의 삶을 품은 듯 벽과 모서리, 지붕의 여백이 새삼스레 드러났다. 나는 슬그머니 식탁 의자에 앉아 하나의 벽이 되어, 소파 등받이 위로 솟은 형의 헐벗은 정수리를 힐끗거렸다. 너는 보지 않으려고 노력했다. 그러나 너는 여름을 처음 구경한 펭귄처럼 트레일러하우스 곳곳을 굼뜨게 오갔다.

　너는 형의 칫솔로 양치질을 하면서 냉장고 앞에 쭈그리고 앉아 등

허리를 긁었고, 치약 거품이 바닥에 떨어지자 발바닥으로 슥 닦곤 양 칫물을 설거지대에 뱉었다. 너는 소파에 웅크린 형을 밀어내곤 팔걸이를 베고 누워 두 발을 저쪽 팔걸이에 뻗어 걸쳤다. 너는 몸을 뒤채 편안한 자세를 고르다, 주머니에서 조가비와 구깃구깃한 지폐와 동전을 탁자 위에 늘어놓았다. 지폐와 조가비엔 검은 모래알이 묻어 있었다. 너는 오른발을 형의 어깨에 걸치고 오른손을 이마에 얹곤 술을 음미했다. 가끔 네 입가로 술이 흘러내렸다. 그 술의 줄기가 네가 걸어온 길의 지도를 드러내듯, 나는 형의 집을 새삼스레 둘러봤다. 텔레비전 위 벽에는 형이 이때까지 모았던 자동차의 번호판이, 학사모를 쓰고 가운을 걸치고 트로피를 안고 있는 졸업사진이, 월척한 연어를 들고 엄지를 치켜든 사진이 붙어 있었다. 회복할 수 없는 추억은, 봄이 됐는데도 수습하지 않은 크리스마스트리처럼 어지러웠다. 피부처럼 밀착됐던 트레일러하우스가 비대한 이 국가만큼 막막해졌다. 거실도, 식탁도, 형의 방도 내 자리가 아닌 것 같았고, 너는 너무도 스스럼이 없어 외려 뻘쭘해진 나는 외계인이라도 된 기분이었다. 네가 도착한 잠시 동안 그렇게 한 계절을 다 살아버린 기분이었다.

"이리 와서 같이 해요."

나는 어떤 대답도 할 수 없어 노트북에 얼굴을 파묻고 군침만 삼켰다.

"신경 쓰지 마요. 쟤가 원래 분위길 어색하게 만드는 재주가 있거든."

네가 나를 그렇게 골똘히 쳐다본 건 그때가 처음이었다. 그러나 네 오른손은 어느덧 알루미늄 캔을 거머쥐었고, 당연히 네 얼굴의 아랫부분을 향해 들려져 내겐 고통스러운 한 모금을 달고 맛있게 삼켰다. 찰나, 멍청했던 네 눈이 에메랄드빛으로 생기로워졌다. 너와 형 저편으로 아직 저물지 않은 햇살이 투명했고, 둘은 마치 술병 속에 들어 있는 것처럼 반짝였다. 나는 형과 너의 유혹이 억울했다. 서쪽으로 밀려난 인디언처럼, 어떤 경계 안쪽에 웅크리고 있었던 형처럼, 나도 어떤 경계 이쪽을 넘어가지 못해 답답한 심정이었다. 나는 또 하나의 벽이 되었고, 너와 형은 어쩌면 내가 사라진 만큼 더 느슨한 여백을 느꼈던 건지도 모르겠다.

안녕, 은 잠들기 전 건넨 하품처럼 이른 작별 인사였는지 너는 금세 깊은 잠에 빠졌다. 형도 네 옆에서 졸았다. 해가 지지 않았는데, 탁자에는 깡통맥주 열네 개가 구부러져 있었다. 형과 네 숨소리는 술의 거품이 차듯 가칠했고, 잠을 덮은 공기는 상기된 볼처럼 데워 있었다. 나는 그림자가 없는, 한낮의 야외극장처럼 반쯤 투명해진 풍경에 눈이 어지럽고, 입이 궁금했다. 난 잠을 탐내듯 너와 형의 정지된 육체를 기웃거렸다. 형은 네 발이 미끄러진 소파와 테이블 사이의 빈틈으로 비집고 들어가 거대한 배를 부풀리며 새근새근 잠들었다. 네 손은 얼굴에서 떨어져 아직 무언가 더 쥐고 싶은 듯 조금 구부러져 있었다. 딱 한 잔 술을 쥐면 어울릴 크기였다.

나는 발소리를 죽이고 형의 방으로 들어갔다. 그토록 익숙하던 공간이 오지의 여관보다 낯설었다. 나는 벽장 앞에 세워진 트렁크를 바닥에 놓고 지퍼를 열었다. 나는 그때까지 늘 떠날 사람처럼 트렁크를 옷장으로, 서랍으로 사용하고 있었다. 형의 어지러운 방 한가운데 조각배처럼 놓인 트렁크를 보면서, 나는 어느덧 네가 아니라 형에게 집중하고 있었다. 나는 네 존재의 출처가, 정체가, 주소가 궁금했으나 형으로 인해 그것을 생략할 수밖에 없었다. 트렁크에 붙은 수화물표를 보자 행선지가, 출발과 예정된 회귀의 동선이, 반드시 지켜야 할 약속처럼 또렷해졌다. 나는 갑자기 심심해서, 심술이 났고, 심드렁해졌다. 나는 형의 침대에 놓인 낯선 옷가지를 둘둘 말았고, 침대보를 펄럭였다. 창이 없어 그늘도 없고, 빛이 없어 먼지가 보이지 않았다. 형의 방은 안개 빛이었다.

　나는 처음으로 형의 고독을 이해했다. 먼저 엄마의 젖을 빨았고, 먼저 걸음마를 뗐고, 먼저 거웃이 났고…… 먼저 늙음의 징후를 겪을 형. 우연도 운명도 아닌 수상한 날씨 속을 걸어가는 것처럼 자신의 걸음만을 나침반으로 삼을 수밖에 없었을 형이 나의 어떤 운명과 기회와 실패를 선점해버린 것은 어쩌면 당연했다. 형이란 나와 같은 부모를 가진 타인이었으니까. 형은 누구보다 가족이란 우연이 남발된 결정체라는 걸 이해하고 있었을 테니까. 그리고 너는 가족이 아니었으니까. 형은 적어도 나보단 우연의 굴레에 발이 걸렸을 가능성이 훨씬 많았을 것이다. 노인을 이해하지 않듯, 나는 다만 형을 바라본다. 형은 내가 흘러갈 시간의 대표였으니까. 삶을 여행이라 하듯, 여행이 삶이라면 내가 흘러온 곳의 풍경의 대표였으니까. 나는 길을 담은 상자의 사정이, 우리를 닮아 미웠다. 쓸쓸했다.

　형은 이튿날부터 온 마을에 두더지가 출몰하는지 외출이 잦아졌다. 형은 성실하게 일한 사람 특유의 뻐기는 표정으로 초록빛 줄기가 눈에 먼저 들어오는 장거리를 들고 돌아왔다. 너는 보랏빛 라벤더를 끊어다 빈 와인 병에 꽂았고, 벽지처럼 늘어뜨린 커튼을 걷고 환기창 턱에 코르크를 가지런하게 배열했다. 너는 우리의 남매처럼 부엌을 점령했다. 늘 보드카에 넣어 먹는 줄 알았던 라임을 꺼내 썰었고, 바깥으로 나가 고수를 훔쳐 꺾어왔다. 너는 다섯 사람은 충분히 먹을 만큼 쌀국수를 끓여 나를 초대했지만, 나는 한순간 브로콜리와 양파와 피망을 채워 텃밭으로 변한 냉장고의 풀숲을 뒤지고 예쁘게 포장된 음식을 전자레인지에 데워서 콜라와 함께 마시며 노트북을 쳐다봤다. 나는 형을 살고, 형은 과거의 자신을 모방하는 듯했다.

너는 캠핑카를 타고 놀러 온 아이처럼 형과 나의 공간을 넘나들었고, 형의 햄버거 같은 몸을 아무렇지 않게 타넘으며 까불었다. 대화재가 일어나 부서진 도시를 무덤으로 얹고 지어진 이 도시처럼 너와 나와 형은 서로의 생활을 포개고, 그것을 뿌리 삼아 자라났다. 어쩌면 형의 드라마는 새로운 전개를 맞이했는지도 모른다. 나는 가끔씩 트렁크를 들여다봤지만, 형의 드라마엔 관객이 필요하다는 걸 알고 있었다. 나는 형의 결말이…… 그리고 너의 역할이 궁금하기도 했다. 그리고 나는 여전히 목이 말랐다. 나는 형과 너를 시기했을까. 그건 아닐 것이다. 술을 마시지 않은 날들은 뿌듯하지만, 딱 한 모금이라도 마시는 순간, 앞의 시간은 무화되고, 안개들의 뿌리가 된다는 사실을, 이 뿌듯한 날들을 회복하지 못한다는 사실을 나는 누구보다 잘 알고 있었다.

그러나 형이 사라진 시간 동안 너와 내겐 빈 술병처럼 너무나도 투명하고, 고요한 한낮이 남아 있었다. 너는 형이 부재하는 동안 뜰로 나가 잡초를 뽑거나 냉장고를 청소했다. 그러다 허밍을 하며 내 주위를 어슬렁거리기 시작했다. 아무리 지분거려도 딱딱하게 굳은 내 기척에 너는 움츠러들었다. 나는 당연히 네가 신경이 쓰였지만, 오히려 네 존재로 충만했기 때문에 정작 너를 돌볼 겨를이 없었다. 네 존재가 내 눈을 멀게 하고, 내 귀를 닫게 하고, 네 입을 다물게 했다. 정작 나는 트레일러하우스에서 형이 되거나 네가 될 수밖에 없는 운명의 예감에 움츠렸을 뿐인데, 너는 내게 금세 흥미를 잃어버린 눈치였다.

너는 형의 살림살이를 이것저것 뒤적이다 형의 공책 하나를 발견했다. 너는 내가 잠시 자리를 비운 식탁에 앉아 공책을 펼치더니, 책갈피에 꽂힌 만년필로 뭔가를 끼적거렸다. 메모광이었던 형도 가끔 식탁에 앉아 심각한 얼굴로 볼펜을 까닥거렸다. 그러나 그 공책은 수학 공식과 영어단어, 만화를 몇 번씩이나 덧칠했던 연습장과 달리, 빚과 잔고와 조감도, 버킷리스트 따위가 겨우 서너 페이지 정도 채워져 있을 뿐, 나머진 모래밭처럼 흰 여백이었다. 단둘이 되자 형의 집은 다시 예전 크기로 돌아갔는지, 누군가의 습관과 기호가 애무하듯 포개지고 겹쳐졌다.

형이 돌아오면 너는 아무 일도 없었다는, 투명한 계절을 안녕히 지냈다는 알리바이를 밝히기 위해서인지, 아무 비밀이 없는 사람처럼 들뜬 행동을 보였다. 너는 공책을 보여주며 형의 소원을 채집하려고 했다. 형의 얼굴은 다시 딱딱해졌지만 너는 더 명랑하게 지저귀었다. "만약…… 지금 당장 한국에 간다면 어딜 가보고 싶어요? 뭐가 제일 먹고 싶어요?" 형은 다시 절반의 그늘이 되어 묵묵히 봉지에서 물건을 꺼내 다듬고 씻었다. 나는 형의 침묵에 말풍선을 달듯 텔레비전의 볼륨을 높였다. 앤드루 카터의 목소리에 네 수선스러운 몸짓도, 형의 침묵도 죄 지워졌다. 나는 씩, 웃고 있었을 것이다. "그럼 비밀로 할 테니 이 공책에 적어봐요. 무슨 꿈이 이렇게 초라해. 집을 짓고 싶다고 했잖아요. 일하러 가는 집과 같은. 그래서 시간 날 때마다 좋은 목재를 보러 가기도 하고 그랬잖아요." 그러면 나는 다시 낮과 밤처럼 절반으로 나누어진 세계 이쪽에 웅크리고 있었다. 너는 낮과 밤을 절반으로 나누어 형과 내게 배분하는 것 같았다. 그때부터 네 쪽으로 빛나던 절반의 낮도 그믐이 되어버렸다. 나는 형이 사라지기를 밤새도록 기다렸다.

그 시간들이 여행이었다면, 여행만큼 뚜렷한 시작과 끝이 선행된 우연이 있을까. 여행의 결과만큼 흔들리지 않을 기억이 가능할까. 그래서 선별된 것만 추려지는 어느 날의 삶들을 여행이라 부르는 것일까. 너는 그 여행-삶의 우연일까, 운명일까, 그저 과정이었을까. 시작과 과정과 결국 회귀되는 끝 중 어느 것이 풍경의 내용일까.

그러나 형의 자리를 차지한 너는, 거리에서와 달리 어떤 여정도 보이지 않았다. 그러고 보면 처음부터 너는 시간의 괄호에 갇혀 풍경에 구걸하지 않았고, 자연의 당연한 변화를 구애로 착각하지 않았다. 경험과 추억을 서둘러 어깨동무시키려고 조바심치지 않아, 네가 벽안의 무리에서 나를 닮은 머리카락과 눈빛이 아니었다면 나는 너를 알아보지 못했을지 모른다. 너는 다만 이곳으로 흘러와 고여 있을 뿐이었다. 너의 모든 동작은 정지됐고, 너는 다시 생소해졌다. 나는 네가 신경이 쓰였고, 네게 자꾸 눈이 갔지만, 너는 우리의 모든 경계를 이지러뜨렸지만, 어떤 풍경도 나를 초대하지 않았다. 나는 비로소 둘이 됐는데도 내 눈치를 살피는 네가 야속했다. 명랑하지 않은 네가, 내게 흥미가 없는 걸까봐 조바심이 났다. 나는 형의 행동과 견줘봤고, 내가 훔쳐봤던 시간을 되짚어봤지만 그건 시늉하기엔 너무 조악했고, 운명적인 너와 나의 제스처로는 어울리지 않았다.

게다가 우연을 믿지 않는 형이, 길에서 만난 너를 사사로운 날씨처럼 아무렇지 않게 받아들였을 때, 나는 어느덧 네가 아니라 형-집에 집중하고 있었다. 형은 오랫동안 너를 기다렸던 사람처럼, 전혀 다른 계절을 사는 사람의 표정을 지었다. 하늘은 맑고, 구름은 근사하고, 대기는 투명했다. 내가 경험하지 못한 안개와 비의 계절이었다면 형의 집은 젖고 남루해져 거대한 버섯 같아 보였을지 모른다. 그토록 짧게 빛나던 여름이었기 때문에 형도 스스럼없이, 그것도 연달아, 손님을 맞이할 수 있었던 건지도 모른다. 여름은 불우하지 않았으니까.

"그곳엔 폭우가 쏟아졌대요."

그 말만 아니었다면 나는 그 한 모금을 절대 넘기지 않았을 것이다. 나는 마시지 않은 술병처럼 너를 향한 내 사랑의 성분으로 익어갔다. 고요하게 잦아든 내 사랑을 네가 마시고, 내 사랑에 함빡 취하기를 바랐다. 나는 너를 둘러싼 고요한 술병이 되었는데, 그게 너를 외롭게 만들었는지, 너는 처음으로 내게 말을 건넸다. 너를 생각하고 사랑을 꿈꾸는 것이 전부였기 때문에, 정작 너를 돌볼 겨를이 없었기 때문에, 찬물을 끼얹듯 그 말을 듣는 순간, 네가 내 사랑을 방해한 것 같아 짐짓 역정이 난 건지도 모르겠다. 나는 어떤 승리감에 도취했고, 영원히 너를 이겨, 버티고 싶었다. 너를 더욱 외롭게 만들고 싶었고, 거대한 술잔이 되어 너의 존재를 들이붓고 싶었다.

"왜 이렇게 더운 거죠? 왜 여름인데 비가 오지 않는 거죠? ……빈 술병 속에 들어 있는 것 같아."

그리고 뭔가 딸각거리고, 얼음이 떨어지고, 액체를 따르는 소리가 들렸다. 나는 돌아보지 않았는데도 그것의 정체를 파악할 수 있었다.

"한 모금 마셔봐요."

나는 여전히 모른 체했다.

"시원해요. 애써 참지 마요."

나는 화가 난 사람처럼 얼음이 든 그것을 받아 딱 한 모금을 마셨다. 그것은 맑은 물이었다. 나는 내 착각이 어이가 없어 그만 피식, 웃고 말았다. 그 웃음이 문제였는지 모르겠다. 그제야 넌 내 웃음을 덥석 물고, 또 하나의 공간을 넓히고 말았다.

"이렇게 멀리 왔는데 안에만 틀어박혀 있으면 지루하지 않아요?"

너는 주인의 기척을 피해 고개를 내민 동물처럼 배죽 말을 걸었다. 나는 햇빛에 시력을 잃은 두더지처럼 눈이 부셨다. 너는 소파 등받이에 아래팔을 괴고 서 있다, 팔걸이와 테이블에 걸터앉았다, 소파에 등허리를 깊숙이 묻었다. 네가 리모컨을 들어 일 초 간격으로 채널을 바꿀 때에서야, 나는 내가 텔레비전을 응시하고 있었단 사실을 깨달았다. 화면에는 잭 니콜슨이 담배를 피우고 있었다.

"형 닮은 것 같아요."

네가 어떻게 지분거려도 나는 다시 아무 대꾸도 하지 않았다. 너는 발을 간댕거렸고, 연신 물을 마셨다. 나는 목이 말랐지만, 네게 어떤 틈도 보여주고 싶지 않기 때문에, 냉장고처럼 싸늘한 척 제자리에 버티고만 있었다.

"나도 웃지 않는 사람을 알고 있어요. 목이 말라."

나는 너의 추파에 단박 온몸이 허물어지는 걸 느꼈다. 그러나 나는 아직 인내해야 할 시간이 멀었다. 나는 더욱 딱딱한 얼굴로 심드렁하게 텔레비전으로 얼굴을 돌렸다. 그러나 나는 누구보다 목이 마른 고통을 알고 있었다. 딱 한 번이라고 나는 타협했다. 나는 냉장고로 걸어가 딱 한 모금의 술과 얼음을 가득 채운 잔을 두 개 가져와 건넸다. 잿빛 얼음은 각자의 방이었지만, 이내 안개처럼 하나로 녹아 스며들 것이었다. ……그리고 딱 한 모금을 마셨다. 쌉싸래하고 둥근 알코올을 입속에 머금고 나는 선뜻 목구멍으로 넘기지 않았다. 나는 양치물을 헹구듯 입속에 머금은 독주를 궁굴렸고, 부푼 볼 안이 헐리는 기분이었다.

"맛있다."

말의 껍질을 핥는, 돌연 먼지를 닦은 사과처럼 생기로워지는 네 눈을 보며 다시 한번 나와 한 부류라는 걸 간파했다. 너와 나는 마치 약속이라도 한 듯 소파에 나란히 앉아 그렇게 안개를 달게 마셨다.

딱 한 모금만 마실 테다. 목이 마르니까.

초록의 줄기를 천천히 씹으면서 나는 또 안개를 들이켰다.

딱 한 모금만 더 마실 테다. 아직 멀쩡하니까.

나는 형처럼 스스럼없이 네게 하고 싶은 말 대신 안개를 삼켰다. 나는 다만 목이 말랐기 때문에, 안개를 찾아 트레일러하우스 곳곳을 뒤졌다. 그리고 모든 안개가 바닥난 것처럼 더없이 목이 말랐을 때, 나는 안개가 지겨워 그렇게 다짐했다.

딱 한 모금만…… 하나도 취하지 않았으니까.

그러나 너는 또 깜빡 잠이 들어버렸다. 너는 여전히 안개를 쥐고, 입을 가리고 있었다. 나는 그 다섯 손가락을 뿌리 삼아 네 몸이 뻗어 나가기라도 한 것처럼 너의 희미한 핏줄과 나와 같은 색깔의 부스스한 머리카락과 살빛, 야윈 어깻죽지를 보고 있었다. 누군가의 전신을 하나하나 훑어본 게 얼마 만이었을까. 애인의 맨몸을 쓰다듬었지만, 그것을 하나하나 응시한 적은 없었다. 안개 속에서 탐색은 허구였고, 욕망이 앞질렀다. 누구의 몸을 만진 것도 안개 속에서가 마지막이었다.

애인은 안개를 고백한 뒤 미안하다고 말했다. 나는 사랑한다고 응수하려 했으나, 사랑한다고 말하려니, 사랑해본 적이 없었다. 사랑의 근거는 없었다. 사랑하는 순간, 오래 사랑한 과거가 있다고 철석같이 믿었는데, 오해할 미래만이 덩그러니 놓여 있었다. 내 성기는 꼬부라진 혀처럼 물컹했고, 애인의 보지는 빈 술병의 구멍처럼 딱딱했다. 우리의 몸은 끈질긴 설득에도 실패하고 말았다. 새벽에 불현듯 깬 나는 그것이 술김에 벌어진 해프닝이라고 여기지 않게끔 억지로 대범한 척 애인의 가랑이에 물렁한 좆을 끼우고, 애인의 입속에 술을 흘려 부었다. 내 좆과 달리 애인의 어깨는, 구멍은 딱딱했다. 애인은 갑자기 벌떡 일어나 주섬주섬 옷을 챙겨 입었다. 팬티 한쪽에 발을 넣다가 바닥에 자빠졌다. 나는 손가락질하며 깔깔거렸다. 엉겁결에 놓친 술병이 폭소처럼 나동그라졌다. 애인은 내 정수리에 속옷을 집어던지고, 술병을 들어 바닥에 닿아가는 술을 꿀떡꿀떡 삼켰다. 나는 엎질러진 술을 밟은 네 발을 들어 발가락을, 술을 핥았다. 아침이 되었을 때, 우리는 아무것도 기억나지 않는 것처럼 꿈쩍도 하지 않았다. 나는 내가 뒤끝이 없는 사람처럼 굴어야 한다는 결심을 겨우 다잡고 일어나, 오이와 파슬리, 푸른 야채를 죄 꺼내 믹서에 갈아 네게 건넸다. 한 모금 들이켜고 눈살을 찌푸리는 네 혀가 쑥색일 것 같았다.

나는 잠든 네 손가락이 네 살갗에 새겼을 침묵이 궁금했다. 네 발은 굳은살과 상처로 얼룩덜룩했다. 나는 시내를 떠돌다 하릴없이 바닷가로 내려가 모래밭을 걷는 네 맨발을 떠올렸다. 너는 내가 짐작하는 그곳으로부터 여기까지 두 발로 걸어 내 앞에 당도한 것 같았다. 나는 그 시간들의 맛을 핥아보고 싶었다.

내 집요한 시선을 느꼈는지, 네가 게슴츠레 눈을 떴다. 네 눈은 술을 갈망하듯 다시 에메랄드처럼 밝아졌다.

"형, 찾아가볼래요?"

나는 갑자기 멀쩡한 척 경계하는 네가 조금 괘씸했다. 아마 그래서 침묵 대신 그렇게 응수했을 것이다.

"어딘지 알아요?"

"기찻길만 따라가면 오른편으로 예쁜 마을이 보인다고 했어요."

"슈어. 까짓, 그러죠, 뭐."

너는 철로를 떨어지지 않고 걸어가는 것처럼 양팔을 벌리고 무게중심을 잡으려고 하면서 비틀비틀 바깥으로 걸어갔다. 네가 종이공장으로 건너가는 건널목까지 걸어가는 모습을 보고, 나도 바지를 꿰입고 바깥으로 나갔다. 하늘은 파란데, 안개가 낀 것처럼 눈앞이 찰나 희부옜다. 너는 이 마을의 지도를 그릴 수 있는 것처럼 익숙한 동작으로 이차선 도로를 건너 종이공장 건널목에서 기찻길의 왼쪽으로 걸어갔다. 나는 빈곤한 기찻길 앞에 서서, 나뭇가지 사이로 부서지는 햇살이 눈이 부셔 실눈을 뜨고 침을 삼켰다. 알코올은 틀림없이 한 방울의 액체인데, 몸을 적시기는커녕 가뭄을 재촉하고 사막을 넓혔다. 적시는 데도 외려 건조해지는 까닭이 신기했다. 알코올은 연기가 나지 않는 불장난처럼 나는 설레고 어린 마음이 되었다. 깜깜한 밤들을 헤엄치던 물고기가 가문 흙바닥에서 버둥거리듯 내 혀가 꿈틀거렸다.

"……빈 술병 속에 들어 있는 것 같아."

"벙어리는 아니었네요. 혹시 우리 어디선가 보지 않았어요?"

그 말에 나는 네 얼굴을 빤히 쳐다봤다. 너는 수줍은 듯 웃고는 머리를 쓸어 넘겼다. 나는 괜스레 몸이 달아 헛기침을 하고 주위를 둘러봤다.

"시애틀의 안개는 거짓말이었어요. 그건 영화나 광고에 나오는 얘기였어요."

그러나 눈앞의 안개는 점점 부예지고 있었다. 소실점이 보이지 않는 한 줄기 기찻길만 빼고 안개에 포위된 것 같았다. 나는 침목만 밟으면서 사뿐사뿐 걸어가려고 하는데, 너는 쇄석을 자박자박 밟았다. 풀숲에서 후드득 뭔가 움직였다. 식물은 동물의 기척을 내고, 동물은 사람의 시늉을 했다. 식물의 홀씨가 날아올랐다. 펜스와 관목의 담과

덤불과 나무밖에 보이지 않았다.

"안개는…… 거짓말이 아니에요. 여기서 서쪽 끝으로만 가도 안개를 볼 수 있어요. 나는 안개가 지겨워요. 늘 바다만 보았어요. 바다의 포말에서 밀려온 거대한 안개는, 그 입자가 비가 내리는 것 같았어요. 검은 모래, 발가락에선 모래가 떨어질 날이 없었어요. 하루에 서너 번씩 청소기를 돌려도, 베갯잇에, 목욕탕의 거름망에 모래가 갈근거렸어요. 나는 모래가 묻은 이불을 털려고 현관으로 나왔다가, 이불깃을 쥔 채 바닷가까지 걸어갔다 되돌아오고는 했어요. 남편은 몰랐겠죠. 그는 모래보다 두꺼운 먼지가 수북한 골동품 가게에서 온종일 있었으니까요. 그 사람이 왜 태평양이 시작되는 해안으로 가 누군가의 영혼이 묻어 있는 것 같은 가겔 열었는지 모르겠어요. 어쩌다 골동품 가겔 찾아가면 마당에 세워진 입간판만 봐도 온몸이 가려웠어요. 낡은 닻줄과 부표가 주렁주렁 매달린 파란색 간판이었어요. 나는 한 번도 남편의 가게에 들어가본 적이 없어요. 그냥 되돌아와 안개가 잔뜩 낀 바다를 서성거렸어요. 안개는 차가웠어요. 모래밭과 바다는 끝이 없었어요. 마치, 세상의 벽은 바다인 것 같았어요. 늘 종아리가 시렸어요. 안개 때문에 낮인 건지, 밤인 건지, 아침인 건지 구분할 수 없었어요. 정말 길을 잃어버리기도 했어요. 남편은 나를 찾으러 나왔다 길이 엇갈릴까봐 아예 찾으러 나오지 않는다고 했어요. 남편은 내가 안개에서 길을 잃을 거라고, 집으로 돌아오지 못할 거라고 말했어요. 더이상 갈 곳이 없다고 생각했을 때 나는 정류장에 우두커니 앉아 남편의 골동품 가게를 바라봤어요. 그곳은 바다보다 더 막막했어요. 나는 더한 안개 속을 헤매는 것 같았지요. 가끔 버스가 서면 나도 모르게 거기에 올라 종점인 도시까지 가기도 했어요. 그러고는 온종일 헤매다 다시 돌아오면 안개였지요. 나는 다시 안개의 바닷가에 앉아 있었지요. 늘 서쪽만 바라보았지요. 그 바다를 헤엄쳐갈 수 있다면…… 내가 돌아 가지 않은 건지, 길을 잃어버린 건지 가끔 헷갈려요."

"형도 알고 있어요?"

뭘? 하는 표정이었다가, 너는 내가 무엇에 실망했고, 무엇을 궁금 해하는지 단박 알아챈 눈치였다.

"슈어. 형도 퍼시픽비치에 와본 적이 있다고 했어요. 그 사람도 그 곳의 해무를 본 적이 있다고. 올림피아에 집을 장만한 첫해였다고 했 어요. 아내와 아이랑 캠핑카를 빌려 사흘이나 머물렀다고 했어요. 그 때 끓여 먹은 라면이 기가 막혔다고. 아이랑 한 줄에 열 개나 달린 연 을 날렸다고. 조그만 우체국이 예뻐 처음으로 엽서를 써봤노라고. 아 이에게 푸른색 상어 인형을 사줬노라고. 그때가 가장 행복한 시절이 었는지 모르겠다고. 밤이 찾아오자 아내와 와인을 한잔씩 따라 마주 앉아 새로 지을 집을 꿈꾸며 공책에 조감도를 그렸다고 했어요. 아내 가 고마운 사람이었다고 했죠. 식당 일을 돕는 것도 모자라, 자격증을 따서 간병인 생활을 했고, 주말이면 웨이트리스를 했다고요. 그동안 의 노고를 치하하며 오랜만에 서로를 품었다고 했어요. 그때의 밤이 영원했으면 좋겠다고 했어요. 그래서 정원 일에 필요한 물건이 있으 면 일부러 애버딘까지 구경 삼아 오기도 했다고. 애버딘에서 바닷가 로 가는 숲은 빗보다 더 촘촘한데, 그 나무를 보면 집을 짓고 싶어진 다고. 정류장에서 우연히 만났을 때 나를 아는 사람인 줄 착각했더라 고요. 때마침 나와 똑같은 생각을 하고 있었더라고요. 안개를 보니까

독한 술이 마시고 싶었다고. 내가 그곳에서 처음 맞이한 손님이었어요. 고향으로 돌아가 조갯국, 왜 손톱만 하고 까만, 밀물과 썰물이 만나는 하구의 모래펄에 산다는 그 조개를 끓인 뽀얀 국물에 소주를 마시고 싶었다고. 어쩌면 그때 안개 저편에 보이던 그림자가 나였을지도 모르겠다고. 돈을 모으면 함께 태평양을 건너, 이 안개를 벗어나, 화개던가…… 꽃이 가장 먼저 핀다는 남쪽으로 가자고. 아이의 나이와 같은 나이까지 살았던 그곳에서 그림 같은 집을 짓고, 추수감사절엔 뒤꼍에 심은 마늘을 수확해 함께 다듬고 터키 요리를 해서 파티를 열자 했어요…… 웃긴 얘기죠. 오히려 그 약속은 곧 여행에서 돌아갈 당신이 더 쉽게 지켜줄 수 있는 건데. 앗, 건널목이다. 예쁘다. 윈도 화면 같아."

너는 내가 묻지도 않은 말을, 내가 취했을 때 보았던 안개보다 더 아득한 이야기를 또렷이 들려줬다. 그러고는 너는 마치 결승점이라도 되는 것처럼 달려갔다. 그러나 너무 오래 걸어온 탓인지 너는 얼마 가지 못해 지쳐, 몸을 기역자로 꺾어 무릎을 짚고 숨을 거칠게 몰아쉬었다.

"목이 말라."

저만치 윈도의 바탕화면 같은 마을이 보이나, 기찻길은 그곳과 나란할 뿐, 합류하지 않았다. 너는 자연이 예쁘고, 놀랍고, 무섭고, 웃긴 모양이었지만, 나는 자연이 번거롭기만 했다. 어쩐지 네가 재첩이라는 이름을 아는데도, 그냥 조갯국이라고 모른 체하는 것이라고 의심이 들며 심술이 났다.

너는 침목 하나에 한 가지씩 소원을 빌듯 신중하게 걸어갔다. 그러다 그것이 지루한지 한 개의 철로에 올라 두 팔을 벌리고 걸어갔다.

그러나 열 걸음도 못 가서 너는 철로에서 떨어져 무릎을 찧고 말았다. 나는 걱정이 돼 달려갔다. 너는 아무렇지도 않은 듯 웃었다. 나는 그제야 네 눈이 안개처럼 멍청하게 흐려 있다는 걸 알아챘다. 너는 다시 기찻길을 따라 흔들흔들 걸어갔다. 그것은 네가 형의 집으로 들어올 때와 같은 동작이었는데, 어쩌면 너는 길 위로만 나서면 그렇게 흔들리고 있는지도 몰랐다.

"저기 눈 덮인 산 좀 봐. 저 산까지 걸어가보고 싶어. 아, 낮달이네. 달의 발자국이 다 보일 것 같아. 저기 풀밭에서 포도주를 마시면 근사할 거야."

너는 끊임없이 말을 흘리면서 걸어가다가, 갑자기 기찻길의 두둑으로 내려가 가시덤불로 손을 뻗었다. 너는 가시에 찔렸는지 새된 비명을 질렀다. 나는 걱정이 돼 너를 향해 달려갔다. 하지만 너는 나를 가까이 오게 하기 위한 유혹이었는지 싱긋이 웃고는 검붉은 물이 든 손가락을 쪽쪽 빨았다. 나는 갑자기 오줌이 마려웠다. 나는 네가 서 있는 가시덤불의 반대편 두둑으로 내려갔다. 오줌이 시원하게 나오지 않았다. 나는 눈을 감고 아랫배에 온 정신을 집중했다. 겨우 오줌줄기가 쏟아지려는데, 네가 또 어떤 기척을 내는 바람에 오줌이 정강이와 발등에 흩어졌다. 씨발, 나는 자꾸 네 존재를 일깨우는 네가 점점 성가셔졌다.

"목이 말라."

내가 모자란 안개를 뒤지러 걸어온 기찻길을 걸어가는데 또 너의 비명이 들렸다. 얼핏 돌아보니 라쿤이 까마귀를 뜯어먹고 있었다. 기찻길 한가운데 주저앉은 네 헐벗은 오른발을 쳐다보고 있는데, 나는 그만 한쪽 발을 접질리고 말았다. 부서진 침목에 발이 찔린 모양이었다. 갑자기 안개가 점점 뿌예졌고, 내 입은 그 안개를 들이마셨다. 안개의 입자들이 내가 기억하지 못하는 말이 되어, 땅으로 흘러내렸다. 그 말들은 쇄석처럼 단단하고 날카로웠다. 눈물이라도 대령할까, 말 잘 듣는 배우가 돼줄까. 나는 급격하게 흐려지는 머릿속을 도리질하며 너를 노려봤다. 나는 전혀 취하지 않았고, 다만 네가 흔들릴 뿐이었다. 너는 끊임없이 내게 무어라 말을 건네지만, 나는 정말 외계인인 걸까. 네 말의 행간을 하나도 읽어낼 수가 없다.

나는 어쩔 수 없이 나만의 언어로 소통을 시도한다. 외계의, 안개의 그곳에선 딱 한 모금이었다고 생각되는 술의 기운을 빌미로, 내 온 진심을 다한다. 정직해진다. 따르지 않은 술처럼 참았던 건 비겁한 것이었다. 사랑은 말하여야 하는 것, 내 진심을 다해 고백하는 것이었다. 그 외계의 말 속에 안개의 한 세월이, 내 밤의 여행에서 보았던 풍경이, 별의 무리들이, 안개의 입자처럼 쏟아진다. 나는 오래 걸었던 발처럼 입이 더러웠다. 모래를 밟았던 발처럼 입이 서걱거렸다. 안개를 헤맸던 발처럼 입이 지워졌다. 내 입속에 거미줄처럼 낀 안개를 토해내야 나는 비로소 사랑할 수 있는 입이 될 것이다. 마시고, 취하고, 더러워진 입으로는 사랑할 수 없다. 나는 산뜻해진 입으로 네게 입 맞출 것이다. 나는 너의 거울상이 되어 한없이 수다스러워진다.

"씨바알녀언, 더러업게 시끄러업네, 이놈 저놈 아무 데나 가랑이를 벌리는 창녀 주제에. 보지에 먼지가 잔뜩 껴서 미원 냄새가 나. 주둥아리가 두 개라서 그렇게 시끄럽냐. 흑인 갱단한테 강간이나 당해라. 너구리한테 콱 잡혀먹어라, 더런 년. 검둥이들이 합창단으로 강간해

도 배드민턴 치듯 받아낼 년. 스칸디나비아까지 떠내려가서 얼어 뒈
져라."

지진이 일어나 북극까지 흘러간 건 아닐까. 어쩌면 안개보다 더 먼
외계로 실려 온 게 아닐까. 온몸이 흔들리고 머릿속이 출렁거렸다. 게
슴츠레 뜬 눈 위로 세상이 흔들렸다.

"어디 갔니?"

그 질문을 따라가니 형이 변기 물을 내리고 있는 모습이 올려다보
였다. 나는 타일 바닥에 널브러져 있었다. 하얀 변기 주위에는 토사물
이 점점이 붙어 있었다.

"어디 갔냐니까?"

나는 형의 말을 전혀 알아듣지 못하는 멍청한 눈빛으로 비칠거리며
일어났다. 그러나 시간의 무게가 네가 빠져나간 몫만큼 가벼워지고
성급해진 것일까, 나는 몇 발짝 떼지 않아 변기에 무릎을 부딪치고 나
동그라졌다. 형은 바닥에 널브러진 나를 경멸스러운 표정으로 내려다
보다, 어둑어둑한 식탁으로 걸어가 공책을 한 장 한 장 넘겼다. 어떤
행운도 약속할 수 없는, 시간이 만료된 복권을 보는 듯한 표정이었다.

나는 시차적응에 실패한 외계인처럼 형을 둘러싼 풍경을 둘러봤다.
한순간 형과 내 그림자가 포개져 시간의 무게가 한없이 느려졌다. 술
병에 꽂힌 라벤더는 시들고, 창틀에 세워진 코르크마개는 콧숨처럼
얇은 바람에도 설거지대로 굴렀다. 고수 잎은 물크러졌고, 과일엔 초
파리가 엉겼다. 냉동실의 통조림과 포장된 음식만 안전할 것이었다.
그 장면들은 안개 없이 생생했고, 어쩌면 그래서 너의 부재가 더 실감

났는지도 모르겠다.

"술 마신 거야?"

형은 네가 숨바꼭질이라도 하고 있다고 믿는지, 소파와 식탁과 서랍장과 냉장고를 뒤져 네 지문이 남아 있는 술병들을 끄집어냈다. 대개 빈 술병이었지만, 딱 하나 한 모금도 비지 않은 술병이 들려 있었다. 그것을 보자 나는 세상에서 가장 큰 갈증을 느꼈다.

"두더진 잡았어?"

"어디 간 거냐니까? 또 술 처먹고 개한테 무슨 짓을 한 건데? 또 무슨 헛소릴 지껄인 건데?"

"헛소리라니? 형이야말로 헛꿈을 꾸고 있는 거야. 걔가 무슨 형이랑 결혼이라도 할 거라고 착각한 것 아냐? 걘 그냥 술에 환장해서 아무 데나 돌아다니는 행려나 마찬가지야. 아마 형 집에 머물렀던 며칠을 하나도 기억하지 못할걸. 형도 그냥 꿈이었다고 생각해, 안개처럼 흐릿한 꿈이었을 거야."

형은 술병을 집어던졌다. 안개는…… 남아 있었다. 형은 이 집의 주인이 맞았다. 내가 그토록 목이 말라 찾아 헤맸던 안개를 형은 어떻게 알았을까. 술병은 깨지지 않았다. 이루지 못할 약속을 담은 공책이 술을 핥았다. 공책이 절반의 술을 마시고, 술병은 딱 절반이 남아, 낮과 밤처럼 절반으로 출렁였다. 다행이다. 절반이라도 남지 않았다면, 나는 바닥에 흐른 술을 핥아먹었을지도 모른다. 형은 술에 취한 공책을 들어 찢어버리려고 애썼다. 그러나 악력이 모자라, 공책의 턱이나 입술일 아랫부분을 그러쥐곤 비틀고, 구부리고, 흔들다 얼굴이 시뻘게졌다. 나는 매가리가 모자란 형이 안쓰럽고 우스꽝스러워서 나도 모르게 웃음을 터뜨렸다. 한 아름 변기를 안고 손가락질을 하며 깔깔 거렸다. 형은 공책도 벽을 향해 집어던졌다. 그 공책의 텅 빈 술병처 럼 몇 자 안 되는, 이루지 못할 약속들이 위스키 색으로 물들었다.

"뭐? 넌 늘 날 부끄러워했어. 넌 내가 너보다 열등하다고 무시했어. 넌 다 가져놓고도, 내가 하나라도 가지려면 빼앗지 못해 안달했어. 왜 툭하면 여길 와서 날 괴롭히는 건데. 뭘 또 수작하려고 자꾸 여길 기 웃거리는 건데. 개새끼, 개만도 못한 새끼. 그래, 그냥 난 개새끼라고 해두자. 개 버릇 못 주고, 그래 실컷 처마셔라."

형은 내 뒷덜미를 쥐고 변기 속에 내 얼굴을 집어넣었다. 내 갈증을 이해하고 있는 걸 보면, 형은 내 형이, 가족이 분명했다.

나는 공책을 덮는다. 오랫동안 약속을 생각하다보니, 어쩐지 어제 와 오늘이, 어쩌면 오늘과 내일이 형과 나…… 너 사이의 거리가, 조 갯국을 먹을 수 있는 남쪽 강에서, 인디언이 쫓겨났던 벼랑의 기찻길 까지…… 어떤 세월의 간극인 듯, 세상의 모든 욕망들이 익어야 하는 속도인 듯 멀고 가깝다.

나는 내일로 도착하고, 어제는 오늘이 되었다. 내가 어제인 오늘로 돌아가면 안개의 내용은 달라질 수 있을까, 네가 사라진 그곳을 따라 가게 될까, 너와 나는 안개 어딘가에서 마주칠 수 있지 않을까…… 그러나 안개는 걷히고, 내게 익숙한 풍경이 점점 가까워진다. 나는 이 곳을 떠나 그곳에 도착하며 하루를 벌었고, 그곳을 떠나 이곳에 다다 르며 하루를 잃었다. 내가 벌었던 하루를 나는 잃었다. 나는 하루를 더 살았고, 하루를 잃었다. 그렇게 기억은 같아지는 것일까? 나는 사라질 거야. 돌아갈 곳이 있지. 넌 혼자 남겨지고, 내게 넌 풍경일 뿐이야. 시위하듯 너는 혹은 형은 트렁크가 사라진 벽장의 어둠 속에서 그렇게 등을 보이고 웅크리고 있을지도 모른다.

바다가 보인다. 잿빛 물결과 검은 개펄과 붉은 함초. 바다로 이어지는 수 갈래의 강물이 보인다. 나는 강물을 오래 들여다본다. 귓속에 물결이 진다. 강물이 차곡차곡 쌓인다. 하구에서 짠물이 민물을 밀듯 부푸는 마음이 모래처럼 아리다. 바다는 하구로 들어가고, 모래와 개펄 그 얕은 곳엔 검은자위처럼 검은 조개가 묻혀 있을 것이다. 그것을 끓이면 젖빛 뽀얀 국물이 우러나고, 삼키면 속이 시원하다고 했다. 하구는 조개의 고향이고, 목마른 누군가의 고향이기도 하다. 나는 조갯국을 먹으러 남쪽으로 갈 것이다. 그곳에 도착할 때까지는 어쩐지 저 물을 다 마셔도…… 나는 그대로 목이 마를 것 같다.

---

* 제목은 기욤 아폴리네르의 시 「포도월」(『알코올』, 이규현 옮김, 문학과지성사, 2001)에서 빌려왔다. 「포도월」은 구두점을 찍지 않은 최초의 현대시이다.

작가의 말

 오래전부터 술의 문제로 이국으로 떠나 우연히 만난 남자와 여자의 이야기를 쓰고 싶었다. 「포도밭에서 너처럼 목이 말라」란 제목을 정하고, 술이 익듯 그와 관련된 메모가 차기를 기다렸다. 마르그리트 뒤라스의 『모데라토 칸타빌레』와 오에 겐자부로의 『만엔 원년의 풋볼』을 읽으면서, 한 손에 술병을 놓지 않은 여인들에 매혹돼, 그 소설들을 이야기할 수 있는 등장인물이었으면 좋겠다고 생각했다. 그래서 처음엔 1년에 책을 스무 권 남짓 읽는 두 사람이 주인공이었다. 첫 장편소설을 낸 지 2주 만에 시애틀에 가게 됐다. 풍문으로 비와 안개의 도시인 그곳이 이 소설과 무척 잘 어울리겠다고 생각했다. 나는 인디언 멸망사와 아폴리네르의 『알코올』, 내 첫 장편소설만을 가방에 챙겼다. 그러나 그곳의 여름, 비는 한 방울도 보지 못했고, 대기는 투명했으며, 나는 기억하는 한 가장 오랜 시간을 금주했다. 아무 책도 읽지 않았다. 그래서 인물들은 책을 읽지 않았고, 그곳의 건강한 시간들이 틈틈이 이런 모양으로 남게 되었다. 천천히 오래 술을 마시고 싶다. 가능하다면 취해도 재치 있는 사람이 되고 싶다.

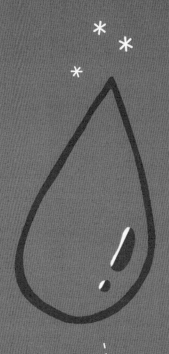

정재민

아름다운 석양의
달콤함

정재민
2011년 중편소설 「미스터리 존재방식」으로 동아일보 신춘문예 당선.

호텔 전면이 보일 때까지 뒤로 물러났다. 경계를 알 수 없이 뒤섞여 있는 붉은색과 푸른색의 구름이 호텔을 감싸고 있다. 구름은 휘몰아치는 물결과 같아, 시선도 그 물살 속으로 빨려들어가고 있다. 이럴 때면 어떤 장면이 떠오른다. 담배연기에 호텔이 잠시 흐릿해지고 극히 날카로운 칼날이 호텔의 외벽을 소리 없이 벗겨낸다. 사람들은 벽이 사라진 줄도 모르고 하던 일을 계속한다. 석양이 진다는 것은 실내의 조명이 더 밝아진다는 것을 뜻하고, 구조상 객실 침대는 창문을 향하고 있다. 상당수가 침대 위에 있다. 섹스만은 아니다. 침대 위로 다양한 체위가 보이지만 그냥 누워 있는 사람들과 TV를 보는 사람들도 많다. 다른 모습도 눈에 들어온다. 하우스키퍼가 객실을 정리하는 것이 보인다. 정리가 끝난 객실을 확인하기 위해 체크리스트 판을 들고 있는 인스펙터의 모습도 보인다. 객실 아래쪽으로 컨벤션 홀과 헬스 클럽이 보이고, 1층의 프런트 데스크는 저녁 시간이라 한 명만 근무하고 있다. 고객 한 사람이 프런트 데스크에 기대어 있는 것과 벨맨이 고객의 짐을 엘리베이터 쪽으로 나르는 것도 보인다. 엘리베이터 문 뒤로 수직으로 뻗어 있는 어둡고 긴 통로 중간에 시선이 멈춘다. 통로 중간에는 밝은 빛에 휩싸인 공간이 있고, 1층 레스토랑에서 만들어진 음식이 천천히 움직이고 있다. 커다란 생명체의 소화기관 같다. 각자 자신에게 정해진 동선에 따라 착실히 움직이고 있다. 내가 들어갈 2층의 인사과로 시선을 돌렸다. 시계를 보니 저녁 시간이 끝나가고 있다. 담배를 끄고 호텔 쪽으로 발걸음을 옮긴다.

인사(人事)를 영어로 하면 휴먼 리소스 매니지먼트(Human Resource Management)다. 그러니까 리소스이고, 매니지먼트인 것이다. 직업 때문인지 습관적으로 사람을 관찰하고 평가하곤 하는데, 같은 부서에 있는 사람도 예외가 아니다. 그래서 오부장이 나지막한 목소리로 나에게 말했을 때 무슨 일인가 싶었다. 좋은 일이든 나쁜 일이든 다른 사람들보다 한 톤 높은 목소리로 말하는 오부장이기 때문이다. 나를 기다리고 있었는지 사무실로 들어가자 바로 말을 걸었다.

"김과장. 레스토랑 총 주방장 무슨 일인지 좀 알아봐. 사흘째 무단결근이래. 사장님이 묻더라. 집 전화도 안 받던데?"

나중에 들은 바로는 사장은 묻기만 한 것이 아니었다. 프런트 데스크 앞이었고, 큰소리로 화를 냈다고 들었다. 인사과 부장이면 한 직원의 무단결근은 쉽게 놓칠 수 있는 자리다. 하지만 호텔의 요즘 상황을 생각하면 사장도 이해가 된다. 오부장이 사촌동생이어서 더 화가 났는지도 모른다. 나는 입술을 곱씹어 오부장의 심란함에 묵묵한 동의를 보냈다. 그리고 이셰프가 최근에 혼자 사는 것도 떠올랐다. 집 전화도 받지 않으면 연락할 방법이 마땅치 않다.

"그나마 박과장밖에 없겠네요."

"그래. 주방에서 같이 지내온 게 10년이니, 짐작 가는 게 있을지도…… 한번 가봐. 혹시 무슨 사고는 아닌지 모르겠다."

나도 그 생각을 했다. 이셰프는 사고가 나서 휠체어 신세를 지고 있더라도 주방에 나올 사람이다. 인사과를 나와 은회색 카펫을 따라 1층을 향했다. 만약 사고라면 호텔로서는 난감한 상황이다.

신규 호텔들이 계속 생겨났다. 우리 호텔의 시설은 점차 뒤떨어졌지만, 전체를 리모델링할 수는 없었다. 비슷한 처지의 주변 호텔들은 자신만의 색깔을 찾기 시작했다. 길 건너 호텔은 예술 전시회를 유치해 고급스러운 이미지를 부각시켰다. 유명 화가나 사진작가의 작품 전시회를 열었고, 경매를 준비한다는 소문도 들렸다. 다른 호텔은 사무 서비스를 저렴하게 제공하기 시작했다. 우리 호텔은 원래의 강점인 레스토랑을 리모델링했다. 최근에는 『미슐랭』이라는 세계적인 레스토랑 평가 매거진이 주목한다는 소문도 있다. 그리고 앞으로 두 달은 주요 행사가 많다. 사장이 레스토랑에 신경을 쓸 수밖에 없는 상황이다. 그래서 이연호 셰프는 사장에게 일개 요리사가 아니다.

이연호 셰프는 정말로 일개 요리사가 아니다. 르 코르동 블루라는 유명한 프랑스 요리학교 출신으로 사람들은 프랑스 요리 하면 이셰프를 다섯 손가락 안에 꼽는다. 우리 호텔이 명색을 유지하는 것은 레스토랑 때문이라고도 한다. 특히 그의 케이크와 디저트는 전문 파티시에보다도 낫다는 평이다. 난 단맛을 싫어해서 별로지만.

이셰프는 직원들도 잘 이끌었다. 솔선수범에 조력자 스타일의 리더였다. 조용한 성격으로 매사가 꼼꼼해서 제일 먼저 출근해 식자재를 챙겼다. 20년 넘는 경력에 쉰이 넘은 나이로 직접 칼을 잡는 사람은 드물다고 들었다. 레스토랑에 대한 애정도 남달라 리모델링할 때 인테리어 전문가와 색상, 분위기까지 챙겼다고 했다. 조리부에서는 그에 대한 존경심을 상징하는 호칭으로 그를 셰프라고 부른다. 그 이름을 부를 때 그들의 눈빛에서는 종종 소년의 모습이 보인다.

리셉션을 지나 레스토랑으로 들어갔다. 대리석 위의 은색 카펫이 분위기를 바꾸었다. 홀을 거쳐 주방으로 향했다. 서버들의 고급스러운 웃음. 자신만만하고 친절하며 사려 깊은 저 웃음을 만들기 위해 들어가는 서비스 교육비용이 떠올랐다. 저녁 시간이 한창이라 빈 테이블을 찾기 어려웠다. 스테인리스 철문을 밀고 주방으로 들어가자 완전히 다른 분위기를 느꼈다. 하얀 타일이 사방을 둘러싼 주방에서 맨 먼저 들린 것은 박과장의 고함 소리였다.

"이리 와서 좀 봐봐. 이게 아니잖아."

한쪽에서는 주문 전표를 부르는 소리가 들렸다.

"마리네로 농어 두 개 추가요. 브레제로 메추라기 추가요. 7번 테이블에 트뤼페……"

박과장에게 대답하는 요리사의 말소리가 들렸다. 스테인리스 트레이들에 가려 얼굴이 보이지는 않았지만 흥분한 목소리였다.

"이건 그라티네로 주문 들어온 거예요. 지난 이틀 동안 계속 이렇게 나갔다구요."

주문 전표를 부르는 목소리는 건조하게 계속 흘렀다.

"5번 테이블 프리프루로 레몬 타르트하고 다쿠아즈요……"

두 사람은 아랑곳하지 않았다.

"이게 무슨 그라티네야, 아예 다 태운 거지. 이걸 좀 보라고, 이걸. 너 이거 다시 만들어. 난 이렇게 못 내보내."

"아우 진짜."

"아니. 이런 식으로 해서 『미슐랭』에서 별은 무슨 별?"

평소에도 전쟁터 같은 주방 분위기는 알고 있었다. 그러나 그것만이 아니었다. 주방 분위기는 군대와 같다. 하룻밤 수십에서 수백의 요리가 똑같은 맛으로 나오려면 일사불란함이 중요하다. 또한, 도제식으로 접시닦이부터 시작하는 주방은 때론 군대보다 더 군대 같다. 욕설과 고함이 난무하고, 엄격한 서열이 있다. 그리고 이셰프가 질러야 할 욕설과 고함은 지금껏 박과장이 대신했고, 아무도 이의를 제기할 수 없었다. 그런데 보조 조리원이 박과장에게 대들고 있는 것이다. 더구나 '이 자식이 지금 어디서! 확!'으로 시작했어야 할 박과장은 『미슐랭』 따위를 들먹이고 있다. 박과장과 나머지 요리사들 사이에 어떤 선이 그어져 있는 듯 보였다. 그 선은 박과장 뒤편의 요리사들끼리 주고받는 눈빛에서 어둡게 드러났다. 박과장은 산적 같은 덩치로 씩씩거리고 있을 뿐이었다. 내가 있을 분위기가 아닌 것 같아 주방을 나와 카운터로 갔다. 카운터 이주임을 통해 박과장에게 메시지를 남겼다. 한가해지면 주차장 쪽으로 나와서 담배나 한 대 피우자는 내용이었다. 아무래도 호텔 바깥이, 담배와 함께하는 것이 이야기가 쉽게 나오기 때문이다. 난 먼저 주차장 쪽으로 가 있기로 했다.

얼마 후 박과장은 주차장으로 걸어나오며 담배를 입에 물었다. 주머니를 뒤적이는 것이 라이터가 없는 듯했다. 아까 주방 이야기는 묻지 않기로 했다. 괜히 방어적으로 나와 들어야 할 이야기를 못 들을 것 같았기 때문이다. 두 손으로 불을 붙여주며 부드럽게 물었다.

"이부장님 무슨 일 있나요? 무단결근이 사흘쨌데요. 연락이 안 되네요. 집 전화도 안 받으시고……"

박과장은 정면으로 길게 담배연기를 내뿜고는 내 쪽을 짧게 바라봤다. 그리고 다시 정면을 보며 말했다.

"아까 저녁 무렵에 문자 한 통 왔어요. 피곤해서 몸이 좀 안 좋다고, 며칠 좀 쉬었다 오신다고…… 뭐 그러실 만도 하죠."

이셰프는 몸이 아무리 안 좋아도 연락 없이 결근할 사람이 아니다. 박과장도 사흘 동안 가만있을 사람이 아니다. 사고 아니냐며 먼저 난리쳤을 사람이다. 그래서 박과장이 진짜 이유를 알고 있을 것이란 생각이 들었다. 일단 박과장의 의견에 동의를 표했다.

"알죠. 이부장님 일 열심히 하신 건 모두 알죠."

이셰프를 두둔하자, 박과장 표정이 묘하게 변했다. 무엇인가 있는 표정이었다. 둘 사이에 문제가 있나란 생각이 들었다. 그러나 그렇다면 단순한 박과장 성격에 이렇게 두둔만 하지는 않을 것 같았다.

문득 지난달 다른 호텔로 스카웃된 영업 담당이 떠올랐다. 이셰프도 스카웃 제의를 받았나 하는 생각이 들었다. 의욕적으로 신 메뉴를 개발했지만, 수지 타산이 맞지 않아 반려당한 일도 기억났다. 만약 자신의 레스토랑을 열고 싶어한다면? 그렇다면 몇몇을 데리고 나갈 수도 있다. 그것은 최악의 상황이다. 아니다. 이셰프는 그럴 사람은 아니다. 만약 그렇다면 오히려 사실을 말하고 인수인계를 철저히 할 사람이다. 박과장에게 이셰프에 대한 일을 좀더 물어봤다. 그러나 『미슐랭』 때문에 업무가 고되고 신 메뉴를 개발하느라 스트레스를 받았다

220

고 할 뿐 깊은 이야기는 나오지 않았다.

오부장은 이셰프에 대한 내 이야기에 고개를 끄덕였다. 만약 스카웃 제의를 받았거나 독립을 하려 한다면 대체할 리소스를 확보해야 한다. 보고가 필요한 사항이다. 이럴 때 오부장은 냉정하지 못하고 우유부단한 모습을 보이기도 한다. 사장과는 사촌형제이지만 때로 그것이 오부장을 옭아매고 있다. 그는 자신이 연줄로 이 자리에 있는 것이 아니란 것을 늘 증명하고 싶어한다.

오부장 하면 돈키호테가 떠오른다. 인사과와는 잘 어울리기도 하고, 전혀 안 어울리기도 한 사람이다. 좋아하는 일을 할 때는 타고난 인사과다. 주로 직원들의 사기를 북돋아주는 이벤트 같은 걸 즐긴다. 반대로 업무 프로세스를 정립하거나 규정을 보완하고, 경비 처리를 확인하거나 채용 계획, 평가 시스템, 사원 교육 같은 일을 하는 데는 젬병이다. 그런 일들은 대부분 내가 맡아서 한다. 오부장은 손을 하늘 위 구름 속에 넣고 있고, 난 두 발을 땅 위에 굳건히 대고 있는 사람이라고 보면 된다. 그렇다고 내가 오부장을 싫어할 것으로 생각하면 오산이다. 오히려 오부장이 있기에 내가 돋보인다는 것을 알기 때문이다. 그리고 오부장 뒤에는 사장이라는 휘광이 비친다.

"요새 혼자 산다던데, 몸이 많이 안 좋으면 큰일이잖아. 이부장이라면, 회사로서는 참 고마운 사람인데…… 집에 한번 찾아가봐. 집 전화도 안 받는다면 방법이 없네. 바람도 좀 쐬고."

오부장이 사실을 확인할 명분을 알려주며, 선심 쓰듯 말했다.

이셰프의 집은 분당의 꽤 괜찮은 오피스텔이었다. 내가 공식적으로 확인해야 할 사항은 두 가지였다. 그가 아픈 것이 맞는지, 회사를 계속 다닐 것인지. 개인적으로 궁금한 것은 그가 왜 무단결근을 했는지였다. 집 근처에서 전화를 해도 안 받았다. 결국, 현관 앞에 도착할 때까지도 전화를 받지 않았다. 만나더라도 솔직한 답을 들으리란 보장은 없었다. 이셰프와 개인적인 친분도 없다. 그런데 초인종을 누르자, 기다렸다는 듯이 '누구세요?'라는 평소 같은 이셰프의 목소리가 들렸다.

"안녕하세요, 부장님. 인사과 김과장입니다."

벨소리에 즉시 답했던 것과 달리, 바로 대답이 들리지 않았다. 잠시간의 정적 후에 현관문이 열렸다. 목소리와 달리 이셰프는 상당히 초췌했다. 평소에 흰머리는 있어도 주름 없고 하얀 피부 때문에 나이보다 젊게 보였던 이셰프다. 그러나 피부는 검게 죽어 있었고, 얼굴은 꺼칠했다. 걱정했던 스카웃이나 레스토랑 개업은 아니라고 생각했다. 건강상에 문제가 있나? 동그란 안경 너머로 보이는 그의 큰 눈에서는 아무런 감정도 나타나지 않았다.

그는 내가 찾아왔다는 것은 안중에도 없는 표정으로 천천히 고개를 끄덕였다. 감정 없는 눈은 흐릿했다. 어깨너머로 집 안을 훑어보며 말을 이었다.

"무슨 일 있으신 건 아닌가 걱정돼서 와봤습니다. 사장님도 걱정하세요, 부장님."

"네. 그러시군요."

다른 사람 이야기하는 듯한 어투였고, 벨소리에 대답하던 목소리와 달리 힘이 없었다. 누구를 기다렸던 것일까? 그러나 그러기엔 집 안이 엉망이었다. 커튼을 쳐서 어두웠지만 옷가지들이 소파에 여기저기 널려 있었다.

"괜찮으시면 잠깐 들어가도 될까요?"

이셰프는 느릿하게 대답했다.

"네. 그러세요."

거실 안쪽으로 이셰프를 따라 들어갔다. 술 냄새가 났다. 아직 점심 시간 전인데. 그리고 이셰프는 술을 즐기는 사람이 아닌데. 문제가 있는 것은 분명했다. 무엇보다 느릿한 대답이 평소의 이셰프 같지 않았다. 이셰프는 소파에 앉아 나에게도 앉으라는 손짓을 했다. 우리는 거실 벽면을 향해 나란히 앉았다. 소파 옆의 사방탁자 위에 소주병과 잔이 보였다. 안주는 보이지 않았다. 나는 이셰프를 보며 말했지만, 그는 벽을 보고 있었다.

"부장님. 혹시 무슨 일 있으세요? 왜 갑자기 며칠씩 안 나오시는 건지."

"좀 피곤해서요. 이거저거 준비하느라 지치기도 했고……"

개인적인 안면이 없는 사람의 집에 들어가, 소파에 나란히 앉아 있는 것은 어색했다. 더구나 그는 평소에 보던 것과는 많이 다른 모습을 보여주고 있었다. 그래서 나를 가깝게 여기는 것인지 무시하는 것인지 구분할 수 없었다. 술기운 때문인지 몰라도 모든 것을 다 드러내놓은 무방비 상태의 느낌이었다. 아니 무방비라기보다 자신에 대한 모든 것에 무관심해진 것 같다는 것이 정확할 것 같다. 이셰프는 내 말에 대답을 하긴 했지만 고개는 여전히 정면을 보고 있었다. 그가 무엇을 보고 있는지 궁금했다. 거실 벽면에는 사진이 두 장 걸려 있었는데, 음식 사진과 석양 사진이었다. 최근에 찍은 것 같았다. 두 액자는 새것이었고 고동색 원목 테두리로 같은 모양이었다. 석양이 눈에 익었다. 호텔 주차장에서 보는 석양과 닮아 있었다. 그리고 빨간 쿠키 또는 빵처럼 보이는 사진. 그 요리가 놓여 있는 테이블은 호텔 객실의 테이블이 분명했다. 좁고 동그란 검은색 티 테이블. 밝은 색깔의 그릇이 대비를 이뤘다. 이셰프는 그 사진들을 응시하고 있었다.

"부장님. 그럼 회사에는 언제 나오실 건가요? 다들 걱정해요. 특히 부하직원들이요."

부하직원들 이야기에 이셰프가 나를 힐끗 쳐다보며 말했다. 순간 분위기가 바뀐 것을 느꼈다.

"직원들이 뭐라고 하던가요?"

그는 나를 뚫어지게 쳐다봤다.

"네? ……"

예상치 못했던 날카로운 반응에 당황했다. 그는 나를 보다가 상관없다는 표정으로 바뀌었다. 그러곤 다시 고개를 벽으로 돌리며 말했다.

"몸이 안 좋아서 한동안 호텔에는 나가지 못할 것 같습니다. 병가…… 처리해주세요."

"어디가 안 좋으신데요? 병가 신청 절차는 우선 진단서와……"

"그럼 퇴직 처리해주시든가요."

난 급작스러운 말에 당황했다.

"아니, 퇴직이라뇨?"

"그냥. 좀 쉬고 싶습니다."

이셰프는 길게 한숨 쉬듯 말했다. 그리고 그는 옆에 있던 술잔을 들어 한 모금 넘겼다. 집을 나올 때까지 이셰프는 제대로 된 이야기를 하지 않았다. 지쳤다고, 쉬고 싶다고만 말했다. 나는 알았다고 했고, 퇴직 이야기는 못 들은 걸로 하겠다고 일어섰다. 뭔가 있는 것은 맞는데, 짐작할 수 없었다. 지난번 박과장의 모습이 떠올랐다. 혹시 직원과의 마찰로 이셰프가 큰 상처를 입은 것은 아닐까? 현관 쪽으로 걸어나오는 동안 개수대에 쌓여 있는 라면 봉지와 냄비 그릇들이 눈에 들어왔다. 이셰프라면 저럴 수 없다. 결벽증이 있는 것처럼 주방 청결을 챙기던 그가 아닌가? 오피스텔 1층으로 내려와 담배를 입에 물고는 그가 있던 11층을 올려다보았다. 그는 분명 다른 사람이었다.

오부장은 이셰프 이야기를 듣더니 표정이 굳고 자신이 직접 만나봐야겠다고 했다. 나도 그편이 좋겠다고 생각했다. 오부장은 이셰프가 입사할 때부터 회사에 있었고 연배도 위다. 나보다는 공감대 형성이 쉬울 수 있다고 생각했다. 그리고 사람들은 오부장에게 마음을 쉽게 터놓는다. 그건 오부장의 영역이다.

다음날 오부장은 이셰프를 만나기에 앞서 박과장부터 만나야겠다고 했다. 나는 협력업체와 미팅이 있어 외근을 나갔고, 오부장은 온종일 레스토랑 직원들과 면담을 했다. 그리고 그는 다음날 전후 사정을 알려줬다. 조직 내 갈등일 것이라고 예상했던 나는 어처구니없는 말을 들었다.

"이부장, 여자 때문이라는데?"

이야기를 다 듣자 주방의 장면이 이해됐고, 그들의 감정이 무엇인지 알 수 있었다. 그것은 배신감과 패배감이었다.

자신들이 믿고 따르던 그 우상이, 우리나라에서 프랑스 요리 하면 다섯 손가락 안에 꼽히던 그 우상이, 어디 가서 이연호 밑에서 배운다고 하면 다들 다르게 보던 그 우상이, 그만 어린 푸드 칼럼니스트에게 빠져 벌써 몇 달째 일을 못 하고 있다는 것이다. 그리고 사흘 전부터는 출근도 안 했다는 것이다. 어처구니없는 이야기는 그게 끝이 아니라 시작이었다.

몇 달 전 이셰프가 제안한 메뉴는 그 푸드 칼럼니스트를 위해 만든 메뉴였다. 리모델링을 하며 배치한 색도 모두 그녀 취향이었다. 점심 시간이 끝나면 주방에서 홀로 소주를 마시고 저녁에는 시음을 핑계로 와인을 마셨다. 이쯤 되면 그가 아무리 호텔에 세운 공이 크더라도 퇴직 징계감이다. 그러나 조리사들은 끝까지 그를 감쌌다고 했다. 특히 박과장의 신뢰는 절대적이라고 했다. 박과장은 그의 경험과 감각은 누구도 대신할 수 없다고 두둔했다는 것이다.

이셰프를 이해할 수 없었다. 고작 여자 문제로 그럴 사람이 아니기 때문이다. 이셰프라면……, 혈혈단신 프랑스로 건너가 고된 학업을 마치고, 우리 호텔의 레스토랑을 독보적인 위치에 올려놓은 사람이다. 그 나이에도 매일 아침 제일 먼저 출근해 식자재를 검수하고 조리도구 확인을 하는 사람. 나이를 생각해도 그렇다. 쉰이 넘은 나이다. 혹시 우리가 모르는 다른 이유가 있을지 모른다는 생각마저 들었다.

전해 들은 내용이 사실이라면 당장 이셰프를 퇴출해야 한다고 오부장에게 말했다. 그러나 오부장 이야기는 나와 같은 듯하면서도 조금 달랐다.

"알았어. 우선 이부장 대신할 수 있는 사람을 한번 알아봐. 그런데 그만한 사람 찾기가 어려울 거야. 그리고 지금부터 두 달이 중요한 거

알지? 지금 조리사들 분위기 보면 알겠지만 다른 사람이 온다고 해서 그 사람 말 잘 들을지 모르겠다. 솔직히 내 경험상, 박과장이 이부장 자리를 대신하는 게 그나마 가장 현실적인 거야."

일리 있었다. 휴먼 리소스가 까다로운 점이 그런 점이다. 그러나 주방에서 박과장과 다른 조리사가 언쟁하던 모습이 떠올라 쉽게 동의할 수 없었다. 그래서 나는 대신할 수 있는 후임을 알아보고 오부장은 다른 방법이 있는지 알아보기로 했다. 우리는 이셰프를 절망의 나락으로 떨어뜨린 그 푸드 칼럼니스트가 궁금했다. 도대체 어떤 여자이기에.

이셰프를 대신할 수 있는 사람들을 알아보기 시작했다. 우선 이셰프가 갖고 있던 타이틀 정도는 갖고 있어야 대외적으로 내세우기가 자연스럽다. 또 박과장보다 연차가 높아야 갈등이 덜 생길 것이다. 거기다 이연호 부장과 비슷한 스타일로 리드하는 사람이면 바랄 것이 없다고 생각했다. 그러나 세 가지 조건 중 하나라도 제대로 갖춘 사람 찾기가 어려웠다. 이셰프의 타이틀 정도를 구하려고 해도 인력 시장에 나와 있는 사람이 없었다. 프랑스 전문 레스토랑이나 다른 일류 호텔 요리사들의 명단을 파악해봤으나 쉽사리 끌어올 수 있을지도 의문이었다. 오부장 말대로 박과장을 내세우는 것이 가장 현실적이었다. 그러나 고객들은 불만사항을 늘어놓기 시작했다. 음식의 맛이 바뀌었다, 같은 음식이라도 맛의 차이가 난다, 주문 내용과 나온 음식이 일치하지 않는다…… 조리부가 흔들리고 있었다. 문제는 기술적인 것이 아니라 그들의 상실감 때문이라고 생각했다.

예상외로 오부장이 실력 발휘를 했다. 그는 일단 이셰프를 주방으로 불러들일 수 있었다. 두 달만 더 나와라. 그동안 어떻게든 대신할 사람을 찾겠다. 그처럼 아끼던 레스토랑이 망가져가는데, 이건 너무한 것 아니냐. 부하직원들을 생각해봐라. 당신만 믿고 더 좋은 조건 마다하고 온 사람도 있지 않으냐. 박과장…… 박과장 생각은 안 해봤느냐? 그 사람 끝까지 당신을 감싸더라. 오부장이 이야기한 것이 어떻게 먹혔는지 다음날부터 이셰프는 출근하기 시작했고 사장은 총 주방장을 불러 그동안 고생이 많았다는, 두 달 후에는 휴가라도 한번 다녀오라는 사정 모르는 소리를 했다.

나는 이연호 셰프가 주방으로 들어가는 모습을 보았다. 불륜을 저지른 아버지가 다시 집으로 들어가는 모습을 보는 듯했다. 자식들은 그를 따뜻하게 맞이해주었지만, 아버지의 열정과 혼은 어디론가 가버린 모습이었다. 두 달을 못 박고 다시 들어간 이셰프는 실무에서 손을 놓기 시작했고, 고객들의 불만도 지속됐다. 겉보기에는 평상시와 다름없지만, 뜨거운 주방 열기 아래의 얇은 살얼음이 덮인 느낌이었다.

오부장이 그녀가 누구인지 알려줬다. 이혜린. 인터넷 검색을 통해 그녀를 찾아봤다. 그녀의 글을 찾기는 쉬웠지만 사진을 찾을 수는 없었다. 그녀는 사진에도 무척 관심이 많고, 조예가 깊은 것처럼 보였다. 고정적으로 연재하고 있는 칼럼이 몇 개 되고, 댓글을 보면 고정 팬도 꽤 있는 것 같았다. 그녀의 글들은 다른 푸드 칼럼니스트와 달리 독설과 악평이 많았다. 그러나 읽어보면 일리가 있고 공정하다는 느낌을 주었다. 동일 집단에서의 인정보다는 대중들이 알아봐주는 것 같았다. 그녀가 괜찮다고 호평을 하는 레스토랑이 적기 때문에, 그녀의 호평이 더욱 빛났다. 그녀가 쓴 글 중에 연초에 우리 호텔 특집으로 몇 개의 칼럼이 실린 것이 보였다. 우리 레스토랑도 나쁜 평가가 많았다. 그러나 그렇지 않은 글이 있었고, 이연호 부장을 언급하고 있었다. 그 글을 읽자 이셰프의 집을 찾아갔던 날이 떠올랐다.

　푸드 칼럼니스트라는 직업을 가진 나는 때로 엉뚱한 사물에 맛을 대입해보곤 한다. 어제 남색 카디건이 잘 어울렸던 남자의 향수는 어떤 맛일까? 온통 불구덩이였던 유리 공장에서 본 파란 색소는 무슨 맛일까? 물론 이런 질문은 남들에게 드러내놓고 할 수 있는 것은 아니다. 며칠 전 기가 막힌 석양을 보았고, 내 자신에게 저 석양은 무슨 맛일까 하는 질문을 했다. 붉은색과 푸른색이 혼란스럽게 섞여 있던 석양이 아직도 생생한데, 그때 맛보았던 디저트가 이 붉은 로즈 마카롱이다.

　단맛에 어울리는 식감은 당연히 부드러움이다. 부드러울수록 파고듦이 강해지는 역설이 연애와 비슷하지 않은가? 정통 프랑스 요리로 잘 알려진 호텔 므왈레(Moelleux)의 이연호 부장이 선사하는 마카롱은 부드러움과 단맛의 극치다. 입안에 들어가는 순간 녹는다는 사전적 표현을 경험할 수 있는 행복함을 준다. 그러나 나 같은 직업을 가진 이들은 단맛을 느끼는 순간 동시에 슬픔을 느낀다. 강렬하지만 지속됨이 짧을 것을, 맛을 느끼는 동시에 예감하기 때문이다. 그래서 그때 아름다웠던 석양을 나는 연애의 달콤함으로 규정했다.

　이셰프 거실에 걸려 있던 두 장의 사진을 이해할 수 있었다. 아마

이혜린이 찍은 사진이었을 것이다. 칼럼에 실린 마카롱 사진은 레스토랑에서 찍은 것이었다. 그러나 이셰프의 거실에서 보았던 사진은 객실에서 찍은 것을 기억했다. 난 사진을 멍하니 바라보다, 인사과를 나와 호텔 주차장으로 나갔다. 그리고 평소처럼 석양이 지는 호텔을 바라보았고 담배를 한 대 꺼내 물었다.

여느 때처럼 하늘에서 날카로운 칼날이 내려와 벽면을 벗겨냈다. 난 시선을 1층 레스토랑에 맞췄다. 이셰프의 모습이 보였다. 이셰프는 평소와 다른 복장이다. 하얀 가운을 벗고 양복을 입은 채 레스토랑을 빠져나가고 있다. 1층 한구석이던 자신의 동선을 벗어나려는 순간이다. 한 손에는 빨강 마카롱이 담긴 접시를 들고 있다. 그는 빠른 걸음으로 레스토랑을 나와 귀빈용 엘리베이터로 향했다.

살얼음이 깨진 것은 이틀 뒤였다. 못 참겠던 큰아들이 아버지에게 대들었다고 할 수 있겠다. 박과장은 조리사들이 있는 데서 이셰프에게 심하게 소리를 질렀고, 이셰프는 묵묵히 와인을 마셨다고, 카운터에 있는 이주임을 통해 들었다. 박과장의 행동은 정당했다. 그러니까 이셰프는 주방에서 이혜린의 생일 이벤트를 위해 코스를 준비하다가, 이주임 표현을 빌리자면, '걸렸다'는 것이다. 박과장은 이셰프에게 제발 그만 좀 하시라고…… 정신 좀 차리시라고…… 다른 직원들 보기 부끄러우니 이러려면 차라리 나오질 마시라고. 마지막에는 목소리가 떨렸다고 했다.

이제 끝을 내야 한다고 생각했다. 이셰프가 있어봤자 도움도 안 되고, 회사 기강도 문란해져서, 더는 용납할 수 없는 수준에 이르렀다고 판단했다. 오부장도 내 의견에 고개를 끄덕였다. 그러나 사장에게 보고하기가 꺼려지는 듯했다. 당장 이셰프를 나가라고 할 텐데, 그만한 사람을 데려와야 하는 일이 생각보다 잘 진행되지 않고 있기 때문이다. 그는 오후 내내 생각하다 역시 그답다고밖에 할 수 없는, 역시 돈키호테라고밖에 할 수 없는 생각을 말했다. 그것은 그의 전문 분야이기도 했다.

"야. 아예 그 이벤트 대놓고 준비시켜보는 건 어때? 조리부도 같이."

가끔 오부장은 말도 안 되는 이야기를 말이 되게 이야기하는 재주가 있다. 지금 조리부에 가장 문제가 되는 것은 조직 내 단합이다. 만약 이셰프가 이벤트를 요리사들과 같이 준비하다보면 예전 분위기가 나올지 모른다. 그리고 만약 이벤트가 잘돼서 그 이혜린이라는 여자가 다시 돌아온다면, 그거야 더할 나위 없이 좋은 일 아니냐. 이셰프는 신 나서 일할 테고 어쩌면 우리는 양복을 얻어 입을지도 모르고. 만약 잘 안 돼도 그 이벤트를 준비하는 동안 팀워크가 다시 살아나 호텔 주방으로 돌아올지도 모른다. 그렇게까지 챙겨준 부하직원들을 이셰프가 버릴 수 있겠느냐는 말이다. 그리고 설령 이셰프가 오지 않더라도 박과장이 다른 직원들과 잘 융합할 기회가 될 것이 확실하다. 윗사람들이 알게 되면 내가 알아서 말할 테니 걱정은 하지 마라. 박과장 설득하는 것은 나에게 맡겨라. 사람들이 왜 오부장에게 속을 털어놓는지 이해할 것 같기도 한 순간이었다. 어쨌거나 그는 뒤에 휘광이 비치는 나의 직속 상사였다.

"본디 이벤트란 말야. 서프라이즈가 핵심이지. 서프라이즈는 비밀을 뜻하고, 비밀은 공유하는 사람들 사이에 설명할 수 없는 유대감을 만들거든? 계획은 내가 세울 테니 시키는 거 준비만 좀 해봐."

이럴 때 오부장은 놀랄 만한 추진력과 리더십을 보인다.

정말 그랬다. 박과장은 이셰프가 다시 칼을 잡는 걸 볼 수 있다면 까짓 거 못할 것 없다고 말했다. 어떤 조리사들은 멋도 모르고 재미있을 것 같다고 했다. 누구는 그 푸드 칼럼니스트가 레스토랑에 왔을 때 한 번 봤는데 정말 아름다웠다는 말도 했다. 분위기 파악을 못 하는 신입이긴 했다. 오부장이 계획한 이벤트는 꽤 그럴듯했다.

오부장은 그녀의 생일 다음날부터 근처 호텔에서 사진 전시회가 열리는 것을 알아냈다. 발이 넓은 오부장 후배가 있는 호텔이었다. 그녀도 좋아할 만한 전시라는 것을 그녀의 블로그를 통해서 알아냈다고 했다. 그리고 VIP 도슨트 초대장을 보낼 계획을 세웠다. 물론 초대장은 그녀 혼자만을 위한 것이다. 그녀가 사진전을 관람하다가 어느 구역으로 안내되면 테이블이 준비되어 있고 거기에 이셰프가 준비한 코스가 나오는 것이다. 그리고 이셰프와 그녀는 오붓하게 식사를 한다. 오부장이 아이디어를 전하자 이셰프도 마지못해 좋다고 했지만 꽤나 흥분하는 기색이었단다. 이셰프가 흥분하면 어떤 모습일지 상상이 되지 않았다. 조리부 직원들은 마치 아버지를 새장가 보내드리는 자식들 같은 기색을 보였다. 제대로만 된다면 오부장이 말한 여러 목적을 만족시킬 수 있을 것 같았다.

오랜만에 주방에 활기가 돌았다. 그동안 대놓고 말하지 못하던 이야기를 하게 돼 서먹하던 기운이 많이 사라졌다. 이셰프는 야속하리

만큼 생기가 넘쳐 메뉴를 준비했다. 프랑스 정찬 풀코스는 열 가지가 넘는 코스에 대략 3시간 이상이 소요된다. 그런 메뉴는 보통 레스토랑에서는 도저히 수지 타산을 맞출 수 없어서 쉽게 준비하지 않는다. 이셰프는 열두 가지 코스를 준비했다. 푸드 칼럼니스트를 상대하는 것이므로 이셰프와 박과장은 메뉴 선정에 꽤나 고심하는 것 같았다. 이셰프의 지시에 '아 예' 하며 깍듯하게 응대하는 박과장을 보며 조리부 요리사들은 오랜만에 안정감을 느끼기도 했다.

조리부 직원들의 손발이 맞으면서 고객들의 불만 사항도 적어진 것은 사실이었다. 그들은 동일한 목표를 두고 일치단결해나갔다. 박과장은 '우리에게 악평을 했던 푸드 칼럼니스트에게 제대로 된 실력을 보여준다'를 강조했다. 그러나 모든 이들에게는 이 이벤트가 성공하면 그 여자가 셰프에게 돌아올지 모른다는 묘한 분위기가 생겼다. 이렇게 모두 마음을 합쳐 노력하는데, 결실이 따르게 마련이라는 감상적인 기대였다. 오부장 역시 특유의 한 톤 높은 소리로 그들의 사기를 북돋아주었다. 그러나 나는 그렇게 생각하지 않았다.

나는 주로 실무적인 문제를 해결하는 데 초점을 맞췄다. 가는 것이 있으면 오는 것이 있어야 한다고, 내게 할당된 호텔 식사 초대권 대부분을 그쪽 호텔 담당자들에게 사용했다. 그쪽에서는 다음날 관람에 문제만 없도록 해달라고 말했고, 그런 일이 발생하지 않도록 조리원들을 교육시켜 전시물에 문제가 되지 않도록 했다. 또한 이셰프와 인력 문제를 확인해본 결과 조리부의 1/3 정도는 그쪽 호텔로 가야 했다. 이셰프와 상의해서 그날을 시즌 스페셜 데이로 해서 해산물 위주의 일부 메뉴를 강조했다. 2/3 인력만으로 정상 영업이 가능하도록 메뉴를 한정한 것이다.

하루는 평소처럼 저녁을 마치고 석양을 보며 담배를 피우고 있는데 이셰프가 다가왔다. 그는 무척 활기차 보였고 나를 향해 밝게 웃었다. 고맙다고 하더니 지난번 집에 찾아왔을 때 무뚝뚝하게 대한 것을 사과했다. 나는 마음에 두고 있던 일이 아니니 신경 쓰지 말라고 했다. 우리는 이벤트 시작 시간에 대한 이야기를 나눴고, 그는 잊고 있던 일이 생각났다며 아이처럼 흥분해서는 다시 호텔로 들어갔다. 과거의 이셰프라고 볼 수 없는 모습이었다. 그의 뒷모습을 보며 그가 많은 것을 잃고 있다고 생각했다. 그의 경력과 평판, 그리고 조리부원들에 대한 신뢰와 권위. 이 바닥은 의외로 좁다. 소문이 난다면 다른 곳에서도 일하기가 어려울 것이다. 그러나 무엇보다 그가 잃은 것은 그 자신이라는 생각이 들었다. 사라진 그는 어디에 있을까? 물론 이혜린이라는 여자에게 있지는 않겠지. 어쩌면 그가 흘린 와인과 함께 주방 바닥 어딘가에 뒹굴고 있지 않을까란 생각에 조소가 흘렀다.

다음날 어제의 이셰프가 떠올랐고, 그가 겪게 될 실망감이 걱정되었다. 만약 이벤트가 성공하지 못할 경우는 어떻게 될 것인가였다. 투자된 리소스에 비해 얻는 것이 무엇일지 확신할 수 없었다. 오부장에게 이런 생각을 전하자 오부장이 답했다.

"김과장. 저번에도 말했듯이, 그녀가 오건 오지 않건 우리로서는 중요하지 않아. 알다시피 이 이벤트를 같이 준비하는 과정 자체에 목적이 있는 거야. 이부장 성격에 이번 일로 큰 빚을 졌다고 느낄 거야. 그 때문에라도 우리에게 돌아올 거야. 그리고 이 비용은 이부장만 한 인력을 구하는 비용보다 훨씬 저렴한 거지. 그 여자가 이부장에게 돌아오지 않고, 이셰프가 제정신을 차리는 것이 더 좋을 수도 있어. 이셰프가 돌아오지 않더라도, 조리팀 분위기를 쇄신하게 될 거라니까? 어차피 쉰 넘은 이셰프는…… 그 비용을 생각하면 결국 남는 장사를 하는 거지."

오부장의 표정에서 나는 평소와 다른 모습을 보았다. 이 대답은 그의 사촌형을 생각하며 준비한 것 같다는 생각도 들었다.

그녀의 생일, 이셰프는 호텔 헤어 스튜디오에서 스타일링을 했다. 정장을 멋지게 빼입었는데 내가 봐도 꽤 그럴듯해 보였다. 그쪽 호텔로 가는 1/3 인원은 조리부 정예의 인원들이었다. 박과장과 나머지 2/3는 호텔에 남아 뒷일을 책임지기로 했다. 박과장의 지시에 나머지 인원들이 착착 움직이는 것이 보였다. 정장을 입은 이셰프가 고맙다는 인사를 하고 나가려는데 박과장이 이셰프를 불렀다. 그리고 성큼성큼 다가왔다. 그 커다란 덩치가 고개를 숙여 웅크리고는 두툼한 손으로 이셰프의 타이를 똑바로 고쳐주었다.

이벤트를 준비하는 모든 사람이 갖는 의문은 하나였다. 과연 그녀가 그 초대장을 보고 올 것인가 하는 것이었다. 그녀가 좋아할 만한 전시회긴 하지만 생일이기 때문에 분명 선약이 있을 것이다. 누가 생일에 이런 전시회에 오겠는가? 오지 않을 것이 분명하다. 이런 논란에 대해 오부장은 한 치의 흔들림도 없었다. 그녀는 반드시 온다, 그것은 내가 보장한다. 오부장의 이런 확신에 사람들은 반신반의했다. 하지만 준비하는 시간과 노력이 커질수록 그들은 그녀가 올 것이라고 믿으려 했다. 그리고 오부장의 예언은 틀리지 않았다.

초대장을 든 미녀가 나타났다는 연락을 들었다. 전시관 입구 쪽으로 걸음을 빠르게 옮겼다. 멀리서 보았지만 그녀를 뚜렷하게 볼 수 있었다. 호텔에서 수많은 사람을 봐왔던 벨맨이 미인이라고 할 만한 외모였다. 또렷한 이마의 선과 두 눈, 그리고 콧날이 자기 의견이 분명할 것 같은 인상을 주었다. 그러나 목선과 어깨를 보면 가녀린 느낌이 들어, 한마디로 뭐라고 말하기 어려운 이미지였다. 그 순간 직원에게 무엇이라 말하는 그녀의 미소를 보았다. 보통 사람들이 미인을 보고 설렘을 느끼지 않는 것은 그 대상이 나와 가능성이 없다는 것을 알기 때문이다. 설레는 순간은 자신과 가능성을 느끼게 될 때라고 본다. 그 여자의 미소에는 그런 것이 있었다. 모든 사람으로 하여금 나의 어떤 부분을 저 여자는 이해해줄 것이라는 기대를 품게 하는 매력. 그것은 서비스 교육 따위로 나오는 미소와는 명확히 구분되었다. 나는 그녀의 미모가 이셰프의 행동을 설명해줄 수 있을까 하고 자문하고 있었다. 그런데 문제가 발생했다. 그녀가 다른 남자를 데리고 온 것이다.

초대장은 내가 만들어서 보냈고, 그 초대장에는 반드시 본인만 참석 가능하다는 문구가 큼지막이 인쇄되어 있었다. 그런데도 남자를 데려온 그녀를 이해할 수 없었다. 그는 길고 탄탄했으며 짙고 굵었다. 도저히 이셰프를 옆에 세워놓을 수 없었다.

관련된 모든 사람은 예상하지 못했던 상황에 당황했고 나는 총감독인 오부장에게 이 사실을 전했다. 오부장은 내 이야기를 듣더니 잠자코 있다 답했다.

"이부장에게 알려. 어떻게 할 건지 이부장에게 물어봐."

그때 이셰프는 정장을 입은 채로 그쪽 호텔 주방에 있었다. 내가 주방으로 들어갔을 때 그는 그녀가 왔냐고 물었고 나는 그렇다고 대답했다. 그러자 그는 웰컴디시인 아뮤즈부셰를 준비시켰다.

"당근 퓌레와 오렌지 무스 준비해."

그리고 자신의 옷매무새를 가다듬는 것을 보았다. 위로 올라갈 준비를 하는 것이었다. 나는 그에게 다가가 조용한 목소리로 그녀가 남자와 함께 왔다는 것을 전했다. 조용히 전했음에도 주방에 있던 모든 사람들은 이셰프를 쳐다봤고, 이셰프는 나를 노려봤다.

나와 이셰프는 천천히 계단을 올라와 전시관 입구가 보이는 쪽으로 갔고 그는 그 남자를 그리고 그 여자를 잠자코 바라봤다. 전시관 입구에서는 그 남자가 초대장이 없다는 것을 상기시키고 잠시 대기시켜놓은 상태였다. 기다리는 시간이 꽤 길었음에도 그 둘은 무척 다정해 보였다.

이셰프는 말없이 주방으로 내려왔다. 나는 내려오는 도중 이셰프의 얼굴을 몇 번 힐끗 살폈다. 그의 집 소파에서 봤던 표정이었다. 동그란 안경 너머의 눈빛은 이미 이곳에 있지 않은 것처럼 보였다. 그가 주방 안으로 들어왔을 때 모두들 이셰프의 얼굴을 쳐다봤다. 그때서야 그는 자신이 있는 곳과 무엇인가를 결정해야 한다는 사실을 깨달은 것처럼 보였다. 그는 잠시 도마를 가만히 내려보았다. 그러다 천천히 정장을 벗어 주방 끝 옷걸이에 걸고 와이셔츠의 소매를 풀어 팔을 걷었다. 그는 뒤를 돌아 차분한 목소리로 말했다.

"당근 퓌레는 어떻게 됐어? 오르되브르도 같이 시작해. 아. 마지막 디저트는 마카롱 말고 다쿠아즈로 준비해."

요리사들은 움직이기 시작했다.

그쪽 호텔 주방에서는 좀처럼 보기 어려운 광경이 펼쳐졌다. 그 호텔 조리원들은 이연호 셰프의 요리를 직접 옆에서 볼 수 있는 것에 대해 기뻐하며 움직임을 면밀히 살폈다. 이셰프는 코스가 나갈 때마다 정확한 시간을 배분하며 다음 코스를 준비하는 듯 보였다. 나는 별 대단함을 느끼지 못했지만, 그쪽 주방에서는 그의 움직임을 보며 여러 차례 탄성을 보냈다. 이셰프는 코스를 내보내기 전 그들에게 맛을 보여주기도 했는데, 다들 감동한 표정이 눈에 역력했다. 그렇게 아무렇지도 않게 이셰프는 디너를 마무리했다. 그러나 나는 그가 도마 위에 부드럽고 능숙하게 칼질을 할 때마다, 자신의 신체 일부를 끊임없이 잘라내는 모습이 떠올랐다. 멈출 수 없이. 능숙하고 부드럽게.

그날 만찬은 그쪽 호텔에서 푸드 칼럼니스트 이혜린을 위해 준비한 특별한 이벤트였으며 일개 푸드 칼럼니스트에게 이런 이벤트를 제공해준 것에 대해 그녀는 무척 감사해하는 것으로 마무리되었다. 이셰프의 간절한 부탁이었다. 오부장은 이셰프가 요리하는 것을 보며 내심 기뻐하는 것이 빤히 보였다. 오부장도 나도 그가 우리에게 돌아올 것이라고 느꼈다.

이벤트가 끝나고 호텔로 돌아온 뒤 모든 사람들은 이셰프의 눈치를 보았다. 이셰프는 괜찮은 듯 모두에게 고생했다고 말하며, 오늘 요리의 부족한 점은 무엇이었는지 평했다. 몇몇 조리원들에게는 칭찬을 했다. 아무렇지 않은 듯 보였지만 나는 문득문득 거실에서 사진 액자를 향하던 그 눈빛을 볼 수 있었다. 저녁 시간이 아직 끝나지 않아 나머지 조리원들은 다시 업무에 복귀해야 했다. 이셰프만 자기는 먼저 퇴근한다고 말하고 자리를 떴다. 아무도 그에게 뭐라고 이야기할 수 없었다. 그가 주방을 나가자 복귀한 조리원들은 그쪽 호텔 주방의 반응이 어땠는지 무용담을 말하기 시작했다. 누구는 그 여자를 봤는지, 어떤 모습이었는지 물어봤다. 나는 허기를 느꼈지만 식사 생각은 없었다. 담배 생각에 호텔 주차장 쪽으로 나왔다. 거기서 이셰프와 다시 한번 마주쳤다.

난 손에 담배를 든 채였고 막 불을 붙이기 전이었다. 나는 간단히 목례를 하고 이셰프도 고개를 숙였다. 그는 옷을 갈아입었지만 머리는 그대로였다. 헤어스타일은 여전히 잘 어울렸다. 훨씬 젊어 보인다는 말을 하려다 그만두었다. 그 짧은 머뭇거림 때문인지 이셰프는 나에게 무엇인가 말해야겠다고 생각한 듯했다. 그는 내게 다가와 고맙다는 말을 했다. 자존심이겠지. 난 밝게 웃으며 대답했다.

"별말씀을요. 제가 잘 모르지만, 오늘 요리…… 정말 좋아 보이던데요."

난 아직 담뱃불을 붙이기 전이었고 이셰프는 어서 불을 붙이라는 듯 제스처를 취했다. 불을 붙여 담배연기를 길게 내뿜으며 그의 눈빛을 바라봤다. 난 궁금했다. 왜 그렇게까지 해야 했냐고. 이혜린을 실제로 봤기 때문에 그 여자가 아름다운 것은 인정해야 했다. 그러나 그것만이 전부는 아니라고 생각했다. 하지만 물어볼 수는 없었다. 며칠 전 이 자리에서 아이처럼 흥분했던 이셰프의 모습이 떠올랐다. 그리고 그의 뒷모습을 조소했던 내 마음도. 이유를 알 수 없지만 이셰프에게 연민을 느꼈고, 어떤 방식으로든 위로를 해주고 싶었다.

"부장님, 이건 제가 군대에 있을 때 제 고참이 제게 해준 이야긴데요. 저희 부대에서는 신병이 실연당하면 늘 이 이야기를 해줬어요. 뭐 그냥 들어주세요."

겸연쩍은 내 얼굴을 바라보는 이셰프의 표정에 긴장하는 빛이 역력했다. 이셰프에게 말할 필요는 없지만, 내 표정이 겸연쩍었던 이유는 그 신병이 나였기 때문이다.

"사랑하는 연인이 있었는데, 그만 어떤 미치광이한테 납치당했죠. 그곳엔 다른 납치된 사람들도 있었어요. 미치광이는 사람들에게 차례로 죽이겠다고 공언했죠. 그랬더니 그 연인 중 남자가 미치광이에게 말했어요. 자기 연인을 살려준다면 무엇이든 하겠다고. 그랬더니 미치광이가 '그래? 그럼 새끼손가락을 잘라봐.' 그랬더니 남자는 정말 새끼손가락을 싹둑 잘랐죠. 미치광이는 웃으며 그다음에는 검지를, 그다음에는 귀를 자르라고 했어요. 그렇게 차례차례 하나씩 더 요구했죠. 그러는 사이 다행히 경찰이 나타나 미치광이를 제압하고 모두를 구해냈어요. 물론 그다음 해에 그 여자는 결혼을 했어요. 그런데 누구랑 한 줄 아세요?"

이셰프는 잘 모르겠다는 듯이 고개를 저었다.

"그 남자가 손가락을 자르고 귀를 자를 때, 다른 남자가 그 여자의 눈을 가리고 그 여자에게 괜찮다고, 안심하라고 부드럽게 속삭여줬거든요. 그 남자하고 결혼했어요. 다 그런 거라니까요. 그러니 이제 그만 잊고 털어버리세요."

진심이었다. 이제 당신 나이면 그 정도는 알지 않냐고. 사람들은 모두 그럴 만하다고. 그러니 이제 돌아오라고. 이셰프의 표정은 쓸쓸하게 변했다. 나도 그랬었지. 이셰프는 석양을 바라봤다. 나도 석양을 바라보며 무척 길어진 담뱃재를 털었다. 그때 이셰프가 입을 열었다.

"저도 수수께끼 하나 낼게요."

"아. 예."

"엄마로부터 처음 느끼게 됩니다. 그리고 평생 그걸 원하게 되죠. 국적, 인종, 성별에 상관없이 이것에 대한 욕구는 동일해요. 사람들은 자신은 몰라도 늘 이걸 원하고 있죠. 이것에 중독되는 사람도 있구요. 뭘까요?"

난 그 말랑말랑하고 손에 잡히지 않는 단어를 입으로 꺼내고 싶지는 않았다. 그러나 오늘 같은 날이라면 이셰프를 위해서 기꺼이.

"뭐. 사랑……인가요?"

이셰프는 씩 웃었다.

"아뇨. 단맛입니다. 엄마의 모유로부터 처음 느끼게 되죠. 제가 요리사라서 하는 말이 아니라…… 단맛은 특별한 맛입니다. 다른 맛과는 비교할 수 없죠. 다른 맛은 일정 정도 농도가 진해지면 불쾌함을 느낍니다. 단맛만은 예외입니다. 오히려 더 강한 단맛을 원하게 되죠. 코스를 계획할 때도, 나중에 나오는 단맛이 이전 것보다 더 강해야 합니다. 살아 움직이는 것들이란 모두 당을 필요로 하게 되어 있거든요. 본능이라고 할까요?"

내 표정을 본 이셰프가 물었다.

"왜요? 단맛 안 좋아하세요?"

"네. 저는 단맛을 별로 안 좋아해서요."

이셰프의 표정이 조금 재미있다는 듯이 변했다.

"저도 그녀에게 그렇게 대답했어요. 그런데 그건 다 거짓말이더라고요."

"네?"

"혹시 좋아하는 주스 있으세요?"

타임즈가 토마토를 10대 건강식품으로 소개한 뒤, 난 늘 토마토 주
스를 먹는다.

"토마토 주스요."

이셰프는 고개를 끄덕이며 말을 이었다.

"그럼 제가 두 개의 토마토를 보는 데서 갈아 양쪽 컵에 담았다고
상상해보세요. 맛을 보니까, 오른쪽 컵의 주스가 더 달콤한 겁니다.
자. 어떤 토마토 주스를 드시겠어요?"

이셰프의 시선은 대답을 기다리는 대신, 석양 쪽을 향했다.

"이탈리아의 아주 유명한 레스토랑에서 식사를 한 적이 있습니다.
예약 대기 기간이 1년이 넘는 곳이죠. 이 분야에서 20년이 넘게 일하
면서 수많은 음식을 만들고 또 먹어봤기에 의심 어린 심정으로 찾아
갔죠. 그런데 그 요리를 맛보는 순간……, 로시니는 자신의 송로버섯
요리를 배 밑으로 떨어뜨려 눈물을 흘린 적이 있다고 했는데 그 반대
의 이유로 눈물을 흘린 순간이라고 할까요? 그런 맛의 세계가 존재한
다는 것이 놀라웠는데, 더 감격스러운 것은 머릿속으로 생각하는 것
이 아니라, 제 온전한 감각으로 그것을 느끼고 있는 것이었습니다. 설
명할 필요도 느끼지 않고, 설명할 수도 없는 느낌. 그 느낌에 온전히
순응해서 완전히 받아들이기 위해 고요해지는 순간. 김과장님. 혹시
김과장님은 그런 경험이 있으신가요?"

이셰프의 눈빛은 살아 있었고, 또한 신비롭게 보였다. 글쎄 나는 배

가 고프면 먹을 뿐, 거기서 감동을 느낀 적은 없는 것 같다.

"글쎄요. 전 그런 경험은 없는 것 같은데요."

"과장님. 그건 안타까운 일입니다. 그것을 경험하지 못했기 때문에 얼마나 안타까운지도 알 수 없는 안타까움이지요."

그의 눈빛은 한층 더 신비롭게 보였다.

"오늘따라 석양이 참 아름답네요."

이셰프의 눈빛은 어느덧 쓸쓸하게 변했다. 그의 거실 사진을 떠올리고 있을까? 그리고 잠시 후 이셰프는 한마디를 더 남기고 석양을 뒤로한 채 호텔을 벗어났다. 해가 뜰 때보다 질 때 더 아름다운 것은, 오늘은 더이상 해를 볼 수 없다는 걸 알기 때문이라며.

오부장과 내가 이셰프가 돌아올 것으로 생각했던 것은 착각이었다. 다음날부터 그는 다시 점심시간엔 소주를, 저녁엔 와인을 마시기 시작했다. 그러나 상황은 이전과 달랐다. 오부장의 예상대로 조리원들은 박과장의 지시를 잘 따랐으며 고객들의 불만도 줄어들었다. 모두 뭔가를 통과한 분위기였다. 먹고 있던 코스가 끝나고 새로운 코스가 나온 것 같았다. 박과장도 더는 이셰프에게 뭐라고 하지 않았고, 이셰프는 자신의 도움이 필요할 때는 박과장을 통해 조언했다. 그 과정에서 자연스럽게 조리원들은 박과장을 따르기 시작했다. 이셰프가 떠난 대신 조리부는 신입을 한 명 더 받았고, 더 적은 비용으로 이전과 같은 아웃풋을 냈다. 오부장이 말한 대로 남는 장사를 한 것이다.

이셰프는 약속한 대로 두 달 뒤에 회사를 떠났다. 그리고 그가 어떻게 되었는지 소식을 들을 수 없었다. 호텔을 떠난 리소스에게 관심을 가질 시간적 여유는 없었으니까. 다만 박과장으로부터 그가 호텔을 떠나기 전 한 번 더 마카롱을 만들어 포장하는 모습을 봤다는 말을 들었을 뿐이다.

작가의 말

연이은 태풍이 구름을 모두 가져간 듯했다. 청명한 하늘이었고 냇물은 평소보다 더 맑았다. 바닥이 뚜렷하게 보였다. 야트막한 다리 위로 담배 잡은 손이 어설퍼 보이는 학생이 지나갔고, 두꺼운 책을 지닌 할아버지가 교대하듯 건너왔다. 그때, 무심코 본 다리 밑에 있을 법하지 않은 잉어 한 마리가 보였다. 늘 지나던 길인데. 잉어는 다리 밑 어두운 곳에서 상류 쪽으로 머리를 둔 채 가만히 움직였다. 마치 무엇을 바라보듯이. 가끔 물살에 밀려 그늘 바깥으로 나와 햇살이 몸에 닿으면 다시 천천히 어두운 곳으로 들어갔다. 그래서 다리 위를 지나는 사람들은 잉어를 볼 수 없었다. 며칠간 거친 바람과 냇물에도 저기 있었을까? 그 움직임이 누군가를 그리워하는 마음과 닮아 보여 한동안 서 있었다.

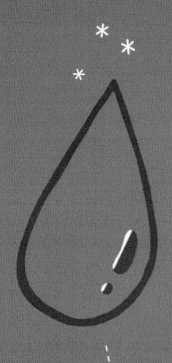

진보경 게스트하우스

진보경
2009년 단편소설 「호모리터니즈」로 서울신문 신춘문예 당선.

정은 신발장에서 카키색 로퍼를 꺼내 신었다. 휴가를 혼자 보내게 된 아내의 얼굴은 의외로 담담했다.

"웬만하면 날것 먹지 말고."

둘은 가볍게 포옹했다.

태풍이 동해 쪽으로 방향을 틀었다는 소식에 정은 안도했다. 애초 예보대로 남부지방을 관통했더라면 세미나 일정이 취소되어야 했다. 비행에 치명적인 건 무엇보다 바람이다. 기류가 뒤섞이면 오르지도 내리지도 못하고 발이 묶인다.

세 시간 후 도착 예정.

정은 메시지를 보내고 버스 좌석 등받이에 몸을 기댔다. 도심을 가로지르는 강의 수면 위로 비무리가 낮게 내려앉고 있었다. 공항 도착까지는 아직 40여 분쯤 남았다. 정은 눈을 감았다. 학회지 원고 마감이 맞물려 하룻밤을 꼬박 새우고 나선 길이었다.

*

마지막 다트가 보드에 내리꽂히는 순간 찬은 참았던 숨을 터뜨렸다. 일곱 겹 동그라미 중 바깥쪽 세번째 영역이다. 앞서 던진 두 개 모두 다섯번째 구역을 벗어나지 못했다.

규칙이 좀 복잡한 것 같더라고. 요즘 애들이 즐긴다 해서 달아놓긴 했는데.

커피머신의 추출구를 행주질하며 하영이 말했다. 지난겨울, 폭설에 발이 묶인 투숙객 두 명이 오후 내 다트게임으로 시간을 보내던 날이었다. 내기에 진 사람이 어깨를 으쓱이며 콜택시를 불러달라고 했다. 어질러진 테이블을 정돈하다 무심히 다트 하나를 집어 던져보았다. 보드를 맞고 튕겨난 화살이 바닥으로 떨어졌다.

생각보다 쉽진 않을 거야.

긴장한 그의 어깨를 토닥이며 그녀가 싱긋거렸다.

찬은 다시 다트를 쥐고 숨을 고른다.

중심을 향해 날아간 촉은 번번이 둘레만 맴돌았다. 동그라미의 가장 깊은 곳에 마음을 두고, 호흡을 고르고, 다트가 꽂힐 때까지 몸의 힘을 풀지 않을 것. 나름대로 정한 노하우는 별 도움이 되지 않았다. 바람 때문일까. 실내의 모든 창과 문을 꼭꼭 닫아봤다. 소용없었다. 상관없다. 어차피 흥미를 가진 일도 목표를 품은 일도 아니니까. 투숙객들이 빠져나간 객실을 청소하고 식재료를 주문하고 예약 현황을 관리하고 카페 손님을 접대하고 바닷가 테라스를 오락가락하는 짬짬이 찬은 다트를 던졌다. 하나에 집중하는 것은 다른 모든 일을 잊는 것과 같았다.

카운터 전화벨이 울린다.

"헬로?"

기대와 설렘으로 달뜬 이방인의 목소리. 도미토리 예약 전화다.

"아침식사 포함 25달러입니다. 1층 카페에서 토스트와 우유, 과일, 그리고 에그 프라이를 제공합니다. 당신과의 만남을 기대합니다."

찬은 예약자의 이름과 연락처를 관리 프로그램에 입력했다.

어제 아침, 오랜만에 해가 났다. 며칠 요동치던 파도가 잠잠해진 후였다. 태풍이 비껴갔다는 소식에 섬 전체가 안도했다. 갠 하늘처럼 말끔해진 하영은 아침 뉴스를 보며 박수까지 쳐댔다.

서둘러 찬, 손님 맞이 준비를 해야지!

오전 내내 두 사람은 대청소를 했고 오후부터 투숙객들이 잇따라 도착했다. 청소를 마친 뒤엔 중국음식을 배달시켜 먹었다.

먼지 많이 마셨으니 기름진 음식을 먹어줘야겠지?

하영은 짜장면의 반을 덜어 찬의 그릇에 얹었다.

조금 더 드셔야죠.

찬이 한 젓갈 크게 떠서 옮기려 했지만 하영은 손등으로 그릇을 덮었다. 그들은 낄낄거리며 서로 마주 보았다. 곧 그녀가 젓가락질을 시작했고 그의 입가에서 웃음기가 걷혔다. 하영이 기다렸던 건 맑게 갠 하늘이 아니라, 막바지 피서객들이 아니라, 정이었다는 사실을 그제야 알아챘기 때문이었다. 식사를 마친 뒤 하영은 찬이 가져다준 생수로 입안을 헹궜고 그 물을 꿀꺽 삼켰다. 처음 그 행동을 봤을 때 찬은 그것이 무척 비위생적이라 생각했었다. 나이 든 아저씨들이나 할 법한 행동이었다. 희한하게도 하영은 다른 사람 앞에서는 볼가심을 삼갔다. 옆 건물 횟집 사람들과의 회식 자리라든지 가끔 손님들과 함께 식사를 할 때도 입속 물로 음식찌꺼기를 정리하는 일은 하지 않았다. 그다지 예쁜 모양새가 아니라는 걸 알고는 있는 것 같아 찬은 그나마 마음이 놓였다. 그러니까, 자신만 알고 있는 비밀 같은 거였다. 눈을 동그랗게 뜨고 깜찍한 표정으로 뺨을 볼록이는 모습은 볼수록 천진했다.

101호에선 아직 기척이 없다.

오늘 아침 뷔페 개장과 동시에 투숙객들이 카페로 몰려들었다. 저마다 잰 동작으로 접시에 빵과 과일을 담고, 머그컵에 커피와 우유를 따르고, 프라이팬에 달걀을 부쳐냈다. 하영이 그들 곁으로 다가가 아침인사를 건넸다.

굿모닝, 편안한 밤 보내셨어요? 필요한 것 있으면 여기, 찬에게 말씀하세요.

그녀의 분홍빛 뺨이 미소로 물들었다. 두 개가 나란한 토스터에서 식빵 네 개가 동시에 튀어 올랐을 땐 까르르, 소리 내어 웃었다. 그러곤 서둘러 쟁반에 과일접시와 에스프레소 두 잔을 담아들고 101호로 들어가버렸다.

머잖아 그녀는 가벼운 당부를 남기고 정과 함께 게스트하우스를 나설 것이다.

다트 세 개를 연달아 내리꽂고, 찬은 숨을 몰아쉬었다.

"찬, 거기 있니?"

막바지 여름 볕이 기세 좋게 내리쬤다. 찬은 오늘 밤 해변 파티 때

쓰일 장작을 테라스로 옮겨다놓고 있었다. 정의 팔짱을 끼고 하영이 나타났다. 바람에 새하얀 원피스 자락이 나풀거렸다. 그늘 한 점 찾을 수 없는 그녀의 얼굴을 찬은 온몸으로 땀을 흘리며 바라보았다.

"오늘은 아마 못 돌아올 거야. 부탁할게, 찬."

폭우로 흠뻑 젖었던 그제 밤의 물기가 어느새 바싹 말라 있었다.

"수고해, 찬!"

정의 호쾌한 목청은 여전했다. 다부진 풍채와 반백의 머리카락, 하영은 그 중후한 매력에 첫눈에 빠져들었다 했지만 아무래도 찬의 눈엔 삼촌뻘로밖에 보이지 않았다. 셔츠 자락으로 땀을 훔치며 그는 서로 손을 꼭 잡고 돌아나가는 두 사람의 뒷모습을 바라보았다. 그러곤 바로 창고로 돌아가 청소도구를 챙겼다. 현관 옆 바구니에 담긴 카드키를 꺼내들고 빈방들을 2층부터 훑었다. 파티 준비 따위, 투숙객들이 돌아오기 전까지만 마치면 될 일이었다.

찬은 카트로 현관문을 고정시키고 바다 쪽 창을 활짝 열어젖혔다. 침대 이불을 탁탁 털고 시트를 갈아 끼우고 청소기로 바닥을 꾹꾹 누르며 밀었다. 화장실 휴지와 마른 수건을 새로 걸고 쓰레기봉투에 휴지통을 털어 비웠다. 바닥으로 빈 소주병이 나뒹굴었다.

어젯밤 늦게 홀로 든 여자 투숙객에게 찬은 105호 카드키를 내주었다. 지친 표정으로 숙박계를 써 내밀던 여자는 하영 또래쯤 돼 보였다. 어깨 위에 찰랑이는 단발머리도 비슷했다. 202호에 침대 하나가 남긴 했지만 다섯이 동행인 그곳보단 빈방이 덜 외로울 것 같았다. 어차피 손님이 더 들 시간도 아니었다. 너는 젊은 애가 웬 오지랖이니? 평소 같았으면 핀잔을 들었을 테지만 오늘 하영은 투숙객 리스트를 거들떠보지도 않았다.

변기 뚜껑이 내려져 있다. 이런 경우 열에 아홉은…… 찬은 한 손으로 코를 싸쥐고 조심스럽게 뚜껑을 들어올렸다. 울컥 치미는 욕지기를 누르며 밖으로 달려 나가 카트에서 마스크를 찾아 썼다.

둥근 변기 가득 불그죽죽한 오물이 차올라 있었다. 잔잔한 수면 위 살찐 지렁이 같은 면발을 보자 찬은 다시금 구역질이 치솟았다. 뚜껑을 덮고 변기 레버를 힘껏 눌렀다. 쿠르릉 쿠릉. 퇴적돼 있던 건더기들이 물살에 휩쓸려 바닥으로 흘러넘쳤다. 발가락 사이로 면발이 파고들었다. 찬은 고무흡착기를 수면 안쪽으로 깊숙이 밀어 넣었다. 가슴이 답답해지고 숨이 차올랐다. 걸핏하면 과음을 일삼고 꺽꺽거리며 속을 게우던 혜나 때문에 막힌 변기를 뚫는 일은 그야말로 신물이 났다. 그녀와 함께 살던 방은 낮은 수압 때문에 대변보는 일조차 큰 공사였는데, 용변을 다 마친 후 물을 내리면 어김없이 흘러넘치기 일쑤여서 한 덩어리 누고 물 한 번 내리고, 다음 덩어리에 또 내리고, 이런 식으로 처리를 해야 사고를 면할 수 있었다. 그럼 어떡해? 용암처럼 솟구치는 걸 그대로 물고 있으란 말이야? 잔소리를 피하려고 혜나는 늘 이렇게 선수를 쳤다.

찬은 흡착기를 단번에 잡아 뺐다. 쿠륵 쿠르륵 커억. 혜나의 표현대로 공룡 트림 소리 같은 굉음을 내며 소용돌이가 빠져나갔다. 변기 안쪽에 세제를 부어 휘휘 젓고 거칠게 솔질했다.

그가 이곳에 내려온 지 어느새 두 계절이 지났다.

우리 누나 친구가 운영하는 곳인데, 사장 성격도 괜찮고…… 무엇보다 일이 어렵진 않을 거야.

한 달 치 보수를 더 받는 선에서 퇴직 절차가 마무리된 직후였다. 신도시 어학원 밀집 구역으로 영업장을 옮겨가면서 원장은 많은 고민을 하지 않았다. 구직을 원하는 원어민 강사들이 줄을 이었고, 각종 시험에서 적잖은 성과를 내왔던 찬의 이력은 유학파 후배들의 스펙 아래로 일찌감치 밀려나 있었다.

전임자가 교통사고로 크게 다쳐서 오랫동안 쉬어야 한다나봐.

친구는 몇 달 쉬고 돌아와 다른 자리를 찾아보라며 찬에게 저가 항공사의 티켓을 끊어주었다. 어차피 짐을 빼야 하기도 했다. 혜나의 기말시험이 끝나는 날 공항버스에 올라 그녀에게 문자메시지를 보냈다. 답신은 오지 않았다.

용찬씨? 앞으로 잘 부탁해요.

선뜻 손을 내밀어 악수를 청하던 사장은 자신의 이름을 장하영이라고 소개했다. 마디가 툭툭 불거져 부러진 나뭇가지 같은 손가락을 찬은 머뭇대듯 잡았다 놓았다. 그녀의 함박웃음 사이로 덧니 하나가 도드라졌다. 무척 입체적인 인상이라고, 그는 잠깐 그런 생각을 했다.

용찬씨에서 용찬을 거쳐 찬으로, 호칭이 한 글자씩 떨어져나갈 때마다 그는 기뻤다. 사장님, 누나, 하영…… 머릿속으로 수없이 굴려봤지만 그는 아직 한 걸음도 다가서지 못했다. 정박사인지 강사 나부랭인지, 그 작자가 없다면 가능했을까.

마지막 코스로 찬은 101호 앞에 섰다.

내 방은 따로 청소할 것 없어. 그가 하영의 말을 따른 적은 한 번도 없었다. 101호를 청소할 때마다 찬은 그녀의 게스트가 된 것처럼 들떴다. 콧노래를 부르며 침구를 갈고 화장실을 닦고 바닥을 훔쳤다.

하지만 오늘 같은 날은 사정이 달랐다.

찬은 푸우, 한숨을 내뱉었다. 그렇다고 그냥 지나칠 수도 없었다. 하영의 샴푸 냄새와 화장품 향기와 체취에 뒤섞인 낯선 냄새를 한시라도 빨리 떨어내야 했다.

그는 프런트 서랍에서 가져온 하영의 담배에 불을 붙였다. 첫 숨에 기침이 터졌다. 호흡을 가다듬으며 꾸역꾸역 한 대를 다 피웠다. 콧속이 매워 눈물을 참을 수 없었다. 현기증에 무릎이 꺾였다. 쿵쿵 가슴이 뛰었다.

침대 시트를 갈아 끼우고, 청소기로 바닥을 꾹꾹 눌러 밀고, 휴지통을 비우고, 소독제로 화장실을 닦고. 찬은 이 모든 과정을 전력질주하듯 끝냈다. 땀으로 질척이는 옷을 벗어던지고 찬물로 샤워를 마친 후에는 화장대 소품 바구니에 담긴 콘돔을 집어 창밖으로 던져버리고 나왔다.

"커피 좀 마실 수 있을까요?"

105호 여자가 잠긴 카페 문 앞을 서성이고 있었다.

"아, 전화를 주시지 그랬어요."

찬은 민망한 표정으로 출입문에 써 붙여둔 메모를 가리켰다.

"열쇠가 몽땅 사라져서…… 청소중인 줄 알았어요."

105호는 아이스커피 더블 샷을 주문했다. 얼음을 가득 채운 컵에 에스프레소 두 잔을 들이부으며 그는 아침 뷔페 때 여자가 보이지 않았음을 떠올렸다.

혼자 온 손님이라고 무턱대고 대화를 시도해선 안 돼. 따뜻한 말 한

마디가 도움되는 경우도 있지만 오히려 무관심이 최고의 서비스가 될 때도 있는 거야.

하영은 그 두 갈래를 정말 귀신같이 구별해냈다.

그걸 어떻게 구분해요?

글쎄…… 매뉴얼은 없어. 그저 감으로 아는 거지.

찬은 알 수 없었다. 이럴 때 105호에게 변기를 뚫었다고 말을 해야 할까 말아야 할까.

여자는 아이스커피를 홀짝이며 멍한 표정으로 유리벽 너머 바다만 바라보았다.

야자수 그림자가 일렁이며 마른 볕을 쓸어내리고 있었다.

찬은 다트 케이스를 열었다.

혜나에게선 끝내 대답을 듣지 못했다. 이별의 이유를 묻기 위해 찬은 한동안 발작적으로 전화를 걸어댔다. 통화연결음이 길어질수록 심장 뛰는 속도가 점점 빨라졌다. 한 번만 더, 이번이 마지막이야. 수신음이 진동으로 설정됐을지 몰라, 어쩌면 조금 더 망설일 시간이 필요한지도…… 연인들이 헤어지는 데 그리 복잡한 이유가 필요치 않다는 것과 작별 인사쯤 생략하는 게 좋을 수도 있다는 것을, 그도 모르진 않았다.

마지막 다트가 바닥으로 미끄러진다. 여자가 그 모습을 물끄러미 바라본다.

찬은 보드 앞으로 다가가 다트를 하나씩 잡아 뽑았다.

다트의 숙명은 매번 다른 자리에 가 닿는 것. 포인트를 언제 뽑느냐에 따라 보드의 밀도가 달라진다. 너무 오래 머문 자리는 구멍이 쉽게 아물지 않는다.

그가 테라스에서 혼자 술을 마시고 있는 하영을 발견했을 때 그녀는 이미 꽤 취한 듯 보였다. 잠이 오지 않아 뒤척이다 나선 길이었다. 늦장마의 끝자락은 길고 무거웠다. 차양 안으로 장대비가 들이쳤다. 그녀의 얼굴이 물고기처럼 반들거렸다. 하영은 작은 몸을 의자 위에 웅크리고 앉아 빗줄기를 바라보고 있었다. 테이블에 소주병과 종이컵, 귤 몇 개가 나뒹굴었다. 인기척에 얼굴을 돌린 그녀의 눈에 해일이 휘몰아쳤다. 찬은 못 본 척 뒤돌아섰다.

같이 할래?

그녀가 종이컵을 내밀었다. 그는 그것을 단숨에 들이켰다. 바람과 파도가 춤을 추듯 몸부림쳤다. 외부 스피커에서 흘러나오는 음악은 바람과 파도 소리에 묻혀버렸다. 그들은 한동안 폭우와 밤바다에 시선을 붙박고 술만 마셨다. 차츰 졸음이 밀려드는 걸 그는 간신히 참고 있었다.

서른이나 됐으면, 너도 사랑이란 걸 충분히 해봤을 테지?

찬은 하영의 얼굴을 말끄러미 쳐다보았다.

이럴 수도 저럴 수도 없을 땐 어떻게 해야 할까?

그녀가 종이컵을 들어 건배를 청했다.

미안하다…… 누나가 주책이구나.

그리고 더는 아무 말도 하지 않았다. 그것만으로도 그는 충분했다.

혼자 술을 마실 때 하영은 결코 곁을 주지 않았다. 스스럼없이 찬을 대하던 평소와 달리 그때만큼은 언제나 그랬다. 어쩌다 안주거리라도 가져다주면 고맙다는 짧은 인사 후 서늘하게 굳어버리기 일쑤였다.

그마저도 관대한 반응이었고 대개는 무심하게 외면했다.

하영은 계속 술을 권했고 찬은 한 잔도 거절할 수 없었다. 몹시 어지러웠다. 취한 그녀가 걱정됐지만 자리를 접기는 아쉬웠다. 검은 바다는 끝도 없이 성질을 부려댔다. 어느 때부턴가 그는 저도 모르게 자꾸만 고개를 꾸벅이고 있었다.

그만 일어나세요.

찬은 음절 하나하나에 힘을 주며 말했다. 날숨에 소주 냄새가 진동했다.

괜찮으니 먼저 들어가.

하영이 몸을 좌우로 흔들며 손사래를 쳤다.

찬은 잠깐 망설이다 비틀거리며 일어났다. 그녀 앞에서 고꾸라지는 모습을 보일 순 없었다. 난간을 잡고 엉금엉금 계단을 올랐다. 간신히 방에 도착해 세수를 하고 났더니 눈앞이 또렷해지면서 점점 후회와 불안이 밀려들었다. 만취한 그녀를 혼자 두고 오다니. 제 한 몸 가누자고 어처구니없는 짓을 저지른 거였다. 다급히 창을 열고 테라스를 내려다봤다.

돌고 있었다. 너풀거리는 머리카락, 제멋대로 허공을 가르는 손…… 그녀가 빙글빙글 돌고 있었다.

찬은 다트 케이스를 정리한 다음 카운터 자리로 돌아왔다. 다섯 시가 넘었으니 슬슬 채비를 해야 했다. 메모지에 준비 목록을 적어내려갔다.

탁.

105호 여자가 다트를 던졌다. 포인트는 네번째 얇은 고리 모양 동그라미에 꽂혔다. 여자는 도리질하며 보드에서 다트를 뽑아냈다. 그러곤 잡지꽂이에서 노트를 꺼내 펼쳤다.

"여기 더 계실 건가요?"

찬이 벽시계를 곁눈질하며 물었다. 여자는 다트에만 집중했다.

그는 카트를 밀고 창고와 카페와 테라스를 오가며 파티 준비를 시작했다. 얼음을 채운 양동이에 맥주와 과일을 담고, 가지런한 배열로 식기들을 세팅하고, 테이블 중앙에 화로를 끌어다놓고, 메모해둔 목록을 체크했다. 손님들이 모이면 고기와 숯불을 내다주고 모래밭에 모닥불을 마련해야 할 것이다. 그러는 동안, 한껏 맑아진 표정으로 숙소에 도착한 여행객들은 짐을 들여놓고 카페로 들거나 해변을 거닐었다. 성마르게 제 속을 뒤집던 파도가 사람들의 발밑에서 주춤거렸다.

파티 일행 아홉 명이 모였다. 202호 여자 다섯과 206호 남자 넷. 찬의 눈에는 그들 모두가 서른 중반 남짓의 학교 동창이거나 동호회 멤버들로 보였다. 저마다 비슷한 기종의 카메라를 지닌 걸로 봐선 동호회 가능성이 컸고, 격의 없이 편한 대화를 나누는 것으로 미루어 동창 같아 보이기도 했다. 불판 위 고기가 지글거리고 빈 술병이 늘어가고 대화가 중구난방 뒤엉키는 동안 분위기가 무르익었다. 테라스와 바다 사이 모래밭에는 모닥불이 저 홀로 타오르고 있었다. 찬은 카페와 테라스를 오가며 그들이 주문한 술과 안주와 장작을 실어 날랐다. 하필 테라스와 가장 가까운, 일찌감치 불이 꺼진 105호의 창을 흘끔거리면서. 파티라고 해봐야 고작 술과 음식을 먹고 오랜 시간 수다를 떠는 일이 전부였다. 여행 코스에 대한 의견을 나누고 각자의 일상사와 고민을 털어놓고 서로 조언을 받고 하찮은 농담이 오가고 한숨과 웃음이 번갈아 터지고…… 잔잔한 파도 소리마저 지루하게 늘어지는 여름밤이었다.

"이것 좀 같이 먹어요."

일행 중 누군가가 찬에게 접시를 내밀었다.

그는 끄트머리 의자에 엉덩이를 걸치고 앉아 혜나와의 마지막 파티를 떠올리고 있었다. 트릭 오어 트릿. 그녀는 입을 거의 오므린 채 아이 같은 목소리로 빠르게 옹알거렸다. 과자를 주지 않으면 장난을 칠 테야. 도심의 바에서 열린 코스프레 파티는 술 취한 좀비들의 무도회 같았다. 피투성이 '캣 우먼'과 '조커'가 되어 그들은 낙엽 휘날리는 거리를 밤새 쏘다녔다. 그리고 다음날 지독한 몸살로 혜나는 결석을, 찬은 휴강을 해야 했다.

옆 테이블에서 맥주를 마시던 대학생 둘이 그들과 동석했다. 얼마 전부터는 간간이 노랫소리가 들려오기도 했다. 찬은 꺼져가는 모닥불을 되살려놓고 카페로 돌아와 라면을 끓여 먹었다. 손님들이 권하는 고기와 맥주를 꽤 받아먹었지만 자꾸 허기가 졌다. 생크림을 잔뜩 얹은 아이스모카를 만들어 마시고 예약 문의 메일에 답변을 달고 카페 구석구석을 걸레질하고 에스프레소머신까지 분해해 청소를 마쳤는데도 아직 열한 시밖에 되지 않았다. 다트를 잡고 싶은 마음은 들지 않았다. 그는 냉장고를 열어 식재료의 재고를 살폈다. 파티 주문량이 예상치를 초과하는 바람에 내일 아침 뷔페에 쓸 과일이 부족해 보였다. 조금 망설이다가 수화기를 들었다. 외부에 있는 그녀가 해결할 문제는 아니지만…… 하영은 전화를 받지 않았다.

막막한 기분으로 휴대폰을 만지작거리던 그는 뒤늦게 부재중 전화와 문자메시지를 발견했다.

시간 날 때 연락 바람.

어학원 원장이었다.

찬은 잡지들 틈에서 노트를 꺼내 마지막 장을 펼쳤다. 다트를 잡은 이들이 점수판으로 사용하는 걸 알고 있지만 별 관심을 두진 않았다. 그저 횟수 대비 총점이 높은 사람이 승자이려니 짐작만 했다. 앞장으로 페이지를 넘기며 찬찬히 살폈다. 대부분 이름 옆에 301 혹은 501을 정해놓고 내림차순으로 변해가던 숫자들이 0에 다다르면 끝이 났다. 어떤 게임에서는 점수가 되돌려지기도 했다. 하영의 말대로 규칙이 단순치는 않아 보였다.

찬은 다트 케이스를 열고 숨을 가다듬었다.

첫번째 화살을 잡고 겨냥한다.

하영은 지금 어디에서 무얼 하고 있을까.

두번째 다트를 아무렇게나 내던진다.

정은 오늘도 101호의 게스트가 되겠지.

세번째는 가장 안쪽 동그라미에 꽂혔다.

홍조를 띠며 환하게 웃던 하영의 아침이 떠올랐다. 그가 떠나고 나면 다시금 짙은 그늘에 휩싸일 게 뻔했다.

"더블 불(double bull)이네요."

언제 들어왔는지 105호 여자가 창가 테이블에 앉아 있었다. 당황한 표정으로 돌아보는 찬에게서 움찔 시선을 거두며 웅얼거렸다.

"바깥이, 너무 소란스러워서요."

그는 여자에게 경기 규칙을 아느냐고 물었다.

"괜찮다면 간단히 설명을 부탁해도 될까요?"

불면의 밤이나 기다림의 밤이나 아득한 건 마찬가지였다. 105호는 테라스 쪽을 건너다보다 한참 만에 고개를 끄덕였다.

"점수 내는 건 당구 게임이랑 비슷해요."

105호는 노트에 숫자를 적은 뒤 찬에게 다트를 건넸다.

높은 득점을 공략하다 번번이 실패하는 찬과 달리 105호는 중간 득점만으로 차분히 선두를 지켰다. 가장 큰 점수인 20이나 19를 겨냥하며 던진 다트는 바로 옆 1과 3에 꽂혔고, 15와 14는 실수를 해도 11과 10이었다.

"마음을 크게 품는 쪽이 그만큼 많은 몫을 감당해야 해요."

105호의 말에 찬은 멈칫했다.

"여길 봐요. 아까 맞춘 더블 불 50점보단 17 트리플 링 51점이 더 높잖아요. 그러니까, 중심이라고 꼭 좋은 것만은 아닐 수도 있어요."

파티 일행 중 누군가가 카페 문을 열고 마지막 주문을 넣을 때까지 그들은 다트를 던졌다. 보드에 꽂힌 자리를 짚어가며 105호는 싱글 불과 더블 불, 이너 싱글, 아우터 싱글, 더블 링, 트리플 링 따위의 용어를 설명했다.

"같은 숫자 범위라도 어느 자리에 꽂히느냐에 따라 배점이 달라져요."

찬의 다트가 보드에서 번번이 튕겨났다. 여자의 시선이 자꾸만 아래로 떨어져 내렸다.

펑. 휘이익, 펑. 펑.

불꽃놀이가 시작됐다. 맑은 밤하늘에 형형색색의 꽃들이 활짝 피었다. 진다. 먼저 타오른 꽃이 사그라질 때쯤 다음 꽃망울이 터지고 또 터지고 우수수, 빗방울처럼 떨어져 내리는 빛 방울들.

모래밭으로 자리를 옮긴 사람들이 모닥불 가에 둘러앉아 불꽃스틱을 쏘아댔다. 누군가는 탄성을 터뜨렸고 어떤 이들은 서로 몸을 기울여 소곤거렸으며 더러는 앉은 채로 꾸벅꾸벅 졸고 있었다. 105호가 돌아간 후 찬은 테라스 구석 자리에 앉아 바다와 불꽃과 모닥불을 우두커니 바라보았다.

내일이면 저들은 떠날 것이다. 파티 일행도 어린 대학생들도 105호 여자도. 다음 여정을 위해 저마다 아침 일찍 길을 나서야 한다고 했다. 게스트하우스의 속성은 오래 머물거나 다시 찾는 여행객이 드물다는 것. 누구나 여정에 따라 숙소를 옮겨 다녀야 한다. 나도 이곳을 떠날 수 있을까.

찬은 천천히 고개를 가로저었다.

빛과 소리가 조금씩 잦아들었다. 사람들이 하나둘 비틀거리며 숙소로 올라갔다. 제법 서늘해진 바람만 여기저기 빈자리를 훑고 다녔다.

찬은 한동안 파티의 잔해들 사이에 서 있었다. 점점 작아지는 모닥불의 불씨와 끈질긴 파도 소리만 아니면 시간이 멈춘 것 같은 착각이 들 정도로 막막했다. 더는 아무도, 들지도 나지도 않았다.

깊은 한숨 끝에 그는 휴대폰을 꺼내들었다.

"어디로 꼭꼭 숨은 거야, 용찬?"

다소 과장된 목소리로 원장이 반겼다.

"내가 참 면목이 없지만, 괜찮다면 나는 용찬 선생 다시 보고 싶은데……"

통화를 끝낸 후 찬은 양동이를 가져다가 음식쓰레기부터 쓸어 담았다. 마지막에 주문한 견과류 안주는 손도 대지 않은 상태였다. 눅눅해진 호두와 땅콩이 담긴 접시를 탁탁 털다, 꽁초가 수북한 종이컵을 바닥으로 떨어뜨렸다.

무심코 돌아본 해변에 심상찮은 일이 일어나고 있었다.

찬은 테라스 난간을 뛰어넘어 바다를 향해 돌진했다. 첨벙이며 몸을 던져 헤엄쳐 나아갔다. 파도에 단발머리가 붕 떠올랐다 사라졌다. 찬은 온 힘을 다해 팔다리를 휘저었다. 아무 저항 없이 가라앉고 있는 단발머리를 보며 차라리 제 심장이 멎는 것만 같았다. 성가시게 밀려드는 파도를 휘저어 뿌리치며 그는 비명을 질러댔다. 꺾인 나뭇가지 같은 팔다리가 잡힐 듯 다시 멀어졌다. 눈앞이 캄캄했다. 쿠르릉 쿠르릉. 바다가 몸을 뒤채며 신음했다.

105호 여자는 넋이 완전히 나가버린 듯했다. 찬은 여자가 눈을 뜰 때까지 숨을 불어넣고 명치께를 눌러댔다. 정신을 차린 여자가 멍한 눈으로 그를 올려다보았다.

"그러려고 그런 게 아니었는데……"

105호는 아무 표정도 없이 눈물을 흘렸다. 그는 여자를 업어다 침대에 눕히고 따뜻한 물을 떠다 놓고 구급함에서 청심환을 가져다 먹이고 잠들 때까지 곁을 지켰다. 다그쳐 묻지도 화를 내지도 위로를 건네지도 않았다. 때로 무관심이 최고의 위안이 될 수도 있다는 것을, 그는 이제 알 것 같았다.

찬은 터덜거리며 카페로 돌아왔다. 스쿠터로 한바탕 섬을 헤집고 싶은 걸 꾹꾹 누르며 무겁게 유리문을 밀었다.

"파티 잘 마쳤니? 별일 없었지?"

하영이 보드에 꽂힌 다트를 뽑아내고 있었다.

찬은 다급한 시선으로 카페를 훑었다. 정은 보이지 않았다.

"저런, 홀딱 젖었네. 수영했어?"

그녀가 덧니를 드러내며 활짝 웃었다. 그러곤 손에 쥔 다트를 하나씩 재빠르게 던졌다.

첫번째 화살이 5점 싱글 영역에 꽂혔다. 나머지도 모두 비슷한 언저리였다.

"역시, 예상대로 쉽지 않아."

하영이 다트를 뽑아 왔다. 뒤로 묶은 머리 아래 가냘픈 목선을 바라보며, 찬은 머뭇거렸다. 정이 다시 올 때까지 하영의 리듬이 어떻게 바뀌어갈지 눈에 선했다. 저렇게 아무렇지 않은 척 잘 지내다가 언제 돌변할지 모를 일이었다. 앞으로 얼마간 하영은 모든 일을 내려놓고 종일 침울한 표정으로 테라스에 앉아만 있을 것이다. 그러다 어느 날 들뜬 목소리로 이웃들을 불러 모으라 시켜 파티를 열 것이고, 101호에 틀어박혀 닥치는 대로 영화 관람이나 독서를 일삼은 후엔 심술궂은 표정으로 그를 달달 볶아댈 거였다. 카페 테이블 배치 좀 바꿔봐, 지루해 죽겠어. 표백제 떨어졌니? 침대 시트가 죄다 누르팅팅해. 무슨 행사장도 아니고, 테라스 조명이 너무 밝지 않아? 원두에서 구린내가 나, 다 쏟아버리고 새로 볶아야겠다…… 만취해서 춤을 추는 일쯤 아무것도 아니었다.

105호 여자는 그러려고 마음먹은 일이 아니었다고 했다. 그는 우연한 사고 소식으로 하영을 동요시키고 싶지 않았다.

"같이 할래?"

그녀가 찬에게 다트를 건넸다. 찬은 그것을 받아 가볍게 던졌다. 18점 트리플 링, 중심에서 한 시 방향 안쪽 얇은 고리에 꽂혔다.

"너도 뭐, 나랑 별 차이 없구나."

"잘 봐요."

그는 그녀를 보드 앞으로 데려다 세우고 각 부분을 손으로 짚어가며 설명했다.

"여기 원판 둘레의 숫자가 해당 영역의 점수예요. 부채꼴 영역은 쓰인 숫자대로, 바깥 링은 두 배, 안쪽 링은 세 배씩 점수를 줘요. 이곳 중심 원이 50점, 그 바깥 띠는 25점이고요."

찬은 작심한 듯 노트를 펼치고 하영의 이름과 자신의 이름, 그 아래 각각 숫자 301을 적었다.

"내기 하실래요?"

"난 룰도 이제야 배웠는데. 불공평하잖아."

"저도 오늘 알았어요. 술기운 때문에 집중하기도 힘들 거예요."

탁.

탁.

탁.

그들은 말없이 다트를 던졌다. 세 개를 연달아 던지고, 뽑아 건네고, 점수를 빼고, 던지고, 뽑고, 빼고…… 찬은 되새겼다. 같은 숫자 범위라도 어느 자리에 꽂히느냐에 따라 배점이 달라져요. 얼음 같은 표정으로 하영은 다트 포인트에 몰두하며 점수 차를 좁혀왔다.

5점 차이를 두고, 그가 먼저 0점에 도달했다.

"네가 이겼구나. 내기로 무엇을 걸까?"

냉장고 문을 열고 소주병을 꺼내며 그녀가 말했다.

"밖으로 나가요."

찬은 쟁반에 술병과 잔, 과일을 담았다. 그녀가 힘없는 걸음으로 앞장섰다.

모든 것이 사그라진 밤의 바다에 파도 소리만 숨을 잇고 있었다.

테라스 주변은 파티의 잔해들로 어수선했다. 타버린 장작과 불꽃스틱, 모래밭을 뒹구는 술병들, 치우다 만 음식찌꺼기까지.

하영이 식기들을 옆으로 밀어 자리를 마련했다. 찬은 창고에서 꺼내온 장작 세 개비를 모닥불에 밀어 넣고 후후 불다가 쟁반으로 부채질했다. 그녀가 멀건 눈빛으로 살아나는 불씨를 바라보았다.

바람에 파도가 밀려 출렁거렸다. 주춤거리다 하얗게 부서지며 물러났다 다시 밀려왔다.

"바다는 참 냉정해."

어느새 잔을 단숨에 비우고 그녀가 말을 이었다.

"어지간해선 선을 넘지 않잖아. 저렇게 힘차게 달려오다가도……언제나 비슷한 자리에서 되돌아 나가고."

다시금 술병을 잡는 그녀의 손을 그가 끌어당겼다.

"왜? 또 춤이라도 출까봐?"

하영은 가볍게 뿌리쳤다.

"왜 그렇게 힘든 연애를 해요?"

가슴이 쿵쿵거리는 걸 간신히 누르며, 떨리는 목소리로 찬이 말했다.

바람을 맞은 불꽃이 화르륵 일었다.

하영은 한동안 굳은 듯 허공을 응시했다. 비어진 잔머리가 갈피를 잃고 나부꼈다. 찬은 지그시 아랫입술을 깨물었다.

이윽고 그녀가 픽, 웃었고 다시 정색을 하더니 가만히 고개를 저었다.

"그 사람의 삶을 망가뜨리고 싶지 않아. 그 망가진 잔해들을 끌어안을 자신도 없고."

타닥. 타다닥. 허공에 불꽃이 튀었다. 불길이 활활 타올랐다. 바람을 타고 뜨거운 열기가 전해져 왔다. 조금씩 그의 몸이 달아올랐다.

"내기에 이겼으니 말할게요."

찬은 하영의 손을 지그시 감싸 쥐었다. 마른 가지 같은 손가락을 마디마디 어루만졌다. 사윈 불씨가 되살아나는 것 같았다. 식사 후 양치한 물을 꿀꺽 마시는 버릇과 만취해 미친 사람처럼 춤을 추는 모습과 가끔 생트집을 잡으며 변덕쟁이가 되는 때와 그 이유를, 정선생 따위가 알 리 없었다. 무엇보다 더는 그녀를 파도에 휩쓸리게 하고 싶지 않았다.

찬의 눈동자에 불빛이 일렁였다.

그는 가만히 그녀의 손을 끌어당겼다.

"돌아가고 싶지 않아요."

그녀의 손등이 바르르 떨렸다.

파도가 스르르 뒷걸음쳤다.

하영이 슬그머니 손을 뺐다. 그윽한 눈길로 그를 바라보며 부드럽게 타이르듯 말했다.

"찬, 여긴 게스트하우스야."

어느새 불길이 잦아들고 있었다.

그들은 말없이 나란히 앉아, 검게 죽은 장작과 되돌아 나가는 물결을 오래도록 바라보았다.

새벽바람에 간밤의 열기가 서늘하게 식어갔다.

*

정은 거실 테이블에 쇼핑백을 올려두었다. 면세점에서 아내의 화장품과 딸아이 선글라스를 고르느라 하마터면 탑승 시간을 놓칠 뻔했던, 귀한 물건들이다. 식구들이 깨지 않도록 그는 욕실까지 까치걸음을 했다.

그가 살그머니 침실 문을 열고 안으로 들었을 때 아내가 뒤척이며 눈을 떴다.

"벌써 온 거예요? 내일 저녁때 도착한다고 했잖아."

"응. 일정 하나가 취소되는 바람에."

정은 침대에 누워 아내에게 팔베개를 해주었다. 몹시 졸렸고 온몸이 침대 밑으로 가라앉을 듯 무거웠다. 잠으로 빠져들기 직전, 아주 잠깐 하영의 얼굴이 떠올랐다.

"내일은 우리 영화나 보러 갈까?"

아내가 잠꼬대처럼 웅얼거렸다.

"그래."

정은 이내 깊은 잠 속으로 빠져들었다.

작가의 말

연애.

어느 순간 떠오른 이미지는 게스트하우스와 다트게임이었습니다. 오래 머무를 수 없고 복잡한 규칙으로 얽혀 있는, 언제나 새로운 여정과 행운의 판타지로 기대되는.

퇴고가 끝날 무렵 두 차례의 태풍이 지나갔습니다. 갈피없이 휘몰고 세차게 흩뿌리다 기어이 소멸해버리고 마는, 어마어마한 해일이든 주춤거리는 파도든 마음먹은 대로 비켜갈 수도 붙잡을 수도 없는.

연애란 그런 것이 아닐는지요.

날아라, 살아라, 즐겨라

이 책에 작품을 수록한 행성궤도의 작가들은 '소설창작 커뮤니티 컬리지 소행성B612'에서 나와 함께 소설을 공부한 사람들이다. 이런 관계를 일컬어 '스승과 제자'라고 하지만 작가적 범주에서 나는 그것을 수용하지 않는다. 이유는 한 가지, 나의 현역 의식 때문이다. 작가로 등단하는 순간 그들은 나의 라이벌로 이름을 올린 것이고 그것을 바탕 삼아 그들과 나는 더욱 즐겁고 긴장감 넘치는 동업자 인생을 살아야 하기 때문이다. 그것이 그들과 나를 동등한 입장에서 대할 수 있는 합당한 처신이니 라이벌이라는 말을 즐겨 사용하지 않을 도리가 없다. 그래서 같이 공부할 때에도 내가 스스로 앞서 나아가지 않을 수 없었고 그것을 통해 문학의 근본성이 소통과 나눔에 있음을 또한 자각하지 않을 수 없었다. 결국 문학이 '나를 넘어 다른 나(타인)에게로 가는 소통의 여정'이라는 자각에 이르자 많은 깨달음이 찾아왔다. 그래서 세월이 지난 지금 나는 철없던 작가 시절과 달리 글을 남발하지 않으려 최대한 노력중이다. 자연스럽게 우러나는 글을 짓고 내가 하

고 싶은 공부를 하니 이 또한 기쁜 일이 아니겠는가. 불역열호(不亦說
乎)!

'문학을 한다'는 말을 하는 사람들이 많다. 도박을 '하고' 경마를
'하는' 것처럼 문학을 특화시키는 말이다. 하지만 그렇게 문학을 '하
면' 그것에 엄청난 과부하가 걸려 인생이 고달파진다. 그래서 나는 주
변의 문학인들에게 '문학을 하지 말고 문학을 살라'는 말을 자주 한
다. 마음을 비우고 문학을 살면 알게 될 터이니, 세상에 문학처럼 풍
요롭고 문학처럼 융합적인 것이 달리 없다. 하지만 자연스럽게 문학
을 살지 못하고 문학을 하는 사람이 되면 좌절과 상대적 박탈감에 짓
눌려 인생의 생기를 잃는다. 마찬가지 원리로 '소설을 쓴다'고 하는
사람들에게 '소설은 쓰는 게 아니고 짓는 것'이라는 말도 덧붙인다.
일기나 기사 같은 글이야 사실을 그대로 옮기는 것이니 써야 마땅하
지만 상상력을 바탕으로 창작하는 글을 어떻게 쓸 수 있겠는가. 그러
니 자연과 함께 호흡하며 문학을 살고 소설을 짓는 일을 실천하면 그
사람의 문학인생은 이미 이루어진 것이나 다름없다.

소행성B612 출신의 작가들과 테마 소설집을 구상하게 된 데에는
창작을 고무시키고 침체되어가는 소설판 분위기를 활성화시키고 싶
다는 소박한 운동욕구가 있어서였다. 문학은 아주 작은 불씨나 씨앗
같은 것으로부터 소소하게 일어나는 기운이 소중하니 거창할 필요가
없다. 그래서 앞으로 친분 있는 작가들과도 이렇게 재미있는 이벤트
성 창작집을 때때로 진행할 계획이다. 문학은 권위로 활성화되는 것

도 아니고 상업적 성공으로 성취되는 것도 아니다. 문학의 발화에 필요한 적정 온도, 인간과 인생에 대한 진지한 고찰, 즐거움을 불러오는 열정만 있으면 그것은 얼마든지 융성해질 수 있다. 그것을 실현하는 의미에서 기획한 행성궤도의 첫번째 테마는 '연애'였다. 연애를 보고 느끼는 시각이야 천차만별하지만 그것이 생각처럼 쉬운 게 아니라는 걸 작가들의 작품은 다채로운 화법으로 보여주었다. 『쓰다 참, 사랑』이라는 제목이 탄생하기까지 꽤 오랜 인고의 시간이 지나갔다. 하지만 쓴맛을 감내하지 않고 어떻게 달콤한 결실을 얻을 수 있겠는가.

책의 탄생에 산파 역할을 한 김민정 시인과 편집부 직원들에게 감사. ^^

2013년 여름, 박상우

쓰다 참, 사랑

ⓒ 구병모 김민주 박상우 박혜상 이시은 이지영 임수현 정재민 진보경 2013

초판인쇄 2013년 7월 10일
초판발행 2013년 7월 20일

지은이 구병모 김민주 박상우 박혜상 이시은 이지영 임수현 정재민 진보경
펴낸이 강병선
편집인 김민정
책임편집 김필균 | 편집 강윤정 김형균 유성원
디자인 정은경 | 본문 디자인 유현아
마케팅 신정민 서유경 정소영 강병주 | 온라인마케팅 김희숙 김상만 이원주 한수진
제작 서동관 김애진 김동욱 임현식 | 제작처 영신사
종이 미스틱 208g(표지) 클라우드 80g(본문)

펴낸곳 (주)문학동네
임프린트 난다
출판등록 1993년 10월 22일 제406-2003-000045호
주소 413-120 경기도 파주시 회동길 210
전자우편 nanda@nate.com | 트위터 @nandabook
문의전화 031) 955-2663(편집) 031) 955-8890(마케팅) 031-955-8855(팩스)
문학동네카페 http://cafe.naver.com/mhdn

ISBN 978-89-546-2154-0 03810

* 난다는 출판그룹 문학동네 임프린트입니다. 이 책의 판권은 지은이와 난다에 있습니다.
  이 책 내용의 전부 또는 일부를 재사용하려면 반드시 양측의 서면 동의를 받아야 합니다.
* 이 도서의 국립중앙도서관 출판시도서목록(CIP)은
  e-CIP 홈페이지(http://www.nl.go.kr/cip.php)에서 이용하실 수 있습니다.
  (CIP 제어번호 : CIP2013007045)

www.munhak.com